D0496116

Marcel Aymé

Les contes du chat perché

Gallimard

Ces contes ont été écrits pour les enfants âgés de quatre à soixante-quinze ans. Il va sans dire que par cet avis, je ne songe pas à décourager les lecteurs qui se flatteraient d'avoir un peu de plomb dans la tête. Au contraire, tout le monde est invité. Je ne veux que prévenir et émousser, dans la mesure du possible, les reproches que pourraient m'adresser, touchant les règles de la vraisemblance, certaines personnes raisonnables et bilieuses. A ce propos, un critique distingué a déjà fait observer, avec merveilleusement d'esprit, que si les animaux parlaient, ils ne le feraient pas du tout comme ils le font dans « les Contes du chat perché ». Il avait bien raison. Rien n'interdit de croire en effet que si les bêtes parlaient, elles parleraient de politique ou de l'avenir de la science dans les îles Aléoutiennes. Peut-être même qu'elles feraient de la critique littéraire avec distinction. Je ne peux rien opposer à de semblables hypothèses. J'avertis donc mon lecteur que ces contes sont de pures fables, ne visant pas sérieusement à donner l'illusion de la réalité. Pour toutes les fautes de logique et de grammaire animales que j'ai pu commettre, je me recommande à la bienveillance des critiques qui, à l'instar de leur savant confrère, se seraient spécialisés dans ces régions-là.

Je ne vois rien d'autre à prier qu'on insère.

M. A.

Né à Joigny, dans l'Yonne, en 1902, Marcel Aymé était le dernier d'une famille de six enfants. Ayant perdu sa mère à deux ans, il fut élevé jusqu'à huit ans par ses grands-parents maternels qui possédaient une ferme et une tuilerie à Villers-Robert, une région de forêts, d'étangs et de prés. Il entre en septième au collège de Dole et passe son bachot en 1919. Une grave maladie l'oblige à interrompre les études qui auraient fait de lui un ingénieur, le laissant libre de devenir écrivain.

Après des péripéties multiples (il est tour à tour journaliste, manœuvre, camelot, figurant de cinéma), il publie un roman : Brûlebois, aux Cahiers de France, et, en 1927, Aller retour, aux Éditions Gallimard, qui éditeront la majorité de ses œuvres. Le prix Théophraste-Renaudot pour La Table-aux-Crevés le signale au grand public en 1929. La Jument verte paraît en 1933. Avec une lucidité inquiète, il regarde son époque et se fait une réputation d'humoriste par ses romans et ses pièces de théâtre : Travelingue (1941), Le Chemin des écoliers (1946), Clérambard (1950), La Tête des autres (1952), La Mouche bleue (1957).

Ses recueils de nouvelles Les Contes du chat perché (1939) et Le Passe-muraille (1943) conquièrent tous les publics.

Marcel Aymé est mort en 1967.

La patte du chat

Le soir, comme ils rentraient des champs, les parents trouvent le chat sur la margelle du puits où il était occupé à faire sa toilette.

— Allons, dirent-ils, voilà le chat qui passe sa patte par-dessus son oreille. Il va encore pleuvoir demain.

En effet, le lendemain, la pluie tomba toute la journée. Il ne fallait pas penser aller aux champs. Fâchés de ne pouvoir mettre le nez dehors, les parents étaient de mauvaise humeur et peu patients avec leurs deux filles. Delphine, l'aînée, et Marinette, la plus blonde, jouaient dans la cuisine à pigeon-vole, aux osselets, au pendu, à la poupée et à loup-y-es-tu.

— Toujours jouer, grommelaient les parents, toujours s'amuser. Des grandes filles comme ça. Vous verrez que quand elles auront dix ans, elles joueront encore. Au lieu de s'occuper à un ouvrage de couture ou d'écrire à leur oncle Alfred. Ce serait pourtant bien plus utile.

Quand ils en avaient fini avec les petites, les parents s'en prenaient au chat qui, assis sur la fenêtre, regardait pleuvoir.

— C'est comme celui-là. Il n'en fait pas lourd non

plus dans une journée. Il ne manque pourtant pas de
souris qui trottent de la cave au grenier. Mais Monsieur
aime mieux se laisser nourrir à ne rien faire. C'est moins
fatigant.

— Vous trouvez toujours à redire à tout, répondait le
chat. La journée est faite pour dormir et pour se
distraire. La nuit, quand je galope à travers le grenier,
vous n'êtes pas derrière moi pour me faire des
compliments.

— C'est bon. Tu as toujours raison, quoi.

Vers la fin de l'après-midi, la pluie continuait à
tomber et, pendant que les parents étaient occupés à
l'écurie, les petites se mirent à jouer autour de la table.

— Vous ne devriez pas jouer à ça, dit le chat. Ce qui
va arriver, c'est que vous allez encore casser quelque
chose. Et les parents vont crier.

— Si on t'écoutait, répondit Delphine, on ne joue-
rait jamais à rien.

— C'est vrai, approuva Marinette. Avec Alphonse
(c'était le nom qu'elles avaient donné au chat), il
faudrait passer son temps à dormir.

Alphonse n'insista pas et les petites se remirent à
courir. Au milieu de la table, il y avait un plat en faïence
qui était dans la maison depuis cent ans et auquel les
parents tenaient beaucoup. En courant, Delphine et
Marinette empoignèrent un pied de la table, qu'elles
soulevèrent sans y penser. Le plat en faïence glissa
doucement et tomba sur le carrelage où il fit plusieurs
morceaux. Le chat, toujours assis sur la fenêtre, ne
tourna même pas la tête. Les petites ne pensaient plus à
courir et avaient très chaud aux oreilles.

— Alphonse, il y a le plat en faïence qui vient de
casser. Qu'est-ce qu'on va faire ?

— Ramassez les débris et allez les jeter dans un fossé. Les parents ne s'apercevront peut-être de rien. Mais non, il est trop tard. Les voilà qui rentrent.

En voyant les morceaux du plat en faïence, les parents furent si en colère qu'ils se mirent à sauter comme des puces au travers de la cuisine.

— Malheureuses ! criaient-ils, un plat qui était dans la famille depuis cent ans ! Et vous l'avez mis en morceaux ! Vous n'en ferez jamais d'autres, deux monstres que vous êtes. Mais vous serez punies. Défense de jouer et au pain sec !

Jugeant la punition trop douce, les parents s'accordèrent un temps de réflexion et reprirent, en regardant les petites avec des sourires cruels :

— Non, pas de pain sec. Mais demain, s'il ne pleut pas... demain... ha ! ha ! ha ! demain, vous irez voir la tante Mélina !

Delphine et Marinette étaient devenues très pâles et joignaient les mains avec des yeux suppliants.

— Pas de prière qui tienne ! S'il ne pleut pas, vous irez chez la tante Mélina lui porter un pot de confitures.

La tante Mélina était une très vieille et très méchante femme, qui avait une bouche sans dents et un menton plein de barbe. Quand les petites allaient la voir dans son village, elle ne se lassait pas de les embrasser, ce qui n'était déjà pas très agréable, à cause de la barbe, et elle en profitait pour les pincer et leur tirer les cheveux. Son plaisir était de les obliger à manger d'un pain et d'un fromage qu'elle avait mis à moisir en prévision de leur visite. En outre, la tante Mélina trouvait que ses deux petites nièces lui ressemblaient beaucoup et affirmait qu'avant la fin de l'année

elles seraient devenues ses deux fidèles portraits, ce
qui était effrayant à penser.

— Pauvres enfants, soupira le chat. Pour un vieux
plat déjà ébréché, c'est être bien sévère.

— De quoi te mêles-tu? Mais, puisque tu les
défends, c'est peut-être que tu les as aidées à casser le
plat?

— Oh! non, dirent les petites. Alphonse n'a pas
quitté la fenêtre.

— Silence! Ah! vous êtes bien tous les mêmes.
Vous vous soutenez tous. Il n'y en a pas un pour
racheter l'autre. Un chat qui passe ses journées à
dormir...

— Puisque vous le prenez sur ce ton-là, dit le chat,
j'aime mieux m'en aller. Marinette, ouvre-moi la
fenêtre.

Marinette ouvrit la fenêtre et le chat sauta dans la
cour. La pluie venait juste de cesser et un vent léger
balayait les nuages.

— Le ciel est en train de se ressuyer, firent observer
les parents avec bonne humeur. Demain, vous aurez
un temps superbe pour aller chez la tante Mélina. C'est
une chance. Allons, assez pleuré! Ce n'est pas ça qui
raccommodera le plat. Tenez, allez plutôt chercher du
bois dans la remise.

Dans la remise, les petites retrouvèrent le chat
installé sur la pile de bois. A travers ses larmes,
Delphine le regardait faire sa toilette.

— Alphonse, lui dit-elle avec un sourire joyeux qui
étonna sa sœur.

— Quoi donc, ma petite fille?

— Je pense à quelque chose. Demain, si tu voulais,
on n'irait pas chez la tante Mélina.

— Je ne demande pas mieux, mais tout ce que je peux dire aux parents n'empêchera rien, malheureusement.

— Justement, tu n'aurais pas besoin des parents. Tu sais ce qu'ils ont dit ? Qu'on irait chez la tante Mélina s'il ne pleuvait pas.

— Alors ?

— Eh bien ! tu n'aurais qu'à passer ta patte derrière ton oreille. Il pleuvrait demain et on n'irait pas chez la tante Mélina.

— Tiens, c'est vrai, dit le chat, je n'y aurais pas pensé. Ma foi, c'est une bonne idée.

Il se mit aussitôt à passer la patte derrière son oreille. Il la passa plus de cinquante fois.

— Cette nuit, vous pourrez dormir tranquillement. Il pleuvra demain à ne pas mettre un chien dehors.

Pendant le dîner, les parents parlèrent beaucoup de la tante Mélina. Ils avaient déjà préparé le pot de confitures qu'ils lui destinaient.

Les petites avaient du mal à garder leur sérieux et, plusieurs fois, en rencontrant le regard de sa sœur, Marinette fit semblant de s'étrangler pour dissimuler qu'elle riait. Quand vint le moment d'aller se coucher, les parents mirent le nez à la fenêtre.

— Pour une belle nuit, dirent-ils, c'est une belle nuit. On n'a peut-être jamais tant vu d'étoiles au ciel. Demain, il fera bon d'aller sur les routes.

Mais le lendemain, le temps était gris et, de bonne heure, la pluie se mit à tomber. « Ce n'est rien, disaient les parents, ça ne peut pas durer. » Et ils firent mettre aux petites leur robe du dimanche et un ruban rose dans les cheveux. Mais il plut toute la matinée et l'après-midi jusqu'à la tombée du soir. Il avait bien

fallu ôter les robes du dimanche et les rubans roses.
Pourtant, les parents restaient de bonne humeur.

— Ce n'est que partie remise. La tante Mélina,
vous irez la voir demain. Le temps commence à
s'éclaircir. En plein mois de mai, ce serait quand
même bien étonnant s'il pleuvait trois jours d'affilée.

Ce soir-là, en faisant sa toilette, le chat passa encore
la patte derrière son oreille et le lendemain fut jour de
pluie. Pas plus que la veille, il ne pouvait être question
d'envoyer les petites chez la tante Mélina. Les parents
commençaient à être de mauvaise humeur. A l'ennui
de voir la punition retardée par le mauvais temps
s'ajoutait celui de ne pas pouvoir travailler aux
champs. Pour un rien, ils s'emportaient contre leurs
filles et criaient qu'elles n'étaient bonnes qu'à casser
des plats. « Une visite à la tante Mélina vous fera du
bien, ajoutaient-ils. Au premier jour de beau temps,
vous y filerez depuis le grand matin. » Dans un
moment où leur colère tournait à l'exaspération, ils
tombèrent sur le chat, l'un à coups de balai, l'autre à
coups de sabot, en le traitant d'inutile et de fainéant.

— Oh ! oh ! dit le chat, vous êtes plus méchants que
je ne pensais. Vous m'avez battu sans raison, mais,
parole de chat, vous vous repentirez.

Sans cet incident, provoqué par les parents, le chat
se fût bientôt lassé de faire pleuvoir, car il aimait à
grimper aux arbres, à courir par les champs et par les
bois, et il trouvait excessif de se condamner à ne plus
sortir pour éviter à ses amies l'ennui d'une visite à la
tante Mélina. Mais il gardait des coups de sabot et des
coups de balai un souvenir si vif que les petites
n'eurent plus besoin de le prier pour qu'il passât sa
patte derrière son oreille. Il en faisait désormais une

affaire personnelle. Pendant huit jours d'affilée, il plut sans arrêt, du matin au soir. Les parents, obligés de rester à la maison et voyant déjà leurs récoltes pourrir sur pied, ne décoléraient plus. Ils avaient oublié le plat de faïence et la visite à la tante Mélina, mais, peu à peu, ils se mirent à regarder le chat de travers. A chaque instant, ils tenaient à voix basse de longs conciliabules dont personne ne put deviner le secret.

Un matin, de bonne heure, on était au huitième jour de pluie, et les parents se préparaient à aller à la gare, malgré le mauvais temps, expédier des sacs de pommes de terre à la ville. En se levant, Delphine et Marinette les trouvèrent dans la cuisine occupés à coudre un sac. Sur la table, il y avait une grosse pierre qui pesait au moins trois livres. Aux questions que firent les petites, ils répondirent, avec un air un peu embarrassé, qu'il s'agissait d'un envoi à joindre aux sacs de pommes de terre. Là-dessus, le chat fit son entrée dans la cuisine et salua tout le monde poliment.

— Alphonse, lui dirent les parents, tu as un bon bol de lait frais qui t'attend près du fourneau.

— Je vous remercie, parents, vous êtes bien aimables, dit le chat, un peu surpris de ces bons procédés auxquels il n'était plus habitué.

Pendant qu'il buvait son bol de lait frais, les parents le saisirent chacun par deux pattes, le firent entrer dans le sac la tête la première et, après y avoir introduit la grosse pierre de trois livres, fermèrent l'ouverture avec une forte ficelle.

— Qu'est-ce qui vous prend ? criait le chat en se débattant à l'intérieur du sac. Vous perdez la tête, parents !

— Il nous prend, dirent les parents, qu'on ne veut

plus d'un chat qui passe sa patte derrière son oreille tous les soirs. Assez de pluie comme ça. Puisque tu aimes tant l'eau, mon garçon, tu vas en avoir tout ton saoul. Dans cinq minutes, tu feras ta toilette au fond de la rivière.

Delphine et Marinette se mirent à crier qu'elles ne laisseraient pas jeter Alphonse à la rivière. Les parents criaient que rien ne saurait les empêcher de noyer une sale bête qui faisait pleuvoir. Alphonse miaulait et se démenait dans sa prison comme un furieux. Marinette l'embrassait à travers la toile du sac et Delphine suppliait à genoux qu'on laissât la vie à leur chat. « Non, non ! répondaient les parents avec des voix d'ogres, pas de pitié pour les mauvais chats ! » Soudain, ils s'avisèrent qu'il était presque huit heures et qu'ils allaient arriver en retard à la gare. En hâte, ils agrafèrent leurs pèlerines, relevèrent leurs capuchons et dirent aux petites avant de quitter la cuisine :

— On n'a plus le temps d'aller à la rivière maintenant. Ce sera pour midi, à notre retour. D'ici là, ne vous avisez pas d'ouvrir le sac. Si jamais Alphonse n'était pas là à midi, vous partiriez aussitôt chez la tante Mélina pour six mois et peut-être pour la vie.

Les parents ne furent pas plus tôt sur la route que Delphine et Marinette dénouèrent la ficelle du sac. Le chat passa la tête par l'ouverture et leur dit :

— Petites, j'ai toujours pensé que vous aviez un cœur d'or. Mais je serais un bien triste chat si j'acceptais, pour me sauver, de vous voir passer six mois et peut-être plus chez la tante Mélina. A ce prix-là, j'aime cent fois mieux être jeté à la rivière.

— La tante Mélina n'est pas si méchante qu'on le dit et six mois seront vite passés.

Mais la chat ne voulut rien entendre et, pour bien marquer que sa résolution était prise, il rentra sa tête dans le sac. Pendant que Delphine essayait encore de le persuader, Marinette sortit dans la cour et alla demander conseil au canard qui barbotait sous la pluie, au milieu d'une flaque d'eau. C'était un canard avisé et qui avait beaucoup de sérieux. Pour mieux réfléchir, il cacha sa tête sous son aile.

— J'ai beau me creuser la cervelle, dit-il enfin, je ne vois pas le moyen de décider Alphonse à sortir de son sac. Je le connais, il est entêté. Si on le fait sortir de force, rien ne pourra l'empêcher de se présenter aux parents à leur retour. Sans compter que je lui donne entièrement raison. Pour ma part, je ne vivrais pas en paix avec ma conscience si vous étiez obligées, par ma faute, d'obéir à la tante Mélina.

— Et nous, alors ? Si Alphonse est noyé, est-ce que notre conscience ne nous fera pas de reproches ?

— Bien sûr, dit le canard, bien sûr. Il faudrait trouver quelque chose qui arrange tout. Mais j'ai beau chercher, je ne vois vraiment rien.

Marinette eut l'idée de consulter toutes les bêtes de la ferme et, pour ne pas perdre de temps, elle décida de faire entrer tout ce monde dans la cuisine. Le cheval, le chien, les bœufs, les vaches, le cochon, les volailles vinrent s'asseoir chacun à la place que leur désignaient les petites. Le chat, qui se trouvait au milieu du cercle ainsi formé, consentit à sortir la tête du sac, et le canard, qui se tenait auprès de lui, prit la parole pour mettre les bêtes au courant de la situation. Quand il eut fini, chacun se mit à réfléchir en silence.

— Quelqu'un a-t-il une idée ? demanda le canard.

— Moi, répondit le cochon. Voilà. A midi, quand

les parents rentreront, je leur parlerai. Je leur ferai honte d'avoir eu d'aussi mauvaises pensées. Je leur expliquerai que la vie des bêtes est sacrée et qu'ils commettraient un crime affreux en jetant Alphonse à la rivière. Ils me comprendront sûrement.

Le canard hocha la tête avec sympathie, mais n'eut pas l'air convaincu. Dans l'esprit des parents, le cochon était promis au saloir et ses raisons ne pouvaient pas être d'un grand poids :

— Quelqu'un d'autre a-t-il une idée ?

— Moi, dit le chien. Vous n'aurez qu'à me laisser faire. Quand les parents emporteront le sac, je leur mordrai les mollets jusqu'à ce qu'ils aient délivré le chat.

L'idée parut bonne, mais Delphine et Marinette, quoique un peu tentées, ne voulaient pas laisser mordre les mollets de leurs parents.

— D'ailleurs, fit observer une vache, le chien est trop obéissant pour oser s'en prendre aux parents.

— C'est vrai, soupira le chien, je suis trop obéissant.

— Il y aurait une chose bien plus simple, dit un bœuf blanc. Alphonse n'a qu'à sortir du sac et on mettra une bûche de bois à sa place.

Les paroles du bœuf furent accueillies par une rumeur d'admiration, mais le chat secoua la tête.

— Impossible. Les parents s'apercevront que dans le sac rien ne bouge, rien ne parle ni ne respire et ils auront tôt fait de découvrir la vérité.

Il fallut convenir qu'Alphonse avait raison. Les bêtes en furent un peu découragées. Dans le silence qui suivit, le cheval prit la parole. C'était un vieux cheval pelé, tremblant sur ses jambes, et que les parents n'utilisaient plus. Il était question de le vendre pour la boucherie chevaline.

— Je n'ai plus longtemps à vivre, dit-il. Tant qu'à finir mes jours, il vaut mieux que ce soit pour quelque chose d'utile. Alphonse est jeune. Alphonse a encore un bel avenir de chat. Il est donc bien naturel que je prenne sa place dans le sac.

Tout le monde se montra très touché de la proposition du cheval. Alphonse était si ému qu'il sortit du sac et alla se frotter à ses jambes en faisant le gros dos.

— Tu es le meilleur des amis et la plus généreuse des bêtes, dit-il au vieux cheval. Si j'ai la chance de n'être pas noyé aujourd'hui, je n'oublierai jamais le sacrifice que tu as voulu faire pour moi et c'est du fond du cœur que je te remercie.

Delphine et Marinette se mirent à renifler et le cochon, qui, lui aussi, avait une très belle âme, éclata en sanglots. Le chat s'essuya les yeux avec sa patte et poursuivit :

— Malheureusement, ce que tu me proposes là est impossible, et je le regrette, car j'étais prêt à accepter une offre qui m'est faite de si bonne amitié. Mais je tiens juste dans le sac et il ne peut être question pour toi de prendre ma place. Ta tête n'entrerait même pas tout entière.

Il devint aussitôt évident pour les petites et pour toutes les bêtes que la substitution était impossible. A côté d'Alphonse, le vieux cheval faisait figure de géant. Un coq, qui avait peu de manières, trouva le rapprochement comique et se permit d'en rire bruyamment.

— Silence ! lui dit le canard. Nous n'avons pas le

cœur à rire et je croyais que vous l'aviez compris. Mais vous n'êtes qu'un galopin. Faites-nous donc le plaisir de prendre la porte.

— Dites donc, vous, répliqua le coq, mêlez-vous de vos affaires ! Est-ce que je vous demande l'heure qu'il est ?

— Mon Dieu, qu'il est donc vulgaire, murmura le cochon.

— A la porte ! se mirent à crier toutes les bêtes. A la porte, le coq ! A la porte, le vulgaire ! A la porte !

Le coq, la crête très rouge, traversa la cuisine sous les huées et sortit en jurant qu'il se vengerait. Comme la pluie tombait, il alla se réfugier dans la remise. Au bout de quelques minutes, Marinette y vint à son tour et, avec beaucoup de soin, choisit une bûche dans une pile de bois.

— Je pourrais peut-être t'aider à trouver ce que tu cherches, proposa le coq d'une voix aimable.

— Oh ! non. Je cherche une bûche qui ait une forme... enfin, une forme.

— Une forme de chat, quoi. Mais comme le disait Alphonse, les parents verront bien que la bûche ne bouge pas.

— Justement non, répondit Marinette. Le canard a eu l'idée de...

Ayant entendu dire à la cuisine qu'il fallait se méfier du coq et craignant d'avoir eu déjà la langue trop longue, Marinette en resta là et quitta la remise avec la bûche qu'elle venait de choisir. Il la vit courir sous la pluie et entrer dans la cuisine. Peu après, Delphine sortit avec le chat et, lui ayant ouvert la porte de la grange, l'attendit sur le seuil. Le coq ouvrait des yeux ronds et essayait en vain de comprendre ce qui se passait. De temps en temps, Delphine s'approchait de la fenêtre de la cuisine et demandait l'heure d'une voix anxieuse.

— Midi moins vingt, répondit Marinette la première fois. Midi moins dix... Midi moins cinq...

Le chat ne reparaissait pas.

A l'exception du canard, toutes les bêtes avaient évacué la cuisine et gagné un abri.

— Quelle heures ?

—Midi. Tout est perdu. On dirait... Tu entends ? Le bruit d'une voiture. Voilà les parents qui rentrent.

— Tant pis, dit Delphine. Je vais enfermer Alphonse dans la grange. Après tout, on ne mourra pas d'aller passer six mois chez la tante Mélina.

Elle allongeait le bras pour fermer la porte, mais Alphonse apparut au seuil, tenant entre ses dents une souris vivante. La voiture des parents, qui conduisaient à toute bride, venait de surgir au bout de la route.

Le chat et Delphine à sa suite se précipitèrent à la cuisine. Marinette ouvrit la gueule du sac où elle avait déjà placé la bûche, enveloppée de chiffons pour donner plus de moelleux. Alphonse y laissa tomber la souris qu'il tenait par la peau du dos et le sac fut aussitôt refermé. La voiture des parents arrivait au bout du jardin.

— Souris, dit le canard en se penchant sur le sac, le chat a eu la bonté de te laisser la vie, mais c'est à une condition. M'entends-tu ?

— Oui, j'entends, répondit une toute petite voix.

— On ne te demande qu'une chose c'est de marcher sur la bûche qui est enfermée avec toi, de façon à faire croire qu'elle remue.

— C'est facile. Et après ?

— Après, il va venir des gens qui emporteront le sac pour le jeter à l'eau.

— Oui, mais alors...

— Pas de mais. Au fond du sac, il y a un petit trou. Tu pourras l'agrandir si c'est nécessaire et quand tu entendras aboyer un chien près de toi, tu t'échapperas. Mais pas avant qu'il ait aboyé, sans quoi il te tuerait. C'est compris ? Surtout, quoi qu'il arrive, ne pousse pas un cri, ne prononce pas une parole.

La voiture des parents débouchait dans la cour. Marinette cacha Alphonse dans le coffre à bois et posa le sac sur le couvercle. Pendant que les parents dételaient, le canard quitta la cuisine, et les petites se frottèrent les yeux pour les avoir rouges.

— Quel vilain temps, il fait, dirent les parents en entrant. La pluie a traversé nos pèlerines. Quand on pense que c'est à cause de cet animal de chat !

— Si je n'étais pas enfermé dans un sac, dit le chat, j'aurais peut-être le cœur à vous plaindre.

Le chat, blotti dans le coffre à bois, se trouvait juste sous le sac d'où semblait sortir sa voix, à peine assourdie. A l'intérieur de sa prison, la souris allait et venait sur la bûche et faisait bouger la toile du sac.

— Nous autres, parents, nous ne sommes pas à plaindre. C'est bien plutôt toi qui te trouves en mauvaise posture. Mais tu ne l'as pas volé.

— Allons, parents, allons. Vous n'êtes pas aussi méchants que vous vous en donnez l'air. Laissez-moi sortir du sac et je consens à vous pardonner.

— Nous pardonner ! Voilà qui est plus fort que tout. C'est peut-être nous qui faisons pleuvoir tous les jours depuis une semaine ?

— Oh ! non, dit le chat, vous en êtes bien incapables. Mais l'autre jour, c'est bien vous qui m'avez battu injustement. Monstres ? Bourreaux ! Sans cœur !

— Ah ! la sale bête de chat ! s'écrièrent les parents. Le voilà qui nous insulte !

Ils étaient si en colère qu'ils se mirent à taper sur le sac avec un manche à balai. La bûche emmaillotée recevait de grands coups, et tandis que la souris, effrayée, faisait des bonds à l'intérieur du sac, Alphonse poussait des hurlements de douleur.

— As-tu ton compte, cette fois ? Et diras-tu encore que nous n'avons pas de cœur ?

— Je ne vous parle plus, répliqua Alphonse. Vous pouvez dire ce qu'il vous plaira. Je n'ouvrirai plus la bouche à de méchantes gens comme vous.

— A ton aise, mon garçon. Du reste, il est temps d'en finir. Allons, en route pour la rivière.

Les parents se saisirent du sac et, malgré les cris que poussaient les petites, sortirent de la cuisine. Le chien, qui les attendait dans la cour, se mit à les suivre avec un air de consternation qui les gêna un peu. Comme ils passaient devant la remise, le coq les interpella :

— Alors, parents, vous allez noyer ce pauvre Alphonse ? Mais dites-moi, il doit être déjà mort. Il ne remue pas plus qu'une bûche de bois.

— C'est bien possible. Il a reçu une telle volée de coups de balai qu'il ne doit plus être bien vif.

Ce disant, les parents donnèrent un coup d'œil au sac qu'ils tenaient caché sous une pèlerine.

— Pourtant, ce n'est pas ce qui l'empêche de se donner du mouvement.

— C'est vrai, dit le coq, mais on ne l'entend pas plus que si vous aviez dans votre sac une bûche au lieu d'un chat.

— En effet, il vient de nous dire qu'il n'ouvrirait plus la bouche, même pour nous répondre.

Cette fois, le coq n'osa plus douter de la présence du chat et lui souhaita bon voyage.

Cependant, Alphonse était sorti de son coffre à bois et dansait une ronde avec les petites au milieu de la cuisine. Le canard, qui assistait à leurs ébats, ne voulait pas troubler leur joie, mais il restait soucieux à la pensée que les parents s'étaient peut-être aperçus de la substitution.

— Maintenant, dit-il quand la sarabande se fut arrêtée, il faut songer à être prudent. Il ne s'agit pas qu'à leur retour les parents trouvent le chat dans la cuisine. Alphonse, il est temps d'aller t'installer au grenier, et souviens-toi de n'en jamais descendre dans la journée.

— Tous les soirs, dit Delphine, tu trouveras sous la remise de quoi manger et un bol de lait.

— Et dans la journée, promit Marinette, on montera au grenier pour te dire bonjour.

— Et moi, j'irai vous voir dans votre chambre. Le soir, en vous couchant, vous n'aurez qu'à laisser la fenêtre entrebâillée.

Les petites et le canard accompagnèrent le chat jusqu'à la porte de la grange. Ils y arrivèrent en même temps que la souris qui regagnait son grenier après s'être échappée du sac.

— Alors ? dit le canard.

— Je suis trempée, dit la souris. Ce retour sous la pluie n'en finissait plus. Et figurez-vous que j'ai bien failli être noyée. Le chien n'a aboyé qu'à la dernière seconde, quand les parents étaient déjà au bord de la rivière. Il s'en est fallu de rien qu'ils me jettent dans l'eau avec le sac.

— Enfin, tout s'est bien passé, dit le canard. Mais ne vous attardez pas et filez au grenier.

A leur retour, les parents trouvèrent les petites qui mettaient la table en chantant, et ils en furent choqués.

— Vraiment, la mort de ce pauvre Alphonse n'a pas l'air de vous chagriner beaucoup. Ce n'était pas la peine de crier si fort quand il est parti. Il méritait pourtant d'avoir des amis plus fidèles. Au fond, c'était une excellente bête et qui va bien nous manquer.

— On a beaucoup de peine, affirma Marinette, mais puisqu'il est mort, ma foi, il est mort. On n'y peut plus rien.

— Après tout, il a bien mérité ce qui lui est arrivé, ajouta Delphine.

— Voilà des façons de parler qui ne nous plaisent pas, grondèrent les parents. Vous êtes des enfants sans cœur. On a bien envie, ah! oui, bien envie de vous envoyer faire un tour chez la tante Mélina.

Sur ces mots, on se mit à table, mais les parents étaient si tristes qu'ils ne pouvaient presque pas manger, et ils disaient aux petites qui, elles, mangeaient comme quatre :

— Ce n'est pas le chagrin qui vous coupe l'appétit. Si ce pauvre Alphonse pouvait nous voir, il comprendrait où étaient ses vrais amis.

A la fin du repas, ils ne purent retenir des larmes et se mirent à sangloter dans leurs mouchoirs.

— Voyons, parents, disaient les petites, voyons, un peu de courage. Il ne faut pas se laisser aller. Ce n'est pas de pleurer qui va ressusciter Alphonse. Bien sûr, vous l'avez mis dans un sac, assommé à coups de bâton et jeté à la rivière, mais pensez que c'était pour notre bien à tous, pour rendre le soleil à nos récoltes. Soyez raisonnables. Tout à l'heure, en partant pour la rivière, vous étiez si courageux, si gais !

Tout le reste de la journée, les parents furent tristes, mais le lendemain matin, le ciel était clair, la campagne ensoleillée, et ils ne pensaient plus guère à leur chat.

Les jours suivants, ils y pensèrent encore bien moins. Le soleil était de plus en plus chaud et la besogne des champs ne leur laissait pas le temps d'un regret.

Pour les petites, elles n'avaient pas besoin de penser à Alphonse. Il ne les quittait presque pas. Profitant de l'absence des parents, il était dans la cour du matin au soir et ne se cachait qu'aux heures des repas.

La nuit, il les rejoignait dans leur chambre.

Un soir qu'ils rentraient à la ferme, le coq vint à la rencontre des parents et leur dit :

— Je ne sais pas si c'est une idée, mais il me semble avoir aperçu Alphonse dans la cour.

— Ce coq est idiot, grommelèrent les parents et ils passèrent leur chemin.

Mais le lendemain, le coq vint encore à leur rencontre :

— Si Alphonse n'était pas au fond de la rivière, dit-il, je jurerais bien l'avoir vu cet après-midi jouer avec les petites.

— Il est de plus en plus idiot, avec ce pauvre Alphonse.

Ce disant, les parents considéraient le coq avec beaucoup d'attention. Ils se mirent à parler tout bas sans le quitter des yeux.

— Ce coq est une pauvre cervelle, disaient-ils, mais il a joliment bonne mine. On le voyait pourtant tous les jours et on ne s'en apercevait pas. Le fait est qu'il est à point et qu'on ne gagnerait rien à le nourrir plus longtemps.

Le lendemain, de bon matin, le coq fut saigné au moment où il se préparait à parler d'Alphonse. On le fit cuire à la cocotte et tout le monde fut très content de lui.

Il y avait quinze jours qu'Alphonse passait pour mort et le temps était toujours aussi beau. Pas une goutte de pluie n'était encore tombée. Les parents disaient que c'était une chance et ajoutaient avec un commencement d'inquiétude :

— Il ne faudrait tout de même pas que ça dure trop longtemps. Ce serait la sécheresse. Une bonne pluie arrangerait bien les choses.

Au bout de vingt-trois jours, il n'avait toujours pas plu. La terre était si sèche que rien ne poussait plus. Les blés, les avoines, les seigles ne grandissaient pas et commençaient à jaunir. « Encore une semaine de ce temps-là, disaient les parents, et tout sera grillé. » Ils se désolaient, regrettant tout haut la mort d'Alphonse et accusant les petites d'en être la cause. « Si vous n'aviez pas cassé le plat en faïence, il n'y aurait jamais eu d'histoire avec le chat et il serait encore là pour nous donner de la pluie. » Le soir, après dîner, ils allaient s'asseoir dans la cour et, regardant le ciel sans nuage, ils se tordaient les mains de désespoir en criant le nom d'Alphonse.

Un matin, les parents vinrent dans la chambre des petites pour les réveiller. Le chat, qui avait passé une partie de la nuit à bavarder avec elles, était resté endormi sur le lit de Marinette. En entendant ouvrir la porte, il n'eut que le temps de se glisser sous la courtepointe.

— Il est l'heure, dirent les parents, réveillez-vous. Le soleil est déjà chaud et ce n'est pas encore aujourd'hui qu'il pleuvra... Ah! çà, mais...

Ils s'étaient interrompus et, le cou tendu, les yeux ronds, regardaient le lit de Marinette. Alphonse, qui se croyait bien caché, n'avait pas pensé que sa queue passait hors de la courtepointe. Delphine et Marinette, encore ensommeillées, s'enfonçaient jusqu'aux cheveux sous les couvertures. S'avançant à pas de loup, les parents, de leurs quatre mains, empoignèrent la queue du chat qui se trouva soudain suspendu.

— Ah! çà, mais c'est Alphonse!

— Oui, c'est moi, mais lâchez-moi, vous me faites mal. On vous expliquera.

Les parents posèrent le chat sur le lit. Delphine et Marinette furent bien obligées d'avouer ce qui s'était passé le jour de la noyade.

— C'était pour votre bien, affirma Delphine, pour vous éviter de faire mourir un pauvre chat qui ne le méritait pas.

— Vous nous avez désobéi, grondèrent les parents. Ce qui est promis est promis. Vous allez filer chez tante Mélina.

— Ah! c'est comme ça? s'écria le chat en sautant sur le rebord de la fenêtre. Eh bien! moi aussi, je vais chez la tante Mélina, et je pars le premier.

Comprenant qu'ils venaient d'être maladroits, les

parents prièrent Alphonse de vouloir bien rester à la ferme, car il y allait de l'avenir des récoltes. Mais le chat ne voulait plus rien entendre. Enfin, après s'être laissé longtemps supplier et avoir reçu la promesse que les petites ne quitteraient pas la ferme, il consentit à rester.

Le soir de ce même jour — le plus chaud qu'on eût jamais vu — Delphine, Marinette, les parents et toutes les bêtes de la ferme formèrent un grand cercle dans la cour. Au milieu du cercle, Alphonse était assis sur un tabouret. Sans se presser, il fit d'abord sa toilette et, le moment venu, passa plus de cinquante fois sa patte derrière l'oreille. Le lendemain matin, après vingt-cinq jours de sécheresse, il tombait une bonne pluie, rafraîchissant bêtes et gens. Dans le jardin, dans les champs et dans les près, tout se mit à pousser et à reverdir. La semaine suivante, il y eut encore un heureux événement. Ayant eu l'idée de raser sa barbe, la tante Mélina avait trouvé sans peine à se marier et s'en allait habiter avec son nouvel époux à mille kilomètres de chez les petites.

Les vaches

2

Delphine et Marinette firent sortir les vaches de l'étable pour les mener paître aux grands prés du bord de la rivière, de l'autre côté du village. Comme elles ne devaient rentrer que le soir, elles emportaient dans un panier leur déjeuner de midi, celui du chien et deux tartines de confiture de groseilles pour leur quatre heures.

— Allez, dirent les parents, et surtout, veillez bien à ce que les bêtes n'aillent pas se gonfler dans les trèfles ou croquer des pommes aux arbres des chemins. Pensez tout de même que vous n'êtes plus des enfants. A vous deux, vous avez presque vingt ans.

Les parents s'adressèrent ensuite au chien qui flairait avec amitié le panier du déjeuner.

— Et toi, feignant, tâche de faire attention aussi.

— Toujours des compliments, murmura le chien. Ça ne change pas.

— Vous, les vaches, pensez qu'on vous emmène brouter une herbe qui ne coûte rien. N'en perdez pas une bouchée.

— Soyez tranquilles, parents, dirent les vaches. Pour manger, on mangera.

L'une d'elles ajouta d'une voix aigre :

— On mangerait mieux si on n'était pas toujours dérangées.

Celle qui venait de parler ainsi était une petite vache grise qu'on appelait la Cornette. Elle avait réussi à gagner la confiance des parents, ne manquant jamais de leur rapporter ce que faisaient les petites et même ce qu'elles ne faisaient pas, car elle prenait un méchant plaisir a les faire gronder et mettre au pain sec.

— Dérangées ? demanda Delphine. Et qui donc te dérange ?

— Je dis ce que je dis, fit la Cornette en s'éloignant.

Derrière elle, le troupeau gagna la route, et les parents restèrent seuls, plantés au milieu de la cour de la ferme et grondant entre les dents :

— Hum ! voilà encore une chose qu'il faudra tirer au clair. C'est toujours pareil, quoi. Ces gamines sont deux vraies têtes folles. Ah ! heureusement ! Heureusement qu'il y a la Cornette, si raisonnable et si dévouée, surtout.

Ils se regardèrent, la tête penchée du côté droit, et ajoutèrent en essuyant une larme d'attendrissement :

— Bonne petite Cornette, va.

Là-dessus, ils rentrèrent chez eux en grommelant contre l'insouciance de leurs filles.

Le troupeau n'était pas à deux cents mètres de la ferme lorsqu'il rencontra sur le bord du chemin une branche de pommier, que l'orage de la nuit avait sans doute arrachée à l'arbre. Au risque de s'étrangler, les vaches se mirent à croquer des pommes. La Cornette, qui allait en avant était passée à côté de l'aubaine sans y prendre garde. Lorsqu'elle s'en avisa, elle revint sur ses pas, mais trop tard. Il ne restait plus une pomme.

— C'est ça, dit-elle en ricanant. On vous laisse encore manger des pommes. Tant pis si vous en crevez, hein ?

— Oui, dit Marinette, tu rages parce que tu n'en as pas eu.

Les petites se mirent à rire et les vaches et le chien aussi. La Cornette était si en colère qu'elle tremblait des quatre pattes. Elle déclara d'une voix rageuse :

— Je vais le dire.

Déjà elle se dirigeait vers la ferme, mais le chien se mit devant elle et l'avertit :

— Si tu fais encore un pas, je te mange le mufle.

Il montrait les dents, et son poil se hérissait sur son dos. On voyait bien qu'il était prêt à faire comme il disait et la Cornette en jugea ainsi, car elle rebroussa chemin aussitôt.

— C'est bon, dit-elle, tout ça se retrouvera. Mon tour de rire ne tardera pas longtemps.

Le troupeau se remit en marche et la Cornette, sans s'arrêter à brouter au long des chemins comme faisaient les autres vaches, prit une bonne avance. En arrivant en vue des grands prés, elle fit une halte assez longue devant une ferme isolée et tint conversation avec la fermière qui étendait du linge sur la haie de son jardin. De l'autre côté de la route, à cent mètres de la ferme, des romanichels avaient dételé le cheval de leur roulotte et, assis au bord du fossé, travaillaient à tresser des paniers. Lorsque le reste du troupeau eut rejoint la Cornette, la fermière arrêta les deux petites et leur dit en montrant la roulotte :

— Faites attention à ces gens-là. C'est du monde

qui ne vaut pas cher et qui est capable de tout. Si quelqu'un d'entre eux vient à vous parler, passez votre chemin et ne répondez pas.

Delphine et Marinette remercièrent poliment, mais sans beaucoup de chaleur. La fermière ne leur plaisait pas. Elles lui trouvaient un air rusé et sournois qui la faisait ressembler à la Cornette, et la seule dent, longue et jaune, qu'elle eût au milieu de la bouche, leur faisait un peu peur. Et le fermier qui, sur le pas de sa porte, les regardait du coin de l'œil, ne leur plaisait pas non plus. Jusqu'alors, l'un et l'autre ne leur avaient jamais adressé la parole que pour leur reprocher de ne pas surveiller leurs vaches et pour les menacer d'aller se plaindre aux parents. Toutefois, en passant devant la roulotte, elles pressèrent le pas, osant à peine jeter un regard de côté. Les romanichels, qui travaillaient en riant et en chantant, n'eurent pas l'air de faire attention à elles.

Aux grands prés, la journée se passa bien, sauf qu'à plusieurs reprises, la Cornette s'en fut marauder dans un champ de luzerne en bordure de la prairie. Elle y mit tant d'arrogance et d'entêtement qu'à la troisième fois, il fallut une volée de coups de bâton pour la déloger. Comme elle détalait de toute sa vitesse, le chien se suspendit à sa queue et fit ainsi plus de vingt mètres sans toucher terre.

— Ça leur coûtera cher, dit-elle en rejoignant le troupeau.

Vers la fin de l'après-midi, les petites allèrent jusqu'à la rivière pour causer avec les poissons, et le chien, qui eût mieux fait de garder le troupeau, tint à les accompagner. Du reste, la conversation manqua d'intérêt. Elles ne virent d'autre poisson qu'un gros brochet presque idiot qui, à tout ce qu'on lui disait, se contentait de répondre : « Comme je dis souvent, un bon repas et un bon somme par-dessus, il n'y a encore que ça qui compte. » Renonçant à en tirer autre chose, les bergères et leur chien regagnèrent le milieu de la prairie. Le troupeau paissait tranquillement, mais la Cornette avait disparu. Les autres vaches, trop occupées à bien brouter, ne l'avaient pas vue s'éloigner.

Delphine et Marinette ne doutaient pas que la Cornette fût rentrée tout droit à la maison afin d'y être la première et de monter la tête aux parents avec une histoire de sa façon. Dans l'espoir de la rejoindre avant qu'elle eût atteint la ferme, elles quittèrent aussitôt les grands prés et ramenèrent les vaches au pas gymnastique.

Les parents n'étaient pas encore rentrés des champs, mais nulle part il n'y avait trace de la Cornette et personne ne l'avait vue. Les petites perdaient la tête, et le chien, songeant à ce qui l'attendait, n'en menait pas large. Dans la cour, il y avait un canard d'un très beau plumage et qui avait beaucoup de sang-froid.

— Ne nous affolons pas, dit-il. Vous allez d'abord traire les vaches et porter le lait à la laiterie. Après, nous aviserons.

Les petites suivirent le conseil du canard. Elles étaient déjà revenues de la laiterie lorsque les parents arrivèrent à la ferme. Il faisait nuit noire et, dans la cuisine, la lampe était allumée.

— Bonjour, dirent les parents. Tout s'est bien passé ? Rien de nouveau ?

— Ma foi non, répondit le chien. Rien de nouveau.

— Toi, tu parleras quand on t'interrogera. En voilà un animal ! Alors, petites, rien de nouveau ?

— Non, rien, dirent les petites en rougissant et avec des voix toutes chevrotantes. Tout a été à peu près...

— A peu près ? Hum ! Allons voir un peu ce qu'en pensent les bêtes.

Les parents quittèrent la cuisine, mais le chien les avait déjà précédés et rejoignait le canard qui l'attendait à la place de la Cornette, tout au fond de l'étable.

— Bonsoir, les vaches, dirent les parents. La journée a été belle ?

— Une journée superbe, parents. Jamais encore on n'avait mangé d'une aussi bonne herbe.

— Allons, tant mieux. Et autrement, pas d'ennuis ?

— Non, pas d'ennuis.

Dans l'obscurité, à tâtons, les parents s'avancèrent d'un pas vers le fond de l'étable.

— Et toi, brave petite Cornette, tu ne dis rien ?

Le chien, auquel le canard soufflait tous les mots, répondit d'une voix dolente :

— J'ai si bien mangé, voyez-vous, que je tombe de sommeil.

— Ah ! la bonne vache ! Voilà qui fait plaisir à entendre. Aujourd'hui, en somme, tu n'as pas été trop dérangée ?

— Je n'ai à me plaindre de personne.

Le chien marqua un temps d'hésitation, mais pressé par le canard, il ajouta sans beaucoup d'empressement :

— Non, je n'ai pas à me plaindre, sauf que cette sale bête de chien s'est encore pendu à ma queue. Vous direz ce que vous voudrez, parents, mais la queue d'une vache n'est pas faite pour servir de balançoire à un chien.

— Bien sûr que non. Ah ! la vilaine bête ! Mais, sois

tranquille, tout à l'heure, il aura son compte de coups de sabot dans les côtes. En ce moment, il ne se doute pas de ce qui l'attend.

— Ne le frappez pas trop fort tout de même. Au fond, vous savez, ce qu'il m'a fait là, c'était bien un peu pour rire.

— Non, non, pas de pitié pour les mauvais bergers, il sera roué de coups comme il le mérite.

Là-dessus, les parents regagnèrent la cuisine. Le chien s'y trouvait déjà, couché sous le fourneau.

— Arrive ici, toi! lui crièrent ses maîtres.

— Tout de suite, dit le chien. Mais on dirait que vous n'avez pas l'air d'être contents de moi. Vous savez, bien souvent, on se fait des idées...

— Viendras-tu?

— Je viens, je viens. En tout cas, je fais mon possible. Il faut vous dire que je souffre d'un rhumatisme dans le côté droit...

— Justement, il y a un bon médicament qui t'attend.

Et en disant cela, les parents regardaient le nez de leurs sabots avec un air cruel. Les petites plaidèrent pour le chien et, comme ils croyaient n'avoir rien à leur reprocher, ils voulurent bien se contenter de lui administrer un seul coup de sabot chacun.

Le lendemain matin, en venant traire les vaches, les parents virent que la Cornette n'était pas dans l'étable. A sa place, il y avait un seau plein de lait encore tiède fourni par les autres vaches.

— Tout à l'heure, pendant que vous étiez au grenier, expliqua le canard, la Cornette se plaignait d'avoir mal à la tête. Elle a demandé aux petites de la traire tout de suite et Marinette vient de l'emmener aux grands prés.

— Puisque la Cornette le demandait, les petites ont bien fait, dirent les parents.

Cependant, Marinette s'en allait seule vers les grands prés. La fermière qui n'avait qu'une dent était dans la cour de sa ferme. Elle s'étonna de voir la bergère sans son chien et sans son troupeau.

— Ah! si vous saviez ce qui nous est arrivé, dit Marinette. Hier après-midi, on a perdu une vache.

La fermière déclara n'avoir pas vu la Cornette. Elle ajouta en montrant, de l'autre côté de la route, les romanichels qui prenaient leur petit déjeuner du matin devant la roulotte :

— En ce moment, il ne fait pas bon laisser traîner des bêtes ou quoi que ce soit. Ce n'est pas perdu pour tout le monde.

En s'éloignant, Marinette risqua un coup d'œil vers la roulotte, mais n'osa pas interroger les bohémiens. Du reste, elle ne croyait pas qu'ils eussent volé la Cornette. Où l'auraient-ils mise ? La porte de la roulotte était trop étroite pour qu'une vache y pût passer. Pendant qu'elle était seule aux grands prés, elle alla jusqu'à la rivière s'informer auprès des poissons si une vache n'avait pas péri la veille en s'aventurant dans quelque trou d'eau. Mais aucun des poissons qu'elle interrogea n'avait rien appris de pareil.

— On le saurait déjà, fit observer une carpe. Dans la rivière, les nouvelles vont vite. D'ailleurs, mon fils en aurait été averti dès hier soir. Vous pensez, il est toujours par creux et par gués.

Rassurée, Marinette rejoignit le troupeau qui arrivait sur les grands prés. Delphine s'inquiéta de la conversation qu'avait eue sa sœur avec la fermière. Celle-ci n'allait pas manquer, si elle rencontrait les parents, de leur parler de la Cornette.

— C'est vrai, convint Marinette. Je n'y ai pas pensé.

Jusqu'à la fin de la matinée, les petites voulurent espérer qu'après une nuit passée à la belle étoile, et sa rancune apaisée, la Cornette leur reviendrait. Mais le temps passait sans qu'on vît rien venir. Les vaches prenaient part à l'anxiété des deux bergères et, très peinées, ne pensaient plus guère à brouter. A midi, tout espoir de retour était perdu. Ayant déjeuné rapidement, les petites décidaient d'aller explorer la forêt voisine. Elles voulaient croire que la Cornette n'avait pas été volée, mais qu'ayant cherché une cachette dans les bois, elle s'y était égarée.

— Vous allez rester seules sur les prés, dit Delphine aux vaches. On aurait pu vous laisser le chien, mais il rendra plus de services en nous accompagnant dans les bois. Promettez-nous d'être raisonnables. N'allez pas dans les trèfles et attendez notre retour pour aller boire à la rivière.

— Soyez tranquilles, promirent les vaches. Vous pouvez compter sur nous. On ne nous verra ni dans les trèfles, ni à la rivière. Vous avez bien assez de soucis comme ça sans qu'on aille vous en causer d'autres.

Ayant passé la rivière, les petites s'engagèrent dans la forêt où elles firent un long chemin. Le chien courait par les sentiers en tous sens, battant les buissons et les taillis. Mais on eut beau chercher et appeler la Cornette à tous les échos, ce fut peine perdue. On interrogea les habitants de la forêt, lapins, écureuils, chevreuils, geais, corbeaux, pies, et nul d'entre eux n'avait connaissance qu'une vache se fût égarée dans les bois. Un corbeau eut même l'obligeance d'aller prendre des renseignements jusqu'à l'autre bout de la forêt et là non plus, personne n'avait entendu parler d'une vache égarée. On ne pouvait que perdre son temps à poursuivre les recherches. La Cornette était ailleurs.

Un peu découragées, Delphine et Marinette revinrent sur leurs pas. Il n'était pas loin de quatre heures après-midi et il y avait bien peu de chances que la Cornette se retrouvât avant la fin de la journée.

— Il va falloir recommencer ce soir, soupirait le chien. C'est bien rare si je m'en tire sans recevoir encore deux ou trois coups de sabot.

Aux grands prés, une mauvaise surprise attendait les voyageurs. Les vaches n'étaient plus là. Le troupeau tout entier avait disparu et rien n'indiquait ou ne laissait soupçonner la direction qu'il avait prise. A ce nouveau coup, les petites se mirent à pleurer, et le chien, à qui l'avenir apparaissait sous la forme d'une interminable file de paires de sabots, ne put retenir ses larmes. Comme il n'y avait rien d'utile à faire sur le pré, on décida de regagner la maison.

Les bohémiens n'étaient plus auprès de la roulotte et la chose parut un peu suspecte. Interrogée, la fermière ne put fournir aucun renseignement sur la direction qu'avaient prise les vaches, mais elle laissa entendre que les bohémiens ne l'ignoraient pas. Elle se plaignit d'avoir perdu un poulet qui n'était pas rentré la veille et ajouta qu'il n'était peut-être pas bien loin, à moins qu'il ne fût mangé.

Les parents n'étaient pas encore rentrés à la maison. A l'entrée de la cour, le canard, le chat, le coq, les poules, les oies et le cochon guettaient l'arrivée des petites pour avoir des nouvelles de la Cornette et furent bien étonnés de les voir apparaître seules avec le chien. La nouvelle de la disparition des vaches les mit en effervescence. Les oies se lamentaient, les poules couraient en tous sens, le cochon criait comme si on l'eût écorché et, par sympathie pour le chien dont le découragement faisait pitié, le coq s'était mis à aboyer. Le chat, qui se mordait les lèvres pour dissimuler son émotion, avala sa moustache et manqua s'étrangler. Les petites, au milieu de cette compassion bruyante, s'étaient remises à pleurer et leurs sanglots ajoutaient au tumulte. Le canard, seul, était resté calme. Il en avait vu bien d'autres.

— Rien ne sert de gémir, dit-il après avoir réclamé le silence. Si, comme hier soir, il fait nuit quand les parents rentreront, tout peut encore s'arranger, mais il nous faut, sans perdre de temps, nous préparer à les accueillir.

Il donna à chacun des instructions précises et s'assura ensuite qu'il avait été compris. Le cochon l'écoutait avec impatience et à chaque instant essayait de l'interrompre.

Tout ça est très joli, dit-il enfin, mais il y a autre chose de plus important.

— Et quoi donc, s'il te plaît ?

— C'est de retrouver les vaches.

— Bien sûr, soupirèrent Delphine et Marinette, mais comment faire ?

— Je m'en charge, déclara le cochon. Vous pouvez avoir confiance en moi. Demain avant midi, j'aurai retrouvé les vaches.

Quelques semaines auparavant, le cochon avait

fréquenté un chien policier dont les maîtres étaient en vacances dans le village. Depuis qu'il avait entendu le récit des aventures du policier, il ne rêvait plus qu'à réaliser de semblables exploits.

— Demain, à l'aube, je me mets en campagne. Je crois que je tiens une bonne piste. Tout ce que je vous demanderai, vous, les petites, c'est de me procurer une fausse barbe.

— Une fausse barbe ?

— Pour ne pas qu'on me reconnaisse. Avec une fausse barbe, je passe inaperçu n'importe où.

Les espoirs du canard ne furent pas déçus. En effet, il faisait nuit lorsque les parents arrivèrent. Après quelques minutes de conversation avec les petites, ils passèrent dans l'étable où l'obscurité était complète.

— Bonsoir, les vaches. La journée s'est bien passée ?

Et le coq, les oies, le chat et le cochon, qui occupaient chacun la place d'une vache, répondirent en enflant la voix :

— On ne peut mieux, parents. Un temps clair, une herbe tendre, une compagnie agréable, que peut-on demander de mieux ?

— En effet. Voilà une belle journée.

Les parents s'adressèrent ensuite à une vache dont la place était tenue par le chat.

— Et toi, la Rouge ? Ce matin, tu avais moins belle mine que d'habitude. As-tu bien mangé aujourd'hui ?

— Miaou, répondit le chat qui était sans doute un peu distrait ou ému.

Delphine et Marinette, qui se tenaient sur le seuil de la porte, se mirent à trembler, mais le chat reprit aussitôt :

— Encore cet imbécile de chat qui vient rôder sous mes pieds, mais si je lui ai marché sur la queue, c'est bien fait pour lui. Vous me demandez si j'ai bien mangé ? Ah ! parents ! J'ai mangé comme jamais de ma vie, si bien que ce soir mon ventre traîne presque par terre.

Les parents étaient tout réjouis de cette réponse et ils eurent envie de palper une panse aussi bien nourrie. Un peu plus, tout était perdu. Heureusement, le chien les appela du fond de l'étable et ils se dirigèrent aussitôt de son côté.

— Brave petite Cornette. Mais comment va ton mal de tête de ce matin ?

— Je vous remercie, parents, je me sens vraiment mieux. Mais vous pouvez croire que, ce matin, j'ai été bien peinée de partir sans vous avoir dit au revoir. J'en suis restée triste toute la journée.

— Ah ! la bonne petite bête que nous avons là, dirent les parents. Ça vous réchauffe le cœur.

Et en effet, leur cœur était si débordant de tendresse qu'ils voulurent embrasser la Cornette ou au moins lui appliquer sur les flancs quelques claques d'amitié. Mais avant qu'ils eussent seulement posé le pied sur la litière de paille, le bruit d'une querelle les attira à l'autre bout de l'étable.

— Je lui casserai les reins, criait le chat avec sa voix de vache. Je lui arracherai poils et moustache, à ce gringalet !

— Prends garde, poursuivait-il avec sa voix de chat. Tout gringalet que je suis, je me charge de t'apprendre les belles manières.

Comme les parents demandaient ce qui se passait, le cochon expliqua :

— C'est le chat qui vient encore se fourrer dans les pattes du chat. Je veux dire, c'est la vache... non, le chat...

— C'est bon ! firent les parents. On a compris. Le chat n'a rien à faire ici. Va-t'en, chat.

En quittant l'étable, ils se ravisèrent et, tournant la tête, demandèrent :

— A propos, Cornette, il n'y a pas eu aujourd'hui de nouveau scandale aux grands prés ? Ne nous cache rien.

— Ma foi, non, parents, je ne vois rien à vous signaler. Je tiens même à vous dire que le chien s'est très bien conduit.

— Ah ! ah ! c'est bien surprenant.

— Jamais je ne l'avais vu aussi sage, aussi tranquille. A croire qu'il a dormi du matin au soir.

— Dormi ? En voilà d'une autre ! Est-ce qu'il se figure, ce fainéant, qu'on le nourrit à dormir et à ne rien faire ? Il va avoir de nos nouvelles.

— Écoutez, parents, il faut être juste...

— C'est bien pourquoi il va recevoir la correction qu'il mérite.

Quand les parents arrivèrent dans la cuisine, le chien était couché sous le fourneau. Ils lui dirent : « Arrive ici, toi, fainéant. » Comme la veille, les petites s'entremirent et comme la veille, le chien s'en tira avec un double coup de sabot dans l'arrière-train.

Le lendemain matin, les choses se passèrent très bien et très simplement. Les parents, pour se lever, avaient l'habitude de se régler avec le chant du coq. Ce matin-là, par ordre du canard, le coq ne chanta pas et les parents, derrière leurs persiennes closes, restèrent endormis. S'étant habillées en silence, les petites vinrent à la cuisine prendre leur panier à provisions et s'éloignèrent comme elles étaient venues, sur la pointe des pieds. Le cochon, qui ne tenait pas en place, les attendait dans la cour.

— Est-ce que vous avez pensé à ma fausse barbe ? leur demanda-t-il à voix basse.

Elles lui ajustèrent une barbe de maïs, très bien fournie, blonde avec des reflets roux, et qui lui montait jusqu'aux yeux. Il exultait :

— Vous m'attendrez aux grands prés, dit-il, et avant midi, je vous ramènerai le troupeau mort ou vif.

— Il vaudrait mieux vif, fit observer une oie.

— Naturellement, mais les faits sont les faits et je n'y peux rien. Du reste, si mes déductions sont exactes, nos vaches doivent être encore en vie.

Le cochon laissa partir les petites et le chien. Cinq minutes plus tard, il se mettait lui-même en route. Il allait lentement, en se donnant des airs de flâner pour ne pas attirer l'attention.

Il était huit heures du matin lorsque les parents s'éveillèrent. Ils n'en croyaient pas leurs yeux.

— J'ai eu beau m'égosiller pendant trois quarts d'heure, dit le coq, je n'ai pas réussi à vous tirer du lit. A la fin, j'y ai renoncé.

— Les petites n'ont pas osé vous réveiller, dit le canard. Elles ont emmené les vaches comme d'habitude et tout s'est bien passé. Pendant que j'y pense, la Cornette m'a chargé de vous dire qu'elle n'a plus mal à la tête.

Les parents qui, de leur vie, ne s'étaient levés aussi tard, furent si troublés qu'ils se crurent malades et n'allèrent pas aux champs ce jour-là.

Vers dix heures du matin, après avoir rôdé dans le

village, le cochon, par des chemins détournés, rejoignit les petites aux grands prés. En le voyant arriver, la
tête haute et la barbe en éventail, le cœur battit.

— Tu les as retrouvées ?

— Naturellement. C'est-à-dire que je sais où elles
sont.

— Où sont-elles ?

— Minute, fit le cochon. Vous êtes bien pressées.
Laissez-moi au moins m'asseoir. Je n'en peux plus.

Il s'assit sur l'herbe en face des petites et du chien et
dit en se passant la patte dans la barbe :

— Au premier abord, l'affaire paraît compliquée et
quand on veut bien réfléchir un peu, elle est extrême-
ment simple. Suivez bien mon raisonnement. Puisque
les vaches ont été volées, elles n'ont pu l'être que par
des voleurs.

— En effet, accordèrent les petites.

— D'autre part, c'est une chose bien connue que
des voleurs sont des gens mal habillés.

— C'est la pure vérité, dit le chien.

— Cela nous amène à poser la question suivante :
quels sont les gens les plus mal habillés du village ?
Essayez de trouver.

Les petites citèrent plusieurs noms, mais le cochon
secouait la tête avec un sourire malin.

— Vous n'y êtes pas, dit-il enfin. Les gens les plus
mal habillés du pays, ce sont ces bohémiens qui
campent depuis deux jours sur le bord de la route.
Donc, ce sont eux qui ont volé nos vaches.

— Je l'avais toujours pensé ! s'écrièrent en même
temps les deux bergères et le chien.

— Oui, bien sûr, fit le cochon. Maintenant, il vous
semble avoir découvert vous-mêmes la vérité. Bientôt,

vous aurez oublié qu'elle vous a été imposée par la clarté de mon raisonnement. Le monde est ingrat. Il faut bien s'y résigner.

Il eut un accès de mélancolie, mais on lui fit tant de compliments qu'il retrouva bientôt sa belle humeur.

— A présent, il me reste à aller trouver les voleurs et à en tirer des aveux complets. Pour moi, ce n'est plus qu'un jeu.

— Je peux t'accompagner, offrit le chien.

— Non, c'est une affaire trop délicate. Ta présence risquerait de tout gâter. Du reste, j'opère seul.

Il renouvela sa promesse de ramener le troupeau avant midi et, quittant les grands prés, disparut aux regards des petites. Lorsqu'il arriva auprès des bohémiens, ceux-ci étaient assis en rond et tressaient des paniers. En vérité, ils étaient très mal habillés et leurs guenilles les couvraient à peine. A quelques pas de la roulotte broutait un vieux cheval tout aussi misérable que ses maîtres si l'on considérait sa maigreur. Le cochon s'avança sans hésiter et dit d'une voix joviale :

— Bonjour la compagnie !

Les bohémiens toisèrent le nouveau venu et l'un d'eux, avec un air distant, répondit seul à son salut.

— Tout le monde va bien chez vous ? demanda le cochon.

— Ça va, répondit l'homme.

— Les enfants vont bien ?

— Ça va.

— La grand-mère aussi ?

— Ça va.

— Le cheval aussi.

— Ça va.

— Les vaches aussi ?

— Ça va.

L'homme, qui avait répondu sans y penser, se reprit aussitôt.

— Pour ce qui est des vaches, dit-il, elles ne risquent pas de tomber malades. Nous n'en avons point.

— Trop tard ! triompha le cochon. Vous avez avoué. C'est vous qui avez pris les vaches.

— Qu'est-ce que c'est que cette histoire-là ? fit l'homme en fronçant le sourcil.

— Suffit, répliqua le cochon. Rendez-moi les vaches que vous avez volées, sinon...

Il n'eut pas le temps d'en dire plus long. Les bohémiens s'étaient levés et lui administraient une correction qui mit sa barbe fort mal en point. Ses menaces et son indignation ne faisaient qu'accroître leur ardeur. Il réussit enfin à leur échapper et, tout endolori, semant sur son chemin les poils de sa barbe, alla se réfugier dans la cour de la ferme voisine où les fermiers lui firent bon accueil.

Il était deux heures de l'après-midi et, aux grands prés, les petites se morfondaient à attendre le cochon lorsqu'elles virent arriver le canard qui venait aux nouvelles. Il goûta beaucoup les raisons qui avaient conduit le cochon à soupçonner les romanichels.

— Il faut toujours juger les gens sur la mine, dit-il. Le tout est de ne pas se tromper. Pour notre ami, je suppose qu'il n'est pas bien loin. A l'heure qu'il est, il doit se trouver en compagnie de la Cornette et des autres vaches. Allons les chercher.

Les petites, accompagnées du canard et du chien, se rendirent à la roulotte où elles ne virent personne, car les bohémiens étaient allés dans le village vendre les paniers fabriqués le matin. Le canard ne s'inquiéta même pas de cette absence. La tête baissée, il semblait examiner les cailloux du chemin.

— Voyez donc, dit-il, ces grands poils jaunes semés de distance en distance. Le cochon n'aurait pas mieux fait s'il avait voulu jouer au petit poucet avec sa barbe. Tous ces poils nous conduiront bien quelque part.

En suivant le chemin jalonné par les poils de la barbe, les quatre compagnons arrivèrent bientôt dans la cour de la ferme voisine. Les fermiers s'y trouvaient justement.

— Bonjour, dit le canard. A ce que je vois, vous êtes toujours aussi laids. Comment se fait-il qu'avec d'aussi vilaines bobines, vous ne soyez pas encore en prison ?

Tandis que les fermiers se regardaient avec ébahissement, le canard se tourna vers Delphine et Marinette :

— Petites, leur dit-il, allez ouvrir la porte de l'étable et entrez tranquillement. Vous trouverez là des personnes de connaissance qui ne seront pas fâchées de prendre un peu l'air.

Déjà les fermiers se précipitaient pour défendre la porte de l'étable, mais le canard les avertit :

— Si vous bougez seulement le petit doigt, je vous fais dévorer par mon vieil ami.

Pendant que le chien tenait les fermiers en respect, les petites entraient dans l'étable d'où elles ressortaient bientôt en poussant devant elles le cochon et le troupeau de vaches. La Cornette, qui cherchait à se dissimuler parmi ses compagnes, ne paraissait pas fière. Les fermiers baissaient piteusement la tête.

— Vous avez l'air d'aimer beaucoup les bêtes, dit le canard.

— C'était pour rire, assura la fermière. Avant-hier, la Cornette est venue me demander de l'héberger pendant deux ou trois jours. C'était pour faire une farce aux petites.

— C'est faux, rectifia la Cornette. Je vous ai demandé de m'héberger pour une nuit seulement et le lendemain, vous m'avez retenue de force.

— Et les autres vaches ? demanda Delphine.

— J'avais peur que la Cornette s'ennuie. Alors, j'ai pensé à aller lui chercher de la compagnie.

— Elle est venue nous trouver aux grands prés, expliqua une vache. Elle nous a dit que la Cornette était malade et qu'elle nous réclamait. On l'a suivie sans méfiance.

— C'est comme moi, grommela le cochon. Tout à l'heure, quand elle m'a fait entrer dans l'étable, je ne me méfiais pas du tout.

Après avoir vertement admonesté les fermiers et prédit qu'ils finiraient leur vie en prison, le canard emmena tout son monde. Sur la route, il se sépara des petites qui conduisaient les vaches aux grands prés, et rentra à la maison en compagnie du cochon. Celui-ci songeait avec amertume à sa mésaventure et à la vanité des plus beaux raisonnements.

— Dis-moi, canard, demanda-t-il, comment as-tu deviné que les fermiers étaient les voleurs ?

— Ce matin, le fermier est passé sur la route, devant la maison. Comme les parents étaient dans la cour, il s'est arrêté un instant à parler avec eux et j'ai remarqué qu'il ne soufflait pas un mot de la disparition des vaches, quoiqu'il en ait été informé la veille par les petites.

— Comme il savait qu'elles n'avaient rien dit aux parents, il aurait pu se taire simplement pour ne pas les faire gronder.

— D'habitude, sa femme et lui, justement ne manquent jamais une occasion de les faire gronder. Du reste, ils ont des têtes de voleurs.

— Ce n'était pas une preuve.

— C'en était une pour moi. A elle seule, elle m'aurait suffi. Mais tout à l'heure, quand les poils de la barbe m'ont eu conduit jusqu'au seuil de leur étable, je n'ai plus eu le moindre doute.

— Et pourtant, soupira le cochon, ils étaient mieux vêtus que les bohémiens.

Le soir, quand les petites ramenèrent les vaches à la maison, les parents se trouvaient dans la cour. La Cornette les aperçut de loin et, se détachant du troupeau, elle courut jusqu'à eux.

— Je vais vous expliquer comment l'affaire s'est passée, dit-elle. Tout est de la faute des petites.

Elle entreprit un récit où il était question de son absence et de celle des autres vaches. Pour les parents qui croyaient se souvenir d'avoir parlé à leurs bêtes la veille au soir, ses paroles étaient incompréhensibles. Désavouée par les autres vaches et par le cochon, elle faillit s'étrangler de fureur.

— Depuis quelques semaines, fit observer le canard, cette pauvre Cornette perd complètement la tête. Son idée fixe est de faire punir les petites et le chien en racontant n'importe quoi.

— En effet, approuvèrent les parents, c'est ce qu'il nous avait semblé aussi.

Depuis ce jour-là, les parents n'accordent plus

aucun crédit aux rapports de la Cornette. Elle en est si contrariée qu'elle a perdu l'appétit et n'a presque plus de lait. A l'heure qu'il est, il est question de la manger.

Le chien

Delphine et Marinette revenaient de faire des commissions pour leurs parents, et il leur restait un kilomètre de chemin. Il y avait dans leur cabas trois morceaux de savon, un pain de sucre, une fraise de veau, et pour quinze sous de clous de girofle. Elles le portaient chacune par une oreille et le balançaient en chantant une jolie chanson. A un tournant de la route, et comme elles en étaient à « Mironton, mironton, mirontaine », elles virent un gros chien ébouriffé, et qui marchait la tête basse. Il paraissait de mauvaise humeur ; sous ses babines retroussées luisaient des crocs pointus, et il avait une grande langue qui pendait par terre. Soudain, sa queue se balança d'un mouvement vif et il se mit à courir au bord de la route, mais si maladroitement qu'il alla donner de la tête contre un arbre. La surprise le fit reculer, et il eut un grondement de colère. Les deux petites filles s'étaient arrêtées au milieu du chemin et se serraient l'une contre l'autre, au risque d'écraser la fraise de veau. Pourtant, Marinette chantait encore : « Mironton, mironton, mirontaine », mais d'une toute petite voix qui tremblait un peu.

— N'ayez pas peur, dit le chien, je ne suis pas méchant. Au contraire. Mais je suis bien ennuyé, parce que je suis aveugle.

— Oh! pauvre chien! dirent les petites, on ne savait pas!

Le chien vint à elles en remuant la queue encore plus fort, puis leur lécha les jambes et renifla le panier d'un air amical.

— Voilà ce qui m'est arrivé, reprit-il, mais laissez-moi d'abord m'asseoir un moment, je suis fourbu, voyez-vous.

Les petites s'assirent en face de lui sur l'herbe du talus, et Delphine prit la précaution de placer le panier entre ses jambes.

— Ah! qu'il fait bon se reposer, soupira le chien. Donc, pour en revenir à mon affaire, je vous dirai qu'avant d'être aveugle moi-même, j'étais déjà au service d'un homme aveugle. Hier encore, cette ficelle que vous voyez pendre à mon cou me servait à guider mon maître sur les routes, et je comprends mieux, à présent, combien j'ai pu lui être utile. Je le conduisais partout où les chemins sont les meilleurs et les mieux fleuris d'aubépine. Quand nous passions auprès d'une ferme, je lui disais : « Voilà une ferme. » Les fermiers lui donnaient un morceau de pain, me jetaient un os, et, à l'occasion, nous couchaient tous les deux dans un coin de leur grange. Souvent aussi, nous faisions de mauvaises rencontres et je le défendais. Vous savez ce que c'est, les chiens bien nourris, et même les gens, n'aiment pas beaucoup ceux qui ont l'air pauvre. Mais moi, je prenais mon air méchant, et ils nous laissaient aller. C'est que je n'ai pas l'air commode, quand je veux, tenez, regardez-moi un peu...

Il se mit à grogner en montrant les dents et en roulant de gros yeux. Les petites en étaient effrayées.

— Ne le faites plus, dit Marinette.

— C'était pour vous montrer, dit le chien. En somme, vous voyez que je rendais à mon maître bien des petits services, et je ne parle pas du plaisir qu'il prenait à m'écouter. Je ne suis qu'un chien, c'est entendu, mais parler fait toujours passer le temps...

— Vous parlez aussi bien qu'une personne, chien.

— Vous êtes bien aimable, dit le chien. Mon Dieu, que votre panier sent bon !... Voyons, qu'est-ce que je vous disais ? ... Ah oui ! mon maître ! Je m'ingéniais à lui rendre la vie facile, et pourtant, il n'était jamais content. Pour un oui ou pour un non, il me donnait des coups de pied. Aussi, vous pouvez croire qu'avant-hier j'ai été bien surpris quand il s'est mis à me careser et à me parler avec amitié. J'en étais bouleversé, vous savez. Il n'y a rien qui me fasse autant de plaisir que des caresses, je me sens tout heureux. Caressez-moi, pour voir...

Le chien allongea le cou, offrant sa grosse tête aux deux petites qui lui caressèrent son poil ébouriffé. Et, en effet, sa queue se mit à frétiller, tandis qu'il faisait avec une petite voix : « Oua, oua, oua ! »

— Vous êtes bien bonnes de m'écouter, reprit-il, mais il faut que j'en finisse avec mon histoire. Après m'avoir fait mille caresses, mon maître me dit tout d'un coup : « Chien, veux-tu prendre mon mal et devenir aveugle à ma place ? » Je ne m'attendais pas à celle-là ! lui prendre son mal, il y avait de quoi faire hésiter le meilleur des amis. Vous penserez de moi ce que vous voudrez, mais je lui ai dit non.

— Tiens! s'écrièrent les petites, mais bien sûr! c'est ce qu'il fallait répondre.

— N'est-ce pas? Ah! je suis bien content que vous pensiez comme moi. J'avais tout de même un peu de remords de n'avoir pas accepté du premier coup.

— Du premier coup? Est-ce que par hasard chien...

— Attendez! Hier, il s'est montré plus gentil encore que la veille. Il me caressait avec tant d'amitié que j'avais honte de mon refus. Enfin, quoi, autant vaut le dire tout de suite, j'ai fini par accepter. Ah! Il m'avait bien juré que je serais un chien heureux, qu'il me guiderait sur les chemins comme j'avais fait pour lui, et qu'il saurait me défendre comme je l'avais défendu... Mais je ne lui avais pas plus tôt pris son mal qu'il m'abandonnait sans un mot d'adieu. Et, depuis hier soir, je suis tout seul dans la campagne, me cognant aux arbres, butant aux pierres de la route. Tout à l'heure, j'ai reniflé comme une odeur de veau, puis j'ai entendu deux petites filles qui chantaient, et j'ai pensé que peut-être, vous ne voudriez pas me chasser...

— Oh! non, dirent les petites, vous avez bien fait de venir.

Le chien soupira et dit en humant le panier:

— J'ai bien faim aussi... N'est-ce pas un morceau de veau que vous portez là?

— Oui, c'est une fraise de veau, dit Delphine. Mais vous comprenez, chien, c'est une commission que nous rapportons à nos parents... Elle ne nous appartient pas...

— Alors, j'aime mieux n'y plus penser. C'est égal, elle doit être bien bonne. Mais dites-moi, petites, ne voulez-vous pas me conduire auprès de vos parents ? S'ils ne peuvent me garder auprès d'eux, du moins ne refuseront-ils pas de me donner un os ou même une assiettée de soupe, et de me coucher cette nuit.

Les petites ne demandaient pas mieux que de l'emmener avec elles ; même, elles souhaitaient de le garder toujours à la maison. Elles étaient seulement un peu inquiètes de l'accueil que lui feraient leurs parents. Il fallait aussi compter avec le chat qui avait beaucoup d'autorité dans la maison et qui verrait peut-être d'assez mauvais œil l'arrivée d'un chien.

— Venez, dit Delphine, nous ferons notre possible pour vous garder.

Comme ils se levaient tous les trois, les petites virent, sur la route, un brigand des environs, qui faisait son métier de guetter les enfants en commission pour leur prendre leurs paniers.

— C'est lui, dit Marinette, c'est l'homme qui prend les commissions.

— N'ayez pas peur, dit le chien, je m'en vais lui faire une tête qui lui ôtera l'envie de venir regarder dans votre panier.

L'homme avançait à grands pas et se frottait déjà les mains en songeant aux provisions qui gonflaient le panier des petites, mais quand il vit la tête du chien, et qu'il l'entendit gronder, il cessa de se frotter les mains. Il passa de l'autre côté du chemin et salua en soulevant son chapeau. Les petites avaient bien du mal à ne pas lui rire au nez.

— Vous voyez, dit le chien lorsque l'homme eut disparu, j'ai beau être aveugle, je sais encore me rendre utile.

Le chien était bien content. Il marchait auprès des deux petites qui le tenaient chacune à leur tour par sa ficelle.

— Comme je m'entendrais bien avec vous ! disait-il. Mais comment vous appelez-vous, petites ?

— Ma sœur, qui vous tient par la ficelle, s'appelle Marinette et c'est elle la plus blonde.

Le chien s'arrêta pour flairer Marinette.

— Bon, dit-il, Marinette. Oh ! je saurai la reconnaître, allez.

— Et ma sœur s'appelle Delphine, dit à son tour la plus blonde.

— Bon, Delphine, je ne l'oublierai pas non plus. A force de voyager avec mon ancien maître, j'ai connu bien des petites filles, mais je dois dire sincèrement qu'aucune d'elle ne portait d'aussi jolis noms que Delphine et Marinette.

Les petites ne purent pas s'empêcher de rougir, mais le chien ne pouvait pas le voir, et il leur faisait encore des compliments. Il disait qu'elles avaient aussi de très jolies voix et qu'elles devaient être bien raisonnables, pour que des parents leur aient confié une commission aussi importante que l'achat d'une fraise de veau.

— Je ne sais pas si c'est vous qui l'avez choisie, mais je vous assure qu'elle embaume...

Tout lui était prétexte à revenir à la fraise de veau, et

il ne se lassait pas d'en parler. A chaque instant, il venait appuyer son nez contre le panier, et comme il était aveugle, il lui arriva plusieurs fois de se jeter dans les jambes de Marinette, au risque de la faire tomber.

— Écoutez, chien, lui dit Delphine, il vaut mieux pour vous de ne plus penser à cette fraise de veau. Je vous assure que si elle m'appartenait je vous la donnerais de bon cœur, mais vous voyez que je ne peux pas. Que diraient nos parents si nous ne rapportions pas la fraise de veau ?

— Bien sûr, ils vous gronderaient...

— Il nous faudrait dire aussi que vous l'avez mangée, et au lieu de vous donner à coucher, ils vous chasseraient.

— Et peut-être qu'ils vous battraient, ajouta Marinette.

— Vous avez raison, approuva le chien, mais ne croyez pas que ce soit la gourmandise qui me fasse parler de cette fraise de veau. Ce que j'en dis n'est pas du tout pour que vous me la donniez. D'ailleurs, la fraise de veau ne m'intéresse pas. Certes, c'est une excellente chose, mais je lui fais le reproche de n'avoir pas d'os. Quand on sert une fraise de veau sur la table, les maîtres mangent tout et il ne reste rien pour le chien.

Tout en parlant, les petites et le chien aveugle arrivaient à la maison des parents. Le premier qui les vit fut le chat. Il fit le gros dos, comme quand il était en colère ; son poil se hérissa et sa queue balaya la poussière. Puis il courut à la cuisine et dit aux parents :

— Voilà les petites qui rentrent en tirant un chien au bout d'une ficelle. Je n'aime pas beaucoup ça, moi.

3

— Un chien ? dirent les parents. Par exemple !

Ils sortirent dans la cour et ils virent que le chat n'avait pas menti.

— Comment avez-vous trouvé ce chien ? demanda le père d'une voix irritée, et pourquoi l'avez-vous amené ici ?

— C'est un pauvre chien aveugle, dirent les petites. Il butait de la tête contre tous les arbres du chemin, et il paraissait malheureux...

— N'importe. Je vous ai défendu d'adresser la parole à des étrangers.

Alors, le chien fit un pas en avant, salua d'un coup de tête et dit aux parents :

— Je vois bien qu'il n'y a pas de place dans votre maison pour un chien aveugle, et sans m'attarder davantage, je vais reprendre mon chemin. Mais avant de partir, laissez-moi vous complimenter d'avoir des enfants si sages et si obéissantes. Tout à l'heure, j'errais sur la route sans voir les petites, et j'ai reniflé une bonne odeur de fraise de veau. Comme j'étais à jeun depuis la veille, j'avais bien envie de la manger, mais elles m'ont défendu de toucher à leur panier. Pourtant, je devais avoir l'air méchant. Et savez-vous ce qu'elles m'ont dit ? « La fraise de veau est pour nos parents, et ce qui appartient à nos parents n'est pas pour les chiens. » Voilà ce qu'elles m'ont dit. Je ne sais pas si vous êtes comme moi, mais quand je rencontre deux fillettes aussi raisonnables, aussi obéissantes que les vôtres, je ne pense plus à ma faim et je me dis que leurs parents ont bien de la chance...

La mère souriait déjà aux deux petites et le père était tout fier des compliments du chien.

— Je n'ai pas à m'en plaindre, dit-il, ce sont de

bonnes petites filles. Je ne les grondais tout à l'heure que pour les mettre en garde contre les mauvaises rencontres, et je suis même assez content qu'elles vous aient conduit jusqu'à la maison. Vous allez avoir une bonne soupe et vous pourrez vous reposer cette nuit. Mais comment se fait-il que vous soyez aveugle et que vous alliez ainsi seul par les chemin ?

Alors le chien conta encore une fois son aventure et comment, après avoir pris le mal de son maître, il avait été abandonné. Les parents l'écoutaient avec intérêt, et ne dissimulaient pas leur émotion.

— Vous êtes le meilleur des chiens, dit le père, et je ne puis que vous reprocher d'avoir été trop bon. Vous vous êtes montré si charitable que je veux faire quelque chose pour vous. Demeurez donc à la maison aussi longtemps qu'il vous plaira. Je vous construirai une belle niche et vous aurez chaque jour votre soupe, sans compter les os. Comme vous avez beaucoup voyagé, vous nous parlerez des pays que vous avez traversés et ce sera pour nous l'occasion de nous instruire un peu.

Les petites étaient rouges de plaisir, et chacun se félicitait de la décision du père. Le chat lui-même était tout attendri, et au lieu d'ébouriffer son poil et de grincer dans sa moustache, il regardait le chien avec amitié.

— Je suis bien heureux, soupira le chien. Je ne m'attendais pas à trouver une maison de si bon accueil, après avoir été abandonné...

— Vous avez eu un mauvais maître, dit le père. Un méchant homme, un égoïste et un ingrat. Mais qu'il ne s'avise pas de passer jamais par ici, car je saurais lui faire honte de sa conduite et je le punirais comme il le mérite.

Le chien secoua la tête et dit en soupirant :

— Mon maître doit déjà se trouver bien puni à l'heure qu'il est. Je ne dis pas qu'il ait des remords de m'avoir abandonné, mais je connais son goût pour la paresse. Maintenant qu'il n'est plus aveugle et qu'il lui faut travailler pour gagner sa vie, je suis sûr qu'il regrette les beaux jours où il n'avait rien à faire que de se laisser guider par les chemins et d'attendre son pain et la charité des passants. Je vous avouerai même que je suis bien inquiet sur son sort, car je ne crois pas qu'il y ait au monde un homme plus paresseux.

Alors, le chat se mit à rire dans sa moustache. Il trouvait que le chien était bien bête de se faire tant de souci pour un maître qui l'avait abandonné. Les parents pensaient comme le chat et ne se gênaient pas pour le dire.

— Vraiment, son malheur ne l'aura pas instruit et il sera toujours le même !

Le chien était honteux et les écoutait en baissant l'oreille. Mais les petites le prirent par le cou et Marinette dit au chat en le regardant bien dans les yeux :

— C'est parce qu'il est bon ! et toi, chat, au lieu de rire dans ta moustache, tu ferais mieux d'être bon aussi.

— Et quand on joue avec toi, ajouta Delphine, de ne plus nous griffer pour nous faire mettre au coin par nos parents !

— Comme tu as fait encore hier soir !

Le chat était bien ennuyé, et maintenant, c'était lui qui avait honte. Il tourna le dos aux petites et s'en alla vers la maison en se dandinant d'un air maussade. Il grommelait qu'on n'était pas juste avec lui, qu'il griffait pour s'amuser ou encore sans le faire exprès, mais qu'en réalité, il était aussi bon que le chien et peut-être meilleur encore.

Les petites trouvaient que la compagnie d'un chien est une chose bien agréable. Quand elles allaient en commission, elles lui disaient :

— Tu viens avec nous en commission, chien ?

— Oh oui ! répondait le chien, mettez-moi vite mon collier.

Delphine lui mettait son collier. Marinette le prenait par la ficelle (ou bien le contraire) et ils s'en allaient tous les trois en commission.

Sur la route, les petites lui disaient qu'il passait un troupeau de vaches dans la prairie, ou un nuage au ciel, et lui qui ne pouvait pas voir, il était content de savoir qu'il passait un troupeau ou un nuage. Mais elles ne savaient pas toujours lui dire ce qu'elles voyaient, et il leur posait des questions.

— Voyons, dites-moi de quelle couleur sont ces oiseaux et la forme de leur bec, au moins.

— Eh bien, voilà : le plus gros a des plumes jaunes sur le dos, et ses ailes sont noires, et sa queue est noire et jaune...

— Alors, c'est un loriot. Vous allez l'entendre chanter...

Le loriot n'était pas toujours prêt à chanter et le chien, pour instruire les petites, essayait d'imiter sa chanson, mais il ne faisait rien qu'aboyer, et il était si drôle qu'on était obligé de s'arrêter pour en rire à son aise. D'autres fois, c'était un lièvre ou un renard qui passait à la lisière du bois ; alors, c'était le chien qui avertissait les petites. Il posait son nez par terre et disait en reniflant :

— Je sens un lièvre... regardez par là-bas...

Ils riaient presque tout le long du chemin. Ils jouaient à qui des trois irait le plus vite en marchant à cloche-pied, et c'était toujours le chien qui gagnait, parce qu'il lui restait tout de même trois pattes.

— Ce n'est pas juste, disaient les petites, nous, on va sur une patte.

— Pardi ! répondait le chien, avec des grands pieds comme les vôtres, ce n'est pas difficile !

Le chat était toujours un peu peiné de voir le chien s'en aller en commission avec les petites. Il avait tant d'amitié pour lui qu'il aurait voulu pouvoir ronronner entre ses pattes du matin au soir. Pendant que Delphine et Marinette étaient à l'école, ils ne se quittaient presque pas. Les jours de pluie, ils passaient leur temps dans la niche du chien, à bavarder ou à dormir l'un contre l'autre. Mais quand il faisait beau, le chien était toujours prêt à courir par les champs, et il disait à son ami :

— Gros paresseux de chat, lève-toi et viens te promener.

— Ronron, ronron, faisait le chat.

— Allons, viens. Tu me montreras le chemin.

— Ronron, ronron, faisait le chat (et c'était pour jouer).

— Tu voudrais me faire croire que tu dors, mais moi, je sais bien que tu ne dors pas. Oh ! je vois ce que tu veux... tiens !

Le chien se baissait, le chat s'asseyait sur son dos où il tenait à l'aise, puis ils partaient en promenade.

— Marche tout droit, disait le chat... Tourne à gauche... mais si tu es fatigué, tu sais, je peux descendre.

Mais le chien n'était presque jamais fatigué. Il disait que le chat ne pesait pas plus qu'un duvet de pigeon. Tout en se promenant par les champs et par les prés, ils parlaient de la vie à la ferme, des petites et des parents. Bien qu'il lui arrivât encore de griffer Delphine et Marinette, le chat était vraiment devenu bon. Il était toujours inquiet de savoir si son ami était content de son sort, s'il avait assez mangé ou assez dormi.

— Est-ce que tu es heureux à la ferme, chien ? lui demandait-il.

— Oh oui ! soupirait le chien. Je n'ai pas à me plaindre, tout le monde est gentil...

— Tu dis oui, mais je vois bien qu'il y a quelque chose.

— Mais non, je t'assure, protestait le chien.

— Est-ce que tu regrettes ton maître ?

— Non, chat, bien franchement... et même, je dois dire que je lui en veux un peu... On a beau être heureux et avoir de bons amis, on ne peut pas s'empêcher de regretter ses yeux...

— Bien sûr, soupirait le chat, bien sûr...

Un jour que les petites demandaient au chien s'il voulait aller en commission avec elles, le chat montra sa mauvaise humeur et leur dit qu'elles iraient bien seules et que la place d'un chien aveugle n'était pas sur les routes dans la compagnie de deux têtes folles. D'abord les petites ne firent qu'en rire, et Marinette

offrit au chat de les accompagner. Il répondit d'un air
pincé, en la regardant du haut en bas :

— Comme si moi, le chat, je pouvais aller en
commission !

— Je croyais te faire plaisir, dit Marinette, mais
puisque tu aimes mieux rester, à ton aise !

Voyant qu'il paraissait fâché, Delphine se baissa
pour le caresser, mais il lui griffa la main jusqu'au
sang. Marinette était en colère qu'il eût griffé sa sœur,
et, se baissant à son tour, elle dit en lui tirant les
moustaches :

— Je n'ai jamais vu d'aussi mauvaise bête que ce
vieux chat !

— Tiens ! riposta le chat en lui donnant un coup de
griffe, tu l'as bien mérité !

— Oh ! il m'a griffée aussi !

— Oui, je t'ai griffée, et je vais aller dire aux
parents que tu m'as tiré les moustaches, pour qu'il te
mettent au coin.

Déjà il courait vers la maison, mais le chien, qui
n'avait rien vu et qui en croyait à peine ses oreilles, lui
parla sévèrement.

— Vraiment, chat, je ne te savais pas aussi
méchant. Je suis obligé de reconnaître que les petites
avaient raison et que tu es un mauvais chat. Ah ! je
t'assure que je ne suis pas content… Laissons-le,
petites, et partons en commission.

Le chat était si confus qu'il ne trouva rien à
répondre et qu'il les laissa partir sans un mot de regret.
Déjà sur la route, le chien tourna la tête et lui dit
encore :

— Je ne suis pas content du tout.

Le chat restait planté sur ses quatre pattes au milieu

de la cour, et il avait beaucoup de chagrin. Il voyait bien, maintenant, qu'il n'aurait pas dû griffer et qu'il s'était mal conduit. Mais ce qui le peinait surtout, c'était de penser que le chien ne l'aimait plus et qu'il le tenait pour un mauvais chat. Il en avait tant de peine qu'il alla au grenier passer le reste de la journée. « Je suis pourtant bon, se disait-il, et si j'ai griffé, c'est sans réfléchir. Je me repens de l'avoir fait, preuve que je suis bon. Mais comment lui faire comprendre que je suis bon ? » Le soir, quand il entendit rentrer les petites de commission, il n'osa pas descendre et resta dans son grenier. En mettant le nez à la lucarne, il vit le chien qui tournait en rond dans la cour et qui disait en reniflant :

— Je n'entends pas le chat, et je ne le sens pas non plus. Est-ce que vous le voyez, petites ?

— Oh ! non, répondit Marinette, et j'aime autant ne pas le voir. Il est trop méchant.

— C'est vrai, soupira le chien, on ne peut pas dire le contraire, après ce qu'il vous a fait tout à l'heure.

Le chat était très malheureux. Il eut envie de passer sa tête par la lucarne et de crier : « Ce n'est pas vrai ! Je suis bon ! », mais il n'osait rien dire, parce qu'il pensait qu'après tout, le chien n'était pas obligé de le croire. Il passa une très mauvaise nuit et ne put fermer l'œil. Le lendemain matin, de bonne heure, il descendit du grenier, les yeux rouges et la moustache tombante, et s'en alla trouver le chien dans sa niche. Il s'assit en face de lui et dit d'une voix timide :

— Bonjour, chien... c'est moi, le chat...

Bonjour, bonjour, grommela le chien avec un air un peu bourru.

— Est-ce que tu as passé une mauvaise nuit, chien ? Tu parais triste...

— Non, j'ai bien dormi... mais quand je m'éveille c'est toujours une mauvaise surprise pour moi de ne pas voir clair.

— Justement, dit le chat, je suis ennuyé que tu ne voies pas clair ; j'ai pensé que si tu voulais bien me donner ton mal, je pourrais devenir aveugle à ta place et faire pour toi ce que tu as fait pour ton maître.

D'abord, le chien ne put rien dire tant il était ému, et il avait envie de pleurer.

— Chat, comme tu es bon, balbutia-t-il, je ne veux pas... tu es trop bon...

Le chat était tout tremblant dans son poil de l'entendre parler ainsi. Il n'aurait jamais pensé qu'on pût avoir tant de plaisir à être bon.

— Allons, dit-il, je te prends ton mal.

— Non, non, protestait le chien, je ne veux pas...

Il se défendait, disant qu'il était presque habitué à ne plus voir clair et qu'il avait assez de ses amis pour le rendre heureux. Mais le chat ne voulait pas céder et lui répondait :

— Toi, chien, tu as besoin de tes yeux pour te rendre utile dans la maison. Mais à quoi me sert de voir clair ? Je te le demande. Je suis un paresseux qui ne me plais qu'à dormir au soleil et au coin du feu. Ma parole, j'ai presque toujours les yeux fermés. Autant vaudrait pour moi être aveugle, je ne m'en apercevrais même pas.

Il parla si bien et montra tant de fermeté que le chien finit par se rendre à sa prière. L'échange se fit sans plus tarder, dans sa niche même où ils se trouvaient. La première chose que fit le chien en revoyant la lumière du jour, fut de crier à tue-tête :

— Le chat est bon ! Le chat est bon !

Les petites sortirent dans la cour, et, en apprenant ce qui s'était passé, elles embrassèrent le chat en pleurant.

— Ah ! qu'il est bon ! disaient-elles. Qu'il est bon !

Et lui, le chat, il penchait la tête, heureux d'être bon, il ne voyait même pas qu'il ne voyait plus.

Depuis qu'il avait recouvré la vue, le chien était très occupé et ne trouvait jamais un moment pour se reposer dans sa niche, sinon à l'heure de midi et pendant la nuit. Le reste du temps, on l'envoyait garder le troupeau, ou bien il lui fallait accompagner ses maîtres par les chemins et par les bois, car il y avait toujours quelqu'un d'entre eux pour l'emmener en promenade. Il ne s'en plaignait pas, au contraire. Jamais il n'avait été aussi heureux, et quand il se rappelait le temps où il guidait son premier maître de village en village, il se félicitait de l'aventure qui l'avait amené à la ferme. Il regrettait seulement de n'avoir pas plus de temps à donner au chat qui s'était montré si bon. Le matin, il se levait de bonne heure et l'emmenait sur son dos faire un tour de campagne. Pour le chat, c'était le meilleur moment de la journée. Son ami lui parlait de ses occupations et ne manquait jamais de le remercier et aussi de le plaindre un peu. Le chat disait que ce n'était rien, que ça ne valait même pas la peine d'en parler, mais il songeait avec mélancolie qu'il était bien agréable de voir clair. Maintenant qu'il était aveugle, on ne s'occupait plus guère de lui. Les petites le prenaient bien encore sur leurs genoux pour le caresser, mais elles trouvaient plus amusant de courir et de gambader avec le chien, et il n'y avait point de jeu auquel on pût faire jouer un pauvre chat aveugle.

Pourtant, le chat ne regrettait rien. Il se disait que son ami le chien était heureux, et qu'il n'y avait rien de plus important. C'était un très bon chat. Dans la journée, quand il n'y avait personne pour lui parler, il dormait autant qu'il pouvait, au soleil ou au coin du feu, et il faisait :

— Ronron... je suis bon... ronron... je suis bon.

Un matin d'été qu'il faisait chaud, il s'était mis au frais sur la dernière marche de l'escalier qui descendait à la cave, et il ronronnait comme à l'habitude, lorsqu'il sentit quelque chose remuer contre son poil. Il n'avait pas besoin d'y voir pour se rendre compte qu'il s'agissait d'une souris et pour la saisir d'un coup de patte. Elle était si effrayée qu'elle ne chercha même pas à s'enfuir.

— Monsieur le chat, dit-elle, laissez-moi m'en aller. Je suis une toute petite souris, et je me suis égarée...

— Une petite souris ? dit le chat. Eh bien ! moi, je vais te manger.

— Monsieur le chat, si vous ne me mangez pas, je vous promets de vous obéir toujours.

— Non, j'aime mieux te manger... A moins...

— A moins, monsieur le chat ?

— Eh bien ! voilà : je suis aveugle. Si tu veux prendre ma place et devenir aveugle à ma place, je te laisserai la vie sauve. Tu pourras te promener librement dans la cour, je te donnerai moi-même à manger. En somme, tu as tout avantage à être aveugle dans ces conditions-là. Pour toi qui trembles toujours de tomber entre mes griffes, ce sera la tranquillité.

La souris hésitait encore et comme elle s'en excusait auprès du chat, il répondit avec bonté :

— Réfléchis bien, petite souris, et ne te décide pas à la légère. Je ne suis pas si pressé que je ne puisse attendre quelques minutes, et ce que je veux d'abord, c'est que tu te prononces en toute liberté.

— Oui, dit la souris, mais si je dis non, vous me mangerez ?

— Bien entendu, petite souris, bien entendu.

— Alors, j'aime encore mieux devenir aveugle que d'être mangée.

En rentrant de l'école, à midi, Delphine et Marinette furent très étonnées de voir une petite souris qui se promenait dans la cour entre les pattes du chat. Elles le furent bien davantage en apprenant que la souris était aveugle et que le chat ne l'était plus.

— C'est une bonne petite bête, dit le chat, elle a un cœur excellent, et je vous recommande d'en avoir bien soin.

— Sois tranquille, dirent les petites, elle ne manquera de rien. Nous lui donnerons à manger et nous lui ferons un lit pour la nuit.

Quand le chien arriva à son tour, il fut si heureux de la guérison de son ami, qu'il ne put cacher sa joie devant la souris.

— Le chat a été très bon, dit-il, et voyez ce qui arrive : il en est récompensé aujourd'hui !

— C'est vrai, disaient les petites, il a été bon...

— C'est vrai, murmurait le chat, j'ai été bon...

— Hum ! faisait la souris, hum ! hum !

Un dimanche qu'il somnolait dans sa niche à côté du

chat, pendant que les petites promenaient la souris dans la cour, le chien se mit à renifler d'un air inquiet, puis il se leva en grondant et se dirigea vers le chemin où l'on entendait déjà le pas d'un homme. C'était un vagabond au visage maigre et aux vêtements déchirés qui se traînait avec fatigue. En passant près de la maison, il jeta un coup d'œil dans la cour et eut un mouvement de surprise en voyant le chien. Il s'approcha d'un pas décidé et murmura :

— Chien, renifle-moi un peu... ne me reconnais-tu pas ?

— Si, dit le chien en baissant la tête. Vous êtes mon ancien maître.

— Je me suis mal conduit envers toi, chien... mais si tu savais quel remords j'ai eu, tu me pardonnerais sûrement...

— Je vous pardonne, mais allez-vous-en.

— Depuis que je vois clair, je suis un homme bien malheureux. Je suis si paresseux que je ne peux pas me décider à travailler, et c'est à peine si je mange une fois par semaine. Autrefois, quand j'étais aveugle, je n'avais pas besoin de travailler. Les gens me donnaient à manger et à coucher, et ils me plaignaient... Te rappelles-tu ? Nous étions heureux... Si tu voulais, chien, je te reprendrais mon mal, je redeviendrais aveugle, et tu me conduirais encore sur les routes...

— Vous étiez peut-être heureux, répondit le chien, mais moi, je ne l'étais guère. Avez-vous oublié les coups dont vous récompensiez mon zèle et mon amitié ? Vous étiez un mauvais maître et je le comprends mieux depuis que j'en ai trouvé de meilleurs. Je ne vous garde pas rancune, mais n'attendez pas que je vous accompagne jamais sur les routes. D'ailleurs, vous ne pouvez pas reprendre mon mal, car je ne suis plus aveugle. Le chat, qui est très bon, a voulu le devenir à ma place, et ensuite...

Mais déjà l'homme ne l'écoutait plus et l'éloignait en le traitant de mauvaise bête ; il s'en alla trouver le chat qui ronronnait à l'entrée de la niche et lui dit en passant la main sur son poil :

— Pauvre vieux chat, tu es bien malheureux.

— Ronron, fit le chat.

— Je suis sûr que tu donnerais beaucoup pour voir clair. Mais si tu veux, je serai aveugle à ta place et, en échange, tu me conduiras sur les routes comme le chien faisait autrefois.

Le chat ouvrit ses yeux tout grands et répondit sans se déranger :

— Si j'étais encore aveugle, j'accepterais peut-être, mais je ne le suis plus depuis que la souris a bien voulu me prendre mon mal. C'est une bête qui est très bonne, et si vous voulez lui dire votre affaire, elle ne refusera pas de vous rendre un service. Tenez, la voilà qui dort sur une pierre où les petites viennent de la coucher après la promenade.

L'homme hésita un moment avant d'aller trouver la souris, mais il se sentait si paresseux, et la pensée qu'il lui fallait travailler pour gagner son pain lui fut si insupportable, qu'il finit par se décider. Il se pencha sur elle et lui dit doucement :

— Pauvre souris, tu es bien à plaindre...

— Oh ! oui, monsieur, dit la souris. Les petites sont gentilles, le chien aussi, mais je voudrais bien voir clair.

— Veux-tu que je devienne aveugle à ta place ?

— Oui, monsieur.

— En retour, tu me serviras de guide. Je te passerai une ficelle au cou et tu me conduiras sur les chemins.

— Ce n'est pas difficile, dit la souris, je vous conduirai où vous voudrez.

Les petites, rangées à l'entrée de la cour, à côté du chien et du chat, regardaient l'homme faire ses premiers pas d'aveugle sur la route, derrière la souris qu'il tenait attachée au bout d'une ficelle. Il allait lentement et avec beaucoup d'hésitation, car la souris était si petite que tout son effort tendait à peine la ficelle, et que le moindre mouvement de l'aveugle faisait tourner la pauvre bête sur elle-même, sans qu'il s'en aperçût. Delphine, Marinette et le chat poussaient de grands soupirs d'inquiétude et de pitié. Le chien, lui, tremblaient des quatre pattes en voyant l'homme buter aux pierres de la route et hésiter à chaque pas. Les petites le tenaient par le collier et lui caressaient la tête, mais il leur échappa brusquement et courut tout droit à l'aveugle.

— Chien! crièrent les petites.

— Chien! cria le chat.

Il courait comme s'il n'eût rien entendu, et quand l'aveugle eut attaché la ficelle à son collier, il s'éloigna sans tourner la tête, pour ne pas voir les petites qui pleuraient avec son ami le chat.

Les boîtes de peinture

Un matin de vacances, Delphine et Marinette s'installèrent dans le pré, derrière la ferme, avec leurs boîtes de peinture. Les boîtes étaient toutes neuves. C'était leur oncle Alfred qui les leur avait apportées la veille pour récompenser Marinette d'avoir sept ans, et les petites l'avaient remercié en lui chantant une chanson sur le printemps. L'oncle Alfred était reparti tout heureux et tout chantonnant, mais il s'en fallait que les parents eussent été aussi satisfaits. Ils n'avaient pas cessé de ronchonner pendant le reste de la soirée : « Je vous demande un peu. Des boîtes de peinture. A nos deux têtes folles. Pour faire du gâchis plein dans la cuisine et pour tacher tous leurs habits. Des boîtes de peinture. Est-ce qu'on fait de la peinture, nous ? En tout cas, pour demain matin, il n'est pas question de peinturlurer. Pendant que nous serons aux champs, vous cueillerez des haricots dans le jardin et vous irez couper du trèfle pour les lapins. » Le cœur serré, les petites durent promettre de travailler sans même toucher à leurs boîtes de peinture. Le lendemain matin donc, après le départ des parents, elles allaient au jardin cueillir des haricots lorsqu'elles firent la rencontre du canard qui ne manqua pas de remarquer leurs mines consternées. C'était un canard qui avait beaucoup de cœur.

— Qu'est-ce que vous avez, petites ? demanda-t-il.

— Rien, répondirent les petites, mais Marinette renifla et Delphine renifla aussi. Et comme le canard les pressait amicalement, elles parlèrent des boîtes de peinture, des haricots à cueillir et du trèfle à couper. Cependant, le chien et le cochon, qui rôdaient alentour, s'étaient approchés pour les écouter et leur indignation ne fut pas moins vive que celle du canard.

— C'est révoltant, déclara celui-ci. Voilà des parents qui sont coupables. Mais ne craignez rien, petites, et allez peindre tranquillement. Je me charge, avec l'aide du chien, de cueillir vos haricots.

— N'est-ce pas, chien ?

— Bien sûr, fit le chien.

— Et pour le trèfle, dit le cochon, vous pouvez compter sur moi. Je vais en couper une belle provision.

Les petites étaient bien contentes. Sûres que les parents n'en sauraient rien et après avoir embrassé leurs trois amis, elles s'en allèrent sur le pré avec leurs boîtes de peinture. Comme elles emplissaient les godets d'eau claire, l'âne vint à elles du fond du pré.

— Bonjour, les petites. Qu'est-ce que vous faites avec ces boîtes ?

Marinette lui répondit qu'elles se préparaient à peindre et lui donna toutes les explications qu'il souhaita.

— Si tu veux, ajouta-t-elle, je vais faire ton portrait.

— Oh ! oui, je veux bien, dit l'âne. Nous, les bêtes, on n'a guère l'occasion de se voir tel qu'on est.

Marinette fit poser l'âne de profil et se mit à peindre. De son côté, Delphine entreprit le portrait d'une sauterelle qui se reposait sur un brin d'herbe. Appliquées, les petites travaillaient en silence, tirant la langue du côté où penchaient leurs têtes.

Au bout d'un moment, l'âne qui n'avait pas encore bougé, demanda :

— Je peux aller voir ?

— Attends, répondit Marinette, je suis en train de faire les oreilles.

— Ah ! bon Ne te presse pas. A propos des oreilles, je voudrais te dire. Elles sont longues, c'est entendu, mais tu sais, pas tellement.

— Oui, oui, sois tranquille, je fais juste ce qu'il faut.

Cependant, Delphine venait d'avoir une déception. Ayant peint la sauterelle et le brin d'herbe, elle s'était avisée que l'ensemble, au milieu de la grande feuille de papier blanc, manquait d'importance et elle avait entrepris de l'étoffer avec un fond de prairie. Par malheur, le pré et la sauterelle étaient d'une même couleur verte, en sorte que l'image de l'insecte se perdit dans la verdure et qu'il n'en resta plus rien. C'était ennuyeux.

Marinette ayant achevé son portrait, l'âne fut convié à le venir voir et s'empressa. Ce qu'il vit ne manqua pas de le surprendre.

— Comme on se connaît mal, dit-il avec un peu de mélancolie. Je n'aurais jamais cru que j'avais une tête de bouledogue.

Marinette rougit et l'âne poursuivit :

— C'est comme les oreilles, on m'a souvent

répété que je les avais longues, mais au point où les voilà, je ne l'aurais pas pensé non plus.

Marinette, gênée, rougit encore plus fort. Il est vrai qu'à elles seules, les oreilles du portrait avaient presque autant d'importance que le corps. L'âne continuait à examiner la peinture d'un regard plutôt attristé. Tout à coup, il eut comme un sursaut et s'écria :

— Qu'est-ce que ça veut dire ? mais on ne m'a fait que deux pattes !

Cette fois, Marinette se sentit plus à l'aise et répondit :

— Bien sûr, je ne te voyais que deux pattes. Je ne pouvais pas en faire plus.

— C'est très joli, mais enfin, j'ai quatre pattes, moi.

— Non, intervint Delphine. De profil, tu n'as que deux pattes.

L'âne ne protesta plus. Il était froissé.

— C'est bon dit-il en s'éloignant, je n'ai que deux pattes.

— Voyons, réfléchis un peu...

— Non, non, j'ai deux pattes et n'en parlons plus.

Delphine se mit à rire et Marinette rit aussi, quoiqu'elle eût un peu de remords. Puis, oubliant l'âne, elles songèrent à trouver d'autres modèles. Vinrent à passer les deux bœufs de la maison, qui traversaient le pré pour aller boire à la rivière. C'étaient deux grands bœufs tout blancs, sans une tache.

— Bonjour, les petites. Qu'est-ce que vous faites avec ces boîtes ?

On leur expliqua ce qu'était de peindre et ils demandèrent qu'on voulût bien faire leurs portraits ;

mais instruite par l'aventure de la sauterelle, Delphine secoua la tête.

— Ce n'est pas possible. Vous êtes blancs, donc de la même couleur que le papier. On ne vous verrait pas. Blanc sur blanc, c'est comme si vous n'existiez pas.

Les bœufs se regardèrent et l'un d'eux prononça d'une voix pincée :

— Puisque nous n'existons pas, au revoir.

Les petites en restèrent tout interloquées. C'est alors qu'entendant derrière elles des éclats de voix, elles virent arriver le cheval et le coq qui étaient à se chamailler.

— Oui, monsieur, disait le coq d'une voix furieuse, plus utile que vous et plus intelligent aussi. Et n'ayez pas l'air de ricaner, s'il vous plaît, parce que moi, je pourrais bien vous flanquer une correction.

— Petit brimborion ! laissa tomber le cheval.

— Brimborion ! Mais vous n'êtes pas si grand que ça ! Je me charge de vous le faire voir un jour, moi.

Les petites voulurent s'interposer, mais elles eurent beaucoup de mal à faire taire le coq. Ce fut Delphine qui arrangea les choses en offrant aux deux adversaires de faire leurs portraits. Tandis que sa sœur faisait celui du coq, elle entreprit celui du cheval. Un instant, on put croire que la querelle était finie. Tout au plaisir de poser, la tête levée haut et la crête en arrière, le coq renflait son jabot et faisait bouffer ses plus belles plumes. Mais il ne put se tenir longtemps de pérorer.

— Ce doit être bien agréable de faire mon portrait, dit-il à Marinette. Tu as bien choisi ton modèle, toi.

Ce n'est pas que je veuille me flatter, mais mes plumes ont vraiment des couleurs adorables.

Longuement, il vanta son plumage, sa crête, son panache, et ajouta en jetant un coup d'œil au cheval :

— Évidemment, je suis mieux fait pour être peint que certaines pauvres bêtes d'un poil triste et uni.

— Il convient aux bestioles d'être ainsi bariolées, dit le cheval. Cela leur permet de ne pas passer tout à fait inaperçues.

— Bestiole vous-même ! s'écria le coq en s'ébouriffant et il se répandit en injures et en menaces, de quoi le cheval ne fit que sourire. Cependant, les petites peignaient avec ardeur. Bientôt les deux modèles purent venir admirer leurs portraits. Le cheval parut assez satisfait du sien. Delphine lui avait fait une très belle crinière, hérissée et longue à merveille et qui semblait la dépouille d'un porc-épic, et aussi une queue bien fournie en gros crins dont plusieurs avaient la grosseur et la belle tenue d'un manche de pioche. Enfin, ayant posé de trois quarts, il avait la chance d'avoir ses quatre membres. Le coq n'était pas à plaindre non plus. Pourtant, il eut la mauvaise grâce de prétendre que son panache avait l'air d'un balai usagé. Le cheval, qui était alors occupé de son portrait, jeta un coup d'œil sur celui du coq et fit une découverte qui l'emplit aussitôt d'amertume.

— A ce que je vois, dit-il, le coq serait plus gros que moi ?

En effet, Delphine, peut-être déroutée par son essai avec la sauterelle, avait fait du cheval un portrait qui tenait à peine la moitié de la feuille de papier, tandis que l'image du coq, largement traitée par Marinette, emplissait toute la page.

— Le coq plus gros que moi, voilà qui est fort.

— Mais oui, plus gros que vous, mon cher, exulta le coq. Mais naturellement. D'où tombez-vous ? Moi, je n'ai pas attendu de voir nos deux portraits l'un à côté de l'autre pour m'en rendre compte.

— C'est pourtant vrai, dit Delphine en comparant les deux portraits, tu es plus petit que le coq. Je ne l'avais pas remarqué, mais c'est sans importance.

Elle comprit, mais trop tard, que le cheval était froissé. Il tourna le dos et comme elle le rappelait, il répliqua sèchement et sans même un regard en arrière :

— Mais oui. Entendu. Je suis plus petit que le coq et c'est sans importance.

Sourd aux explications des petites, il s'éloigna, suivi à distance par le coq qui ne se lassait pas de répéter : « Plus gros que vous ! Plus gros que vous ! »

Au retour des champs, à midi, les parents trouvèrent leurs filles à la cuisine et tout de suite leurs regards se portèrent sur les tabliers. Heureusement, les petites avaient pris garde à ne pas faire de taches de peinture à leurs vêtements. Interrogées sur l'emploi de leur temps, elles répondirent qu'elles avaient coupé un gros tas de trèfle pour les lapins et cueilli deux pleins paniers de haricots. Les parents purent se rendre compte qu'elles disaient vrai et marquèrent, par de larges sourires, qu'ils étaient des plus satisfaits. S'ils s'étaient avisés de regarder les haricots d'un peu près, sans doute auraient-ils été surpris d'y trouver mêlés des poils de chien et des plumes de canard mais l'idée ne leur en vint pas. On ne les vit jamais de si belle humeur que ce jour-là au repas de midi.

— Ah ! nous sommes bien contents, dirent-ils aux

petites. Voilà une belle cueillette de haricots et nos
lapins ont du trèfle à manger pour au moins trois
jours : Puisque vous avez si bien travaillé...

Un gargouillement qui venait de dessous la table
leur coupa la parole et en se penchant, ils découvrirent
le chien qui avait l'air de s'étrangler.

— Qu'est-ce que tu as ?

— Ce n'est rien, dit le chien (la vérité est qu'il
n'avait pu se tenir de rire et les petites en étaient tout
effrayées), ce n'est rien du tout. J'aurai sûrement avalé
de travers. Vous savez comment les choses arrivent.
Bien souvent, on croit avaler droit...

— C'est bon, dirent les parents, pas tant de discours. Où en étions-nous ? Ah ! oui. Vous avez fait du
bon travail.

Pour la deuxième fois, ils furent interrompus par un
autre gargouillement, mais plus discret, qui semblait
venir de l'entrée à laquelle ils tournaient le dos. C'était
le canard qui avait passé la tête dans l'entrebâillement
de la porte et qui, lui non plus, ne pouvait retenir son
envie de rire. Si vite que les parents eussent tourné la
tête, le canard avait disparu, mais les petites avaient eu
chaud.

— Ce doit être un courant d'air qui aura fait grincer
la porte, dit Delphine.

— C'est bien possible, firent les parents. Où en
étions-nous ? Oui, le trèfle et les haricots. Nous
sommes vraiment fiers de vous. C'est un plaisir d'avoir
des petites si obéissantes et si travailleuses. Mais vous
allez être récompensées. Vous pensez bien que notre
intention n'a jamais été de vous priver de vos boîtes de
peinture. Ce matin, nous avons voulu savoir si vous
étiez des enfants assez sages pour ne penser qu'à vous

rendre utiles. Nous voilà satisfaits. Donc, permission de peindre tout l'après-midi.

Les petites remercièrent avec de petites voix qui n'allaient pas seulement jusqu'au bout de la table. Les parents étaient si joyeux qu'ils n'y prirent pas garde et jusqu'à la fin du repas, ils ne firent que rire, chanter et jouer aux devinettes.

— Deux demoiselles qui courent après deux demoiselles sans jamais les rattraper. Qu'est-ce que c'est ?

Les petites faisaient semblant de chercher, car les souvenirs de la matinée et le remords qu'elles en avaient les empêchaient de s'y appliquer.

— Vous ne devinez pas ? C'est pourtant facile. Votre langue au chat ? Eh bien, voilà : ce sont les deux roues d'arrière d'une voiture qui courent après les deux roues de devant. Ha ! ha !

Et les parents riaient si fort qu'ils en étaient pliés en deux. Au sortir de table, pendant que les petites étaient à desservir, ils s'en allèrent à l'écurie pour détacher l'âne qui devait les accompagner aux champs avec une charge de semences de pommes de terre.

— Allons, l'âne, il est l'heure du départ.

— Je regrette beaucoup, dit l'âne, mais je n'ai que deux pattes pour vous servir.

— Deux pattes ! Qu'est-ce que tu nous chantes ?

— Hé ! oui. Deux pattes. Même que j'ai bien du mal à me tenir debout. Je ne sais pas comment vous faites, vous, les gens.

Les parents s'approchèrent et, regardant l'âne de plus près, virent qu'il n'avait plus, en effet, que deux pattes, une devant et une derrière.

— Par exemple, voilà qui est curieux. Une bête

qui avait pourtant ses quatre pattes ce matin encore. Hum ! Allons voir les bœufs.

L'écurie était sombre et, au premier coup, on y voyait assez mal.

— Eh bien, les bœufs ? firent les parents de loin. C'est donc vous qui viendrez aux champs avec nous ?

— Sûrement pas, répondirent deux voix de la pénombre. Nous en sommes bien fâchés pour vous, mais nous n'existons pas.

— Vous n'existez pas !

— Voyez plutôt.

En effet, s'étant approchés, les parents virent que le compartiment des bœufs était vide. A l'œil comme au toucher, on ne distinguait rien d'autre que deux paires de cornes qui flottaient dans les airs à la hauteur du râtelier.

— Mais qu'est-ce qui se passe donc, dans cette écurie ? C'est à devenir fou. Allons voir le cheval.

Celui-ci logeait tout au fond de l'écurie, là où il faisait le plus sombre.

— Eh bien, bon cheval, es-tu prêt à nous suivre aux champs ?

— A votre service, répondit le cheval, mais s'il s'agit de m'atteler à la voiture, j'aime autant vous avertir que je suis tout petit.

— Allons bon. En voilà d'une autre. Tout petit !

En arrivant au fond de l'écurie, les parents eurent un cri de surprise. Dans la pénombre, sur la litière de paille claire, ils venaient d'apercevoir un minuscule cheval qui n'était guère plus gros, en tout, que la moitié d'un coq.

— Je suis mignon, n'est-ce pas ? leur dit-il, et c'était bien un peu pour les narguer.

— Quel malheur ! gémirent les parents. Une si belle bête et qui travaillait si bien. Mais comment la chose est-elle arrivée ?

— Je ne sais pas, répondit le cheval d'un air évasif qui donnait à penser. Je ne vois pas du tout.

Interrogés à leur tour, l'âne et les bœufs firent la même réponse. Les parents sentaient bien qu'on leur cachait quelque chose. Ils s'en furent à la cuisine et regardèrent un moment les petites avec un air soupçonneux. Quand il se passait à la ferme des choses qui sortaient un peu de l'ordinaire, leur premier mouvement était toujours de s'en prendre à elles.

— Allons, répondez, dirent-ils avec des voix qui étaient comme des rugissements d'ogres. Qu'est-ce qui s'est passé ce matin en notre absence ?

N'ayant pas la force de parler tant elles avaient peur, les petites firent signe qu'elles ne savaient pas. Cognant alors de leurs quatre poings sur la table, les parents hurlèrent :

— Répondrez-vous, à la fin, petites malheureuses ?

— Haricots, cueilli des haricots, réussit à murmurer Delphine.

— Coupé du trèfle, souffla Marinette.

— Et comment se fait-il que l'âne n'ait plus que deux pattes, que les bœufs n'existent pas, et que notre bon grand cheval ait à présent la taille d'un lapin de trois semaines ?

— Oui, comment se fait-il ? Allons, la vérité tout de suite.

Les petites, qui ne connaissaient pas encore la terrible nouvelle, en furent atterrées, mais elles comprenaient trop bien ce qui s'était passé : ce matin, elles avaient peint d'une si grande ardeur que leur

façon de voir s'était très vivement imposée à leurs
modèles ; c'est ce qui arrive assez souvent quand on
peint pour la première fois ; de leur côté, les bêtes
avaient pris les choses trop à cœur et, en rentrant à
l'écurie, blessées dans leur amour-propre, elles avaient
si bien ruminé les incidents du pré, que ceux-ci
devaient rapidement imprimer à la réalité une figure
nouvelle. Enfin, et les petites ne s'y trompaient pas, le
fait d'avoir désobéi à leurs parents était pour beaucoup
dans cette redoutable aventure. Elles étaient sur le
point de se jeter à genoux et de faire des aveux
lorsqu'elles aperçurent le canard qui secouait la tête
dans l'entrebâillement de la porte en clignant de l'œil à
leur intention. Retrouvant un peu d'aplomb, elles
balbutièrent qu'elles ne comprenaient rien à ce qui
s'était passé.

— Vous faites vos têtes de bois, dirent les parents.
C'est bon, faites vos têtes de bois. Nous allons
chercher le vétérinaire.

Alors les petites se mirent à trembler. Ce vétérinaire
était un homme extraordinairement habile. On pouvait
être sûr qu'après avoir regardé les bêtes dans le blanc
des yeux et palpé leurs membres et leurs panses, il
n'allait pas manquer de découvrir la vérité. Il semblait
aux petites l'entendre déjà : « Tiens, tiens, dirait-il,
j'aperçois en tout ceci comme une maladie de peinture ; quelqu'un aurait-il, par hasard, fait de la peinture ce matin ? » Il n'en faudrait pas davantage.

Les parents s'étant mis en route, Delphine expliqua
au canard ce qui venait d'arriver et ce qu'il fallait
craindre de la science du vétérinaire. Le canard fut
vraiment très bien.

— Ne perdons pas de temps, dit-il. Prenez vos

boîtes de peinture et allons lâcher les bêtes dans le pré. Ce que la peinture a fait, la peinture doit le défaire.

Les petites firent d'abord sortir l'âne et la chose n'alla pas toute seule, car il avait beaucoup de mal à marcher sur ses deux pattes sans perdre l'équilibre et il fallut, en arrivant, lui glisser un tabouret sous le ventre, faute de quoi il fût probablement tombé. Pour les bœufs, tout se fit plus simplement et il fut à peine besoin de les accompagner. Un homme qui passait à ce moment-là sur la route éprouva bien quelque surprise de voir, suspendues dans les airs, deux paires de cornes traverser la cour, mais il eut la sagesse de penser que sa vue baissait. En sortant de l'écurie, le cheval eut d'abord quelque frayeur de se trouver nez à nez avec le chien qui lui parut un animal d'une grandeur mons- trueuse, mais tout aussitôt il en rit.

— Comme tout est grand autour de moi, dit-il, et que c'est amusant d'être si petit !

Mais il n'allait pas tarder à changer de sentiment, car le coq l'ayant aperçu, pauvre petit cheval, se porta sur lui d'un élan furieux et lui dit dans les oreilles :

— Ah ! ah ! Monsieur, nous nous retrouvons. Vous n'avez pas oublié, j'espère, que je vous ai promis une correction.

Le petit cheval tremblait de tous ses membres. Le canard voulut s'interposer, mais en vain, et les petites ne furent pas plus heureuses.

— Laissez donc, dit le chien, je vais le manger.

Montrant les dents, il fonça sur le coq qui partit sans demander son reste et si loin s'en courut, malheureux coq, qu'on ne devait pas le revoir avant trois jours et la tête bien basse.

Lorsqu'il eut tout son monde sur le pré, le canard

toussa pour s'éclaircir la voix et dit s'adressant au cheval, à l'âne et aux bœufs :

— Mes chers vieux amis, vous n'imaginez pas combien je suis peiné de vous voir dans cette situation. Quelle tristesse de penser que ces magnifiques bœufs blancs, qui étaient tout le plaisir des yeux, ne sont plus rien maintenant ; que cet âne si gracieux dans ses évolutions se traîne misérablement sur deux pattes et que notre beau grand cheval n'est plus qu'une pauvre petite chose ratatinée. On en a le cœur serré, je vous assure, et d'autant plus que cette ridicule aventure est le résultat d'un simple malentendu. Mais oui, un malentendu. Les petites n'ont jamais eu l'intention de froisser personne, au contraire. Ce qui vous arrive leur cause autant de chagrin qu'à moi et je suis sûr que, de votre côté, vous êtes très ennuyés. Ne vous entêtez donc pas. Laissez-vous revenir gentiment à votre aspect habituel.

Mais les bêtes gardaient un silence hostile. Les yeux baissés, l'âne fixait son unique sabot de devant avec un air de rancune. Le cheval, bien que le cœur lui battît encore de frayeur, ne paraissait nullement disposé à entendre raison. Comme ils n'existaient pas, les bœufs n'avaient l'air de rien, mais leurs cornes, seules visibles et quoique dénuées de toute expression, gardaient une immobilité significative. L'âne parla le premier.

— J'ai deux pattes, dit-il d'une voix sèche. Eh bien, j'ai deux pattes. Il n'y a pas à y revenir.

— Nous n'existons pas, dirent les bœufs, nous n'y pouvons rien.

— Je suis tout petit, dit le cheval. C'est tant pis pour moi.

Les choses ne s'arrangeaient pas et il y eut d'abord

un silence consterné. Mais le chien, fâché par ce mauvais vouloir, se tourna vers les petites en grondant :

— Vous êtes trop bonnes avec ces sales bêtes. Laissez-moi faire. Je m'en vais vous leur mordre un peu les jarrets.

— Nous mordre ? dit l'âne. Oh ! très bien. Si on le prend comme ça !

Sur quoi il se mit à ricaner et les bœufs et le cheval aussi.

— Voyons, c'était pour rire, se hâta d'affirmer le canard. Le chien a simplement voulu plaisanter. Mais vous ne savez pas tout. Écoutez. Les parents viennent d'aller chercher le vétérinaire. Dans moins d'une heure, il sera ici pour vous examiner et il n'aura pas de mal à comprendre ce qui s'est passé. Les parents avaient défendu aux petites de peindre ce matin. Tant pis pour elles. Puisque vous y tenez, elles seront grondées et punies, peut-être battues.

L'âne regarda Marinette, le cheval Delphine, et les cornes bougèrent dans l'espace, comme se tournant vers les petites.

— Bien sûr, murmura l'âne, qu'il fait meilleur aller sur quatre pattes que sur deux. C'est autrement confortable.

— N'être plus aux yeux du monde qu'une simple paire de cornes, c'est évidemment bien peu, convinrent les bœufs.

— Regarder le monde d'un peu haut, c'était tout de même bien agréable, soupira le cheval.

Profitant de cette détente, les petites ouvrirent leurs boîtes de peinture et se mirent au travail. Marinette peignit l'âne en prenant bien garde, cette fois, à lui

4

faire quatre pattes. Delphine peignit le cheval, avec, à ses pieds, un coq réduit à de justes proportions. La besogne avançait rapidement. Le canard en était tout réjoui. Leurs portraits finis, les deux animaux affirmèrent qu'ils en étaient pleinement satisfaits. Toutefois, l'âne ne retrouva pas les deux pattes qui lui manquaient, pas plus que le cheval n'augmenta de volume. Ce fut pour tout le monde une vive déception et le canard eut un commencement d'inquiétude. Il demanda à l'âne s'il n'éprouvait pas au moins une démangeaison à l'endroit où manquaient les deux membres, et au cheval s'il ne se sentait pas un peu à l'étroit dans sa peau. Mais non, ils ne sentaient rien.

— Il faut le temps, dit le canard aux petites. Pendant que vous peindrez les bœufs, tout va s'arranger, j'en suis sûr.

Delphine et Marinette entreprirent chacune le portrait d'un bœuf en partant des cornes et, pour le reste, s'en remettant à leur mémoire qui les servit assez fidèlement. Elles avaient choisi un papier gris sur lequel le blanc, qui était la couleur des bœufs, ressortait parfaitement. Les bœufs furent également très satisfaits de leurs portraits qu'ils trouvaient des plus ressemblants. Mais leur existence n'en resta pas moins réduite à leurs cornes. Et le cheval et l'âne ne sentaient toujours rien qui annonçât un retour à l'ordre normal. Le canard avait du mal à cacher son anxiété et plusieurs de ses belles plumes perdirent de leur éclat.

— Attendons, dit-il, attendons.

Un quart d'heure passa et rien n'arriva. Avisant un pigeon qui picorait dans le pré, le canard alla lui parler. Pigeon s'envola et revint peu après se poser sur la corne d'un bœuf.

— J'ai vu une voiture au tournant du haut peuplier, dit-il. Dedans, il y avait les parents avec un homme.

— Le vétérinaire ! s'écrièrent les petites.

En effet, ce ne pouvait être que lui, et sa voiture ne tarderait guère. C'était l'affaire de quelques minutes. Voyant la frayeur des petites et songeant à la colère des parents, les bêtes étaient très malheureuses.

— Allons, dit le canard, faites encore un effort. Pensez que tout arrive par votre faute, parce que vous avez fait vos mauvaises têtes.

L'âne se secoua de son mieux pour faire revenir ses deux pattes, les bœufs se raidirent pour exister et le cheval avala un grand coup d'air pour se regonfler, mais rien n'y fit. Les pauvres bêtes en étaient toutes confuses. Bientôt, l'on entendit le bruit de la voiture roulant sur la route et l'on n'espéra plus rien. Les petites étaient devenues très pâles et tremblaient de peur dans l'attente du savant vétérinaire. L'âne en eut une si grande peine qu'il s'approcha de Marinette en boitillant de se deux pattes et se mit à lui lécher les mains. Il voulut lui demander pardon et lui dire quelque chose de doux, mais trop ému, la voix lui manqua et ses yeux s'emplirent de larmes qui tombèrent sur le portrait. C'étaient les larmes de l'amitié. A peine furent-elles tombées sur le papier que l'âne sentit une assez vive douleur dans tout le côté droit et qu'il se retrouva d'aplomb sur ses quatre membres. Ce fut pour tout le monde un grand réconfort et les petites se reprirent à espérer. A vrai dire, il était bien tard, la voiture ne se trouvant plus maintenant qu'à cent mètres de la ferme. Mais le canard avait compris. Saisissant dans son bec le portrait du cheval, il le lui mit promptement sous le nez et fut assez heureux pour y recevoir une larme. Le résultat ne se fit pas attendre. On vit grossir le cheval à vue d'œil et, le temps de compter jusqu'à dix, il revenait à ses dimensions habituelles. La voiture n'était plus alors qu'à trente mètres de la ferme.

Toujours un peu lents à s'émouvoir, les bœufs commençaient à se recueillir sur leurs portraits. L'un d'eux, ayant réussi à se tirer une larme, reprit corps au moment précis où la voiture entrait dans la cour de la ferme. Les petites faillirent battre des mains, mais le canard restait soucieux. C'est qu'il y avait encore un bœuf qui n'existait pas. Ce bœuf-là était plein de bonne volonté, mais les larmes n'étaient pas son fort et on ne l'avait jamais vu pleurer. Toute son émotion et son désir de bien faire ne lui humectaient pas seulement le coin des paupières.

Le temps pressait, car les voyageurs descendaient de voiture. Sur l'ordre du canard, le chien courut à leur rencontre afin de retarder leur arrivée et, faisant fête au vétérinaire, il se mit si bien dans ses jambes qu'il eut la chance de le faire tomber à plat ventre dans la poussière. Les parents couraient aux quatre coins de la cour à la recherche d'une trique qu'ils avaient juré de casser sur le dos du chien. Puis ils songèrent à relever le vétérinaire, et, quand ce fut fait, lui brossèrent ses vêtements. Le tout dura entre quatre et cinq minutes.

Pendant ce temps-là, sur le pré, tout le monde regardait avec angoisse vers les cornes du bœuf qui n'existait pas. Bien qu'il s'y appliquât de tout son cœur, le pauvre bœuf n'arrivait pas à pleurer.

— Je vous demande pardon, mais je sens bien que je ne pourrai pas, dit-il aux petites.

Il y eut un instant de découragement presque

général. Le canard lui-même en perdait la tête. Seul,
l'autre bœuf, celui qui venait de reprendre corps,
gardait encore à peu près son sang-froid. L'idée lui
vint de chanter à son compagnon une chanson qu'ils
avaient chantée ensemble jadis, au temps où ils
n'étaient encore que de jeunes veaux. Sa chanson
commençait ainsi :

> *Un veau seulet*
> *Buvant son lait,*
> *Meuh, meuh, meuh,*
> *Vit une vachette*
> *Qui broutait l'herbette,*
> *Meuh, meuh, meuh.*

C'était un air un peu languissant qui semblait devoir
incliner à la mélancolie. En effet, dès le premier
couplet, le résultat espéré commença de se faire sentir.
Les cornes du bœuf qui n'existait pas eurent comme
un frémissement. Ayant soupiré à plusieurs reprises, le
pauvre animal finit par avoir une larme au coin de
l'œil, mais si petite qu'elle ne put couler. Heureusement, Delphine la vit briller, et, la cueillant à la pointe
de son pinceau, la déposa sur le portrait. Tout aussitôt,
le bœuf se reprit à exister, devint visible et palpable. Il
était grand temps. Encadrant le vétérinaire, les parents
venaient d'apparaître au bout du pré. A la vue des
bœufs, de l'âne bien planté sur quatre pattes et du
cheval qui se redressait de toute sa haute taille, ils
restèrent muets d'étonnement. Le vétérinaire, que sa
chute à plat ventre avait mis de mauvaise humeur,
demanda en ricanant.

— Eh bien, ce sont là les bœufs qui n'existent pas,

l'âne qui a perdu deux pattes et le cheval devenu plus petit qu'un lapin ? Ils n'ont pas l'air de souffrir beaucoup de leurs petites misères, à ce que je vois.

— C'est à n'y rien comprendre, balbutièrent les parents. Tout à l'heure, dans l'écurie...

— Vous avez rêvé ou bien vous veniez de faire un trop bon repas qui vous avait troublé la vue. Vous auriez mieux fait d'appeler le médecin, il me semble. En tout cas, je n'admets pas qu'on me dérange pour rien. Ah ! non, je ne l'admets pas.

Comme les pauvres parents baissaient la tête et s'excusaient de leur mieux, le vétérinaire se radoucit et ajouta en montrant Delphine et Marinette.

— Enfin, on vous pardonne pour cette fois, parce que vous avez deux jolies petites filles. Pas besoin de les regarder longtemps. On voit tout de suite qu'elles sont sages et obéissantes. — N'est-ce pas, petites ?

— Les petites étaient toutes rouges et restaient bouche bée, sans oser souffler mot, mais le canard répondit effrontément :

— Oh ! oui, Monsieur. Il n'y a pas plus obéissantes.

Les bœufs

Delphine eut le prix d'excellence et Marinette le prix d'honneur. Le maître embrassa les deux sœurs en prenant bien garde de ne pas salir leurs belles robes, et le sous-préfet, venu tout exprès de la ville dans son uniforme brodé, prononça un discours.

— Mes chers enfants, dit-il, l'instruction est une bonne chose et ceux qui n'en ont pas sont bien à plaindre. Heureusement, vous n'êtes pas dans ce cas-là, vous. Par exemple, je vois ici deux petites filles en robes roses, qui ont une jolie couronne dorée sur leurs cheveux blonds. C'est parce qu'elles ont bien travaillé. Aujourd'hui, elles sont récompensées de leur peine, et voyez donc comme c'est agréable pour leurs parents : ils sont aussi fiers que leurs enfants. Ah ! ah ! Et tenez, moi qui vous parle, je ne voudrais pas avoir l'air de me vanter, mais enfin, si je n'avais pas toujours bien appris mes leçons, je n'aurais pas ma position de sous-préfet, ni l'habit d'argent que vous me voyez. Voilà pourquoi il faut bien s'appliquer à l'école, et faire comprendre aux ignorants et aux paresseux que l'instruction est indispensable.

Le sous-préfet s'inclina, les écolières chantèrent une

petite chanson, et chacun rentra chez soi. En arrivant à
la maison, Delphine et Marinette ôtèrent leurs belles
robes pour mettre leurs tabliers de tous les jours, mais
au lieu de jouer à la paume, ou à saute-mouton, ou à la
poupée, ou au loup, ou à la marelle, ou à chat perché,
elles se mirent à parler du discours du sous-préfet.
Elles trouvaient qu'il était vraiment très bien, ce
discours. Même, elles étaient ennuyées de n'avoir pas
sous la main quelqu'un de tout à fait ignorant à qui
faire comprendre les bienfaits de l'instruction. Delphine soupirait :

— Dire que nous avons deux mois de vacances,
deux mois qui pourraient être si utilement employés.
Mais quoi ? Il n'y a personne.

Dans l'étable de leurs parents, il y avait deux bœufs
de la même taille et du même âge, l'un tacheté de roux,
l'autre blanc et sans tache. Les bœufs sont comme les
souliers, ils vont presque toujours par deux. C'est
pourquoi l'on dit « une paire de bœufs ». Marinette
alla d'abord au bœuf roux et lui dit en lui caressant le
front :

— Bœuf, est-ce que tu ne veux pas apprendre à
lire ?

D'abord, le grand bœuf roux ne répondit pas. Il
croyait que c'était pour rire.

— L'instruction est une belle chose ! appuya Delphine. Il n'y a rien de plus agréable, tu verras, quand
tu sauras lire.

Le grand roux rumina encore un moment avant de
répondre, mais au fond, il avait déjà son opinion.

— Apprendre à lire, pour quoi faire ? Est-ce que la charrue en sera moins lourde à tirer ? Est-ce que j'aurai davantage à manger ? Certainement non. Je me fatiguerais donc sans résultat ? Merci bien, je ne suis pas si bête que vous croyez, petites. Non, je n'apprendrai pas à lire, ma foi non.

— Voyons, bœuf, protesta Delphine, tu ne parles pas raisonnablement, et tu ne penses pas à ce que tu perds. Réfléchis un peu.

— C'est tout réfléchi, mes belles, je refuse. Ah ! si encore il s'agissait d'apprendre à jouer, je ne dis pas.

Marinette, qui était un peu plus blonde que sa sœur, mais plus vive aussi, déclara que c'était tant pis pour lui, qu'on allait le laisser à son ignorance et qu'il resterait toute sa vie un mauvais bœuf.

— Ce n'est pas vrai, dit le grand roux, je ne suis pas un mauvais bœuf. J'ai toujours bien fait mon métier, et personne n'a rien à me reprocher. Vous me faites rire, toutes les deux, avec votre instruction. Comme si l'on ne pouvait pas vivre sans ça ! Remarquez bien que je n'en dis pas de mal, je prétends que ce n'est pas une chose pour les bœufs, voilà tout. La preuve, c'est qu'on n'a jamais vu un bœuf avoir de l'instruction.

— Ce n'est pas une preuve du tout, répliqua Marinette. Si les bœufs ne savent rien, c'est qu'ils n'ont jamais rien appris.

— En tout cas, ce n'est pas moi qui m'y mettrai, vous pouvez être tranquilles.

Delphine essaya encore de lui faire entendre raison, mais ce fut peine perdue, il ne voulait pas comprendre. Les petites lui tournèrent le dos, peinées qu'il s'entêtât dans son indifférence et sa coupable paresse. Prié à son tour, le bœuf blanc parut touché de leur sollicitude. Il avait beaucoup d'affection pour elles et il ne voulait pas les attrister par un autre refus. D'autre part, il ne lui déplaisait pas de penser qu'il pourrait être plus tard un ruminant distingué. C'était un bon bœuf, un très bon bœuf, même ; doux, patient, laborieux, mais qui avait un peu d'orgueil et d'ambition. Cela se voyait à la façon hautaine dont il dressait les oreilles quand son maître, aux labours, lui faisait une observation. Mais tous les bœufs ont leurs défauts, il n'y en a point de parfaits, et celui-là, en dépit de quelques petits travers, était une excellente nature.

— Écoutez, petites, leur dit-il, j'ai presque envie de vous répondre comme mon frère : à quoi me servira de savoir lire ? Mais je tiens à vous faire plaisir. Après tout, si l'instruction n'est pas utile à un bœuf, elle n'est pas une gêne non plus, et à l'occasion, elle pourra me distraire. Si la chose ne me donne pas trop de tintouin, je consens donc à essayer.

Les petites étaient bien contentes d'avoir trouvé un bœuf de bonne volonté et le félicitaient de son intelligence.

— Bœuf, je suis sûre que tu feras de très bonnes études, de brillantes études.

Et lui, à ces compliments, il rentrait sa tête dans ses épaules, plissant son col en accordéon, comme nous faisons, nous, quand nous voulons nous rengorger.

— En effet, murmurait-il, je crois bien que j'ai des dispositions.

Comme les petites quittaient l'étable pour aller chercher un alphabet, le grand roux leur demanda sérieusement :

— Dites-moi, petites, est-ce que vous n'avez pas envie d'apprendre à ruminer ?

— Apprendre à ruminer, dirent-elles en s'esclaffant, et pour quoi faire ?

— Vous avez raison, convint le grand roux, pour quoi faire ?

Delphine et Marinette, qui voulaient faire une surprise à leurs parents, décidèrent de garder le secret sur les études du bœuf blanc. Plus tard, quand il serait déjà savant, elles auraient plaisir à voir l'étonnement de leur père.

Les débuts furent plus faciles que les petites n'avaient osé l'espérer. Le bœuf était vraiment très doué, et d'autre part, il avait beaucoup d'amour-propre. A cause des railleries du grand roux, il feignait de prendre un plaisir sans égal à épeler l'alphabet. En moins de quinze jours, il eut appris à lire ses lettres et même à les réciter par cœur. Les dimanches, les jours de pluie, et en général, tous les soirs au retour des champs, Delphine et Marinette lui donnaient des leçons en cachette de leurs parents. Le pauvre bœuf en avait de violents maux de tête, et il lui arrivait de se réveiller au milieu de la nuit en disant tout haut :

— B, A, ba, B, E, be, B, I, bi...

— Est-il bête avec ses B, A, ba, ronchonnait le grand roux. Il n'y a même plus moyen de dormir tranquillement, depuis que ces deux gamines lui ont donné des idées de grandeur. Si encore tu étais sûr de ne rien regretter plus tard...

— Tu n'imagineras jamais, ripostait le bœuf blanc, quel plaisir ce peut être de connaître les voyelles, les consonnes, de former des syllabes, enfin. Cela rend la vie bien agréable et je comprends à présent pourquoi l'on fait un si grand éloge de l'instruction. Je me sens déjà un autre bœuf qu'il y a trois semaines. Quel bonheur d'apprendre ! Mais voilà, tout le monde ne peut pas, il faut des capacités.

Le voyant si heureux, le grand roux en venait parfois à se demander s'il avait été sage de s'obstiner dans son ignorance. Mais comme cette année-là, le fourrage avait un excellent goût de noisette, que la paille était douce et longue, il résistait facilement aux séductions de l'esprit.

Tout d'abord, Delphine et Marinette purent se féliciter de leur initiative. Le bœuf faisait des progrès surprenants. Au bout du mois, il commençait à savoir compter, il lisait presque couramment, et il avait même appris une petite poésie. Il devint si studieux qu'à l'étable, il avait toujours dans son râtelier un livre ouvert dont il tournait les pages avec sa langue. C'était tantôt une arithmétique, tantôt une grammaire, ou encore une histoire, une géographie, un recueil de poèmes. Sa curiosité n'avait d'égale que son application, et il s'intéressait à tout ce qui est imprimé.

— Comment ai-je pu vivre en ignorant toutes ces belles choses, murmurait-il à chaque instant.

Et qu'il fût aux champs, ou au vert, ou par les chemins, il ne se lassait pas de réfléchir à ses lectures. Il faut dire que c'était un bœuf de six ans et qu'à cet âge-là, les bœufs sont aussi raisonnables que peut l'être une personne d'entre vingt-cinq et trente. Malheureusement ses études le fatiguaient beaucoup, à cause de son trop grand zèle, et aussi parce que ce nouveau labeur venait en surcroît et ne lui épargnait pas celui des champs. Le pire était qu'à rêver sans cesse, il oubliât la moitié du temps de boire et de manger, si bien que les petites, voyant sa maigreur, ses yeux jaunes et ses traits tirés, furent prises d'inquiétude.

— Bœuf, lui dirent-elles, nous sommes très contentes de ton travail. Voilà que tu en sais maintenant presque autant que nous et peut-être plus, si c'est possible. Tu as donc mérité de te reposer, et d'ailleurs, ta santé l'exige.

— Je me moque de ma santé et ne veux penser qu'à orner mon esprit.

— Voyons, bœuf, il faut être raisonnable. Si tu allais à l'école comme nous, tu verrais que le travail n'est pas toujours bon, et qu'il y a temps pour tout. La preuve en est que nous avons des récréations pour nous reposer, et même des vacances.

— Les vacances ? eh bien ! oui, tenez, parlons-en un peu des vacances ! ma parole, je ne suis pas fâché d'en parler, non !

Les petites, ne voyant pas bien où il voulait en venir, se donnaient mutuellement des coups de coude, comme pour se dire sans en avoir l'air : « Mais qu'est-ce qu'il a, hein ? qu'est-ce qui lui prend ? »

— Oh ! je vous vois bien, dit le bœuf, ce n'est pas la peine de vous donner des coups de coude. Je ne suis pas fou du tout, et je sais très bien ce que je dis. Vous me parlez de vacances, et ci et ça, et que je devrais me reposer. Bon. Et moi je vous réponds justement que je suis de votre avis. Parfaitement, des vacances, mais alors de vraies vacances qui me permettront de travailler selon mes goûts et mes aptitudes. Ah ! pouvoir consacrer son temps à lire les poètes, à connaître les travaux des savants... c'est la vie, cela !

— Il faut bien jouer aussi, dit Marinette.

— On ne peut pas discuter avec vous, soupira le bœuf, vous êtes des enfants.

Et il se replongea dans un chapitre de géographie, en

faisant remuer sa queue pour témoigner aux petites que leur présence l'impatientait. Tout ce qu'on pouvait lui dire encore était inutile, il n'en ferait qu'à sa tête.

— Au moins, lui dit Marinette, puisque tu ne veux pas prendre de vacances, fais attention que personne ne te voie étudier. Quand je pense que tu as toujours un livre ouvert devant les yeux et que nos parents pourraient te surprendre...

On peut juger par cette recommandation que les deux blondes n'étaient plus très sûres d'avoir fait œuvre de sagesse. Et en effet, elles ne se vantaient à personne de leur entreprise.

Bien entendu, le maître n'avait pas été sans apercevoir un changement dans l'attitude du bœuf blanc. Un jour, sur la fin de l'après-midi, il eut la surprise de le voir, assis sur le pas de la porte de l'étable, qui paraissait contempler distraitement la campagne.

— Par exemple, dit-il, qu'est-ce que tu fais là, bœuf, et dans cette position assise ?

Et le bœuf, balançant la tête et fermant à demi les paupières, répondit d'une voix douce :

> *J'admire, assis sous un portail*
> *Ce reste de jour dont s'éclaire*
> *La dernière heure du travail...*

Le maître ne savait pas, ou bien il l'avait oublié, que ce fussent là des vers de Victor Hugo, et il convint tout d'abord :

— Il parle bien, ce bœuf.

Mais il soupçonnait que ce beau langage dissimulait un mystère inquiétant, car il ajouta :

— Hum ! je ne sais pas ce qu'il a, mais depuis quelque temps, je trouve qu'il a des airs singuliers... tout à fait singuliers...

Il ne vit pas la confusion des petites qui rougissaient jusqu'aux cheveux en assistant à cette scène pénible. Mais elles rougirent bien davantage et les larmes leur vinrent aux yeux, lorsque le père s'écria :

— Allons ! ouste ! rentre dans ton étable ! je n'aime pas les bœufs qui font des manières, moi !

Le bœuf se leva en lui jetant un regard triste et courroucé, puis il regagna sa place auprès du grand roux. Bientôt, le travail qu'il fournissait aux champs se ressentit de ses occupations studieuses. Il avait la tête si pleine de beaux vers, de dates historiques, de chiffres et de maximes, qu'il écoutait distraitement les ordres donnés par son maître. Parfois même, il n'écoutait pas du tout, et l'attelage s'en allait de travers et jusqu'au bord du fossé, quand ce n'était pas en plein dedans.

— Fais donc attention, lui soufflait le grand roux en le poussant de l'épaule, tu vas encore nous faire gronder.

Le bœuf blanc avait alors un frémissement orgueil-leux des oreilles, et s'il consentait à reprendre le droit chemin, c'était pour s'en écarter presque aussitôt. Un matin de labour, il s'arrêta brusquement au milieu d'un sillon, sans que le maître l'eût commandé et se mit à rêver tout haut. Voilà ce qu'il disait :

— Deux robinets coulent dans un récipient cylin-drique de soixante-quinze centimètres de haut, et débitent ensemble vingt-cinq décimètres cubes à la minute. Sachant que l'un des deux robinets, s'il coulait seul, mettrait trente minutes à remplir le récipient, alors que l'autre mettrait trois fois moins de temps que s'ils coulaient tous les deux à la fois, calculer le volume du récipient, son diamètre, et au bout de combien de temps il sera plein... C'est intéressant... très intéressant...

— Qu'est-ce qu'il peut bien jargonner ? dit le maître.

— Voyons... je suppose que les deux robinets soient fermés... qu'est-ce qui se passe ?

— Enfin, explique-moi donc un peu ce que tu racontes...

Mais le bœuf était si profondément absorbé par la recherche de sa solution qu'il n'entendait rien et demeurait immobile en marmonnant des chiffres. De tout temps, les bœufs ont été loués pour leur parfaite égalité d'humeur, et l'on n'en a jamais vu s'entêter à rester sur place, comme font trop souvent les mulets et les ânes. Aussi le maître était-il fort surpris d'un pareil caprice. « Il faut que cette bête-là soit malade », songea-t-il. Lâchant les mancherons de la charrue, il passa en tête de l'attelage et interrogea d'une voix tout amicale :

— Tu parais souffrant. Voyons, dis-moi ce qui ne va pas, franchement.

Alors, le bœuf, frappant la terre de son sabot, répondit avec colère :

— C'est tout de même malheureux, mais il n'y a pas moyen de réfléchir en paix une minute ! On ne s'appartient pas ! On dirait que je n'ai pas d'autre affaire que leur charrue ! J'en ai par-dessus la tête de leur joug !

Le maître demeura interloqué à se demander si son bœuf avait bien toute sa raison. Le grand roux était très

attristé par cet incident, bien qu'il ne laissât rien
deviner de ses préoccupations. Il savait très bien à quoi
attribuer cet accès de mauvaise humeur, mais c'était
un bon camarade qui n'aurait pas voulu rapporter pour
se faire bien voir du patron. Avec lui, on pouvait être
tranquille. Enfin, le bœuf blanc se ressaisit et s'excusa
d'une voix maussade.

— C'est bon, j'ai été distrait. N'en parlons plus et
reprenons la besogne.

Ce jour-là, au repas de midi, les petites eurent une
grande frayeur en entendant les paroles de leur père.

— Ce bœuf blanc devient impossible, disait-il, et ce
matin encore j'ai cru devenir enragé à cause de ses
sottises. Non seulement il fait son travail de travers,
mais il répond comme le pire des effrontés, et je ne
peux même plus lui faire une observation. Croyez-
vous, hein ? S'il continue à se rendre insupportable, je
vais me voir obligé de le vendre pour la boucherie...

— A la boucherie ? demanda Delphine. Pour quoi
faire ?

— Tiens, cette idée ! pour le manger, tout simplement !

Delphine se mit à sangloter, et Marinette à protester.

— Manger le bœuf blanc ? dit-elle, mais c'est que
moi je ne veux pas.

— Ni moi, dit Delphine. On ne mange pas un bœuf
parce qu'il est de mauvaise humeur ou parce qu'il est
triste.

— Il faudrait peut-être le consoler ?

— Bien sûr ! En tout cas, on n'a pas le droit de le
manger !

— Et on ne le mangera pas !

Les petites, voyant clairement le péril où elles avaient engagé leur ami, se démenaient comme des diablotins, criant, tapant du pied et sanglotant, si bien que le père s'écria d'une voix courroucée :

— Taisez-vous, deux péronnelles que vous êtes ! ces choses-là ne regardent pas des gamines. Un bœuf qui fait sa mauvaise tête n'est plus bon qu'à être mangé, et si le nôtre ne s'amende pas, il sera mangé comme il le mérite !

Lorsque les petites furent sorties, il dit encore à sa femme, mais en riant et sans plus de colère :

— S'il fallait les écouter, on laisserait toutes les bêtes mourir de vieillesse. Quant au bœuf blanc, je ne crois pas qu'il soit possible de le vendre avant longtemps, il est devenu si maigre que ce serait une mauvaise affaire. Je serais d'ailleurs bien curieux de savoir pourquoi il maigrit ainsi. J'ai toujours pensé que ce n'était pas naturel.

Cependant, Delphine et Marinette avaient couru à l'étable avertir le malheureux bœuf qui était justement en train d'étudier sa grammaire. En les voyant, il ferma les yeux et récita sans se tromper une fois la règle des participes, qui est pourtant très difficile. Mais Marinette confisqua la grammaire et Delphine tomba à genoux sur la paille.

— Bœuf, il paraît que si tu continues à tirer la charrue de travers et à répondre de travers, tu vas être vendu.

— Que m'importe, fillette ? Là-dessus, je suis tout à fait de l'avis de La Fontaine : « Notre ennemi, c'est notre maître. »

Les petites trouvèrent qu'il n'était pas très gentil, car enfin, il leur devait au moins quelques paroles de regret.

— Vous voyez comme il est, fit observer le grand roux. A présent, il ne connaît plus ni parents, ni amis.

— Que m'importe d'être vendu ? reprenait l'autre. Le seul risque serait sans doute de me voir apprécié un peu mieux que je ne suis ici.

— Mon pauvre bœuf, lui dit Delphine, tu serais vendu au boucher.

— Pour être mangé, ajouta Marinette qui lui en voulait de tant d'ingratitude. Tu vas être mangé et ce sera notre faute à nous qui t'avons donné de l'instruction. Parce qu'il faut bien le reconnaître c'est l'instruction qui t'a rendu insupportable. Et si tu ne veux pas être mangé, il va falloir commencer par oublier tout ce que tu as appris.

— J'avais bien dit que tout cela ne valait rien pour les bœufs, soupira le grand roux. On n'a pas voulu m'écouter.

Son compagnon le regarda du haut en bas et répondit sèchement :

— Oui, Monsieur, j'ai méprisé vos conseils, comme je les méprise aujourd'hui. Sachez que je ne regrette rien, et quant à vouloir oublier quoi que ce soit, je refuse. Mon seul désir, ma seule ambition, c'est d'apprendre encore et toujours. Plutôt mourir que d'y renoncer.

Le grand roux, au lieu de se fâcher, répondit avec amitié :

— Si tu venais à mourir, j'aurais du chagrin, tu sais.

— Oui, oui, on dit ça, et puis dans le fond.

— Sans compter que ce ne serait pas agréable pour toi, poursuivit le grand roux. Un jour que je passais en ville, devant une boucherie, j'ai vu un bœuf pendu par les cuisses, le ventre ouvert. Sa tête était posée à côté de lui sur un plat. On lui avait ôté sa peau, et le boucher, avec un couteau, taillait des tranches de viande dans sa chair saignante. Voilà pourtant où ton instruction va te mener, si tu n'y prends pas garde.

Le bœuf blanc n'avait plus du tout envie de mourir, et quoiqu'il s'en défendît, il était de l'avis des deux petites.

— Bœuf, lui disaient-elles, le discours de Monsieur le sous-préfet n'était pas fait pour les bœufs. Si nous avions mieux réfléchi, nous t'aurions appris à jouer à des jeux : à la main chaude, au loup, à la tape, à la poupée, à chat perché.

— Non, tout de même, protestait le bœuf blanc. Les jeux, c'est bon pour les enfants.

— Moi, disait le grand roux en riant de toutes ses dents, il me semble que j'aimerais ça, les jeux. Tenez, par exemple, la tape ou bien chat perché, je ne sais pas ce que c'est, mais c'est sûrement amusant.

Les petites promirent de lui apprendre à jouer, et le bœuf blanc jura qu'à l'avenir il s'appliquerait aux travaux de la terre et n'aurait plus en présence du maître la moindre distraction.

Pendant une semaine, le bœuf s'abstint de toute espèce de lectures, mais il fut si malheureux qu'il maigrit, durant cette huitaine, de vingt-sept livres et trois hectogrammes, ce qui est considérable, même pour un bœuf. Les petites comprirent elles-mêmes qu'il ne pouvait durer à un pareil régime et lui rendirent quelques livres parmi ceux qu'elle jugeaient les plus ennuyeux : un traité sur la fabrication des parapluies et un ouvrage très ancien sur la guérison des rhumatismes. Le bœuf les trouva si attrayants que, non content de les relire, il les apprit par cœur tous les deux. « Donnez-m'en d'autres », dit-il aux petites lorsqu'il eut fini, et il fallut bien lui obéir. Dès lors il retomba dans sa funeste passion de l'étude et rien ne put l'en détourner, ni le péril de la boucherie, ni la colère du maître, ni les amicales remontrances du grand roux qui, de son côté, avait beaucoup changé en l'espace de quelques semaines.

Delphine et Marinette, dans l'espoir que le bœuf savant se laisserait tenter par les plaisirs de la tape, du colin-maillard et du chat perché, avaient appris ces jeux au grand roux qui s'en amusait beaucoup, et même un peu plus qu'il n'était raisonnable à un bœuf de son âge, car il devenait d'humeur frivole, riant à propos de tout et de rien. Cela faisait une paire de bœufs très mal assortie, et les sujets de querelle étaient nombreux.

— Je ne comprends pas, disait le bœuf blanc d'une voix sévère en jetant sur son compagnon un regard attristé, je ne comprends pas...

— Non, laisse-moi rire, interrompait le grand roux, c'est plus fort que moi, il faut que je rie.

— Je ne comprends pas qu'on puisse à ce point manquer de sérieux et de dignité. Quand on pense que la surface d'un rectangle s'obtient en multipliant la longueur par la largeur, que le Rhin prend sa source dans le massif du Saint-Gothard et que Charles Martel vainquit les Arabes en l'an 732, on est consterné par le spectacle d'un bœuf de six ans se livrant à des jeux imbéciles, et volontairement ignorant des merveilles...

— Ha! ha! ha! faisait le grand roux, tordu par un rire convulsif.

— Idiot! si au moins il avait l'esprit de s'amuser discrètement et de ne pas troubler mes travaux. Vas-tu te taire?

— Écoute, vieux, laisse tes bouquins un moment, et jouons à quelque chose, tous les deux...

— Voilà qu'il devient fou! comme si j'avais le temps de me prêter...

— A pigeon vole, rien qu'un quart d'heure... rien que cinq minutes...

Parfois le bœuf blanc cédait, après avoir arraché à l'autre la promesse de le laisser étudier en paix. Mais toujours préoccupé, il jouait médiocrement et s'y collait presque tout le temps. Il arrivait même que le grand roux en fût agacé et se fâchât tout de bon, disant qu'il faisait exprès de mal jouer.

— Toutes les fois tu t'y laisses prendre, et du premier coup. Tu ne sais donc pas ce que c'est qu'une maison, toi qui es si savant?... Si tu le sais, pourquoi dis-tu « maison vole »? Ah! tu n'as pas l'esprit très vif, à ce que je vois...

— Je l'ai plus que toi, repartait son compagnon, mais je suis incapable de m'intéresser à des sottises, et j'en suis fier.

Leurs jeux finissaient la plupart du temps par un échange d'injures, quand ce n'étaient pas des coups de pied.

— En voilà des manières, leur dit Marinette qui les surprit un soir au milieu d'une querelle. Vous ne pouvez pas vous parler gentiment?

— C'est de sa faute, il m'a forcé à jouer à pigeon vole.

— Mais non, il n'y a même pas moyen de plaisanter avec lui.

Ils en vinrent à ne plus pouvoir se supporter, et formèrent le plus mauvais attelage qu'on eût jamais vu. De plus en plus distrait, le bœuf blanc marchait à reculons quand il fallait marcher en avant, tirait à droite au lieu de tirer à gauche, tandis que son compagnon s'arrêtait à chaque instant pour rire à son contentement, ou bien se retournait vers le maître pour lui proposer une devinette :

— Quatre pattes sur quatre pattes. Quatre pattes s'en vont, quatre pattes restent. Qu'est-ce que c'est ?

— Allons, nous ne sommes pas là pour dire des bêtises. Hue !

— Oui, disait le grand roux en riant, vous dites ça parce que vous ne savez pas trouver.

— Moi ? je ne veux même pas chercher. Au travail !

— Quatre pattes sur quatre pattes, voyons, ce n'est pas difficile...

Il fallait que le maître le piquât de son aiguillon pour qu'il se remît au travail, et alors, c'était l'autre bœuf qui s'arrêtait pour se demander s'il était bien vrai que la ligne droite fût le plus court chemin d'un point à un autre, ou Napoléon le plus grand capitaine de tous les temps (certains jours il se décidait pour César). Le fermier se désolait de voir que ses bœufs devenaient de si mauvais ouvriers, l'un tirant a hue quand l'autre tirait à dia. Quelquefois il mettait tout un matin à tracer un sillon qu'il lui fallait recommencer l'après-midi.

— Ces bœufs me feront perdre la tête, disait-il chez

lui. Ah ! si seulement je pouvais les vendre... mais il ne
faut pas espérer vendre le blanc, il est de plus en plus
maigre, et d'autre part si je me débarrasse du grand
roux qui est devenu insupportable, qu'est-ce que je
ferai d'un seul bœuf ?

Delphine et Marinette avaient encore un peu de
remords en écoutant ces paroles, mais surtout, elles se
félicitaient de ce qu'aucun des bœufs ne fût promis au
boucher. Elles ne savaient pas que le bœuf blanc allait
tout gâter, faute de pouvoir tenir sa langue.

Un soir, au retour des champs, le grand roux jouait à
chat perché avec les petites dans la cour de la ferme. A
vrai dire, il ne se perchait pas sur le fond d'un cuveau,
ou sur un escabeau, ou sur une lessiveuse. Il était trop
gros pour cela. Mais on lui en accordait le bénéfice
quand il avait simplement posé un pied sur le perchoir.
Le maître considérait ces ébats sans bienveillance.
Comme le grand roux faisait le simulacre de se percher
sur la margelle du puits, il le tira rudement par la
queue et lui dit avec colère :

— As-tu fini tes singeries ? regardez-moi un peu ce
grand benêt, à quoi il s'amuse !

— Alors quoi, dit le bœuf, on ne peut même plus
jouer, maintenant ?

— Je te donnerai la permission de jouer quand tu
travailleras comme il faut. Va-t'en à l'étable.

Puis il avisa le bœuf blanc qui faisait une expérience
de physique dans l'auge de pierre où il venait de boire.

— Toi, dit le maître, je te conseille également plus
d'application, et je trouverai bien un moyen de t'y
obliger. En attendant, rentre aussi, à quoi cela ressemble-t-il de patauger dans l'eau comme tu fais ?
Décampe !

Fâché d'interrompre son expérience, et plus encore humilié qu'on lui parlât sur ce ton, le bœuf blanc riposta :

— J'admets que vous vous adressiez avec cette rudesse à un bœuf ignorant, tel que mon compagnon. Ces espèces ne comprennent en effet point d'autre langage. Mais ce n'est pas ainsi que l'on traite un bœuf tel que moi, un bœuf instruit...

Les petites, qui s'étaient approchées, lui faisaient de grands signes pour qu'il tînt sa langue, mais il poursuivit :

— Un bœuf, fis-je, instruit dans les sciences, les belles-lettres et la philosophie.

— Comment ? mais je ne te savais pas aussi savant, bœuf.

— C'est pourtant la vérité. J'ai lu plus de livres que vous n'en lirez jamais, Monsieur, et je sais plus de choses que n'en sait toute votre famille réunie. Mais trouvez-vous convenable qu'un bœuf de mon mérite soit obligé aux travaux de la terre ? et pensez-vous, Monsieur, que la philosophie soit à sa place devant la charrue ? Vous me reprochez de faire aux champs de mauvaise besogne, mais c'est que je suis fait pour accomplir d'autres travaux plus importants.

Le maître l'écoutait avec attention et, de temps à autre, il hochait la tête. Pensant qu'il dût être fâché et qu'il le serait davantage quand le bœuf aurait tout dit, les petites n'en menaient pas large, mais elles eurent la surprise de l'entendre dire :

— Bœuf, pourquoi ne m'avoir pas parlé ainsi plus tôt ? Si j'avais su, tu penses bien que je ne t'aurais pas obligé à un labeur aussi pénible : j'ai trop de respect pour la science et la philosophie.

— Et les belles-lettres aussi, dit le bœuf, vous avez l'air d'oublier les belles-lettres.

— Bien entendu, les belles-lettres aussi. Mais va, c'est bien fini et j'entends que désormais tu restes à la maison pour achever tes études dans la quiétude la plus complète. Je ne veux plus que tu prennes sur ton sommeil le temps de tes lectures et de tes méditations.

— Vous êtes un bon maître, comment reconnaître votre générosité ?

— En prenant bien soin de ta santé. J'aime voir aux belles-lettres, aux sciences et à la philosophie un visage bien joufflu. N'aie donc pas d'autre souci que d'étudier, de manger et de dormir. Le grand roux travaillera pour deux.

Le bœuf ne se lassait pas d'admirer et de louer l'intelligence d'un maître aussi rare et les petites étaient fières de leur père. Il n'y avait que le grand roux qui n'eût pas à se féliciter de cette décision. En fait, il s'accommoda assez bien du nouveau régime et s'il n'accomplit pas son travail d'une manière tout à fait satisfaisante, du moins avait-il moins de mal que lorsque son compagnon de joug contrariait ses efforts par distraction ou mauvaise volonté.

Quant au bœuf blanc, l'on peut dire qu'il vécut parfaitement heureux. Il s'était orienté décidément vers la philosophie, et comme il avait autant de loisirs qu'il en pouvait désirer, et un excellent fourrage, ses méditations étaient sereines. Il engraissait régulièrement et prenait bonne mine. Il était en possession d'une très belle philosophie, lorsque son maître, s'étant aperçu qu'il avait augmenté de soixante-quinze kilogrammes, décida de le vendre au boucher en même temps que le grand roux. Par bonheur, le jour où il les conduisit à la ville, un grand cirque venait de planter sa tente sur la place principale. Le propriétaire du cirque, en passant auprès d'eux, entendit le bœuf blanc qui parlait avec distinction de science et de poésie. Il pensa qu'un bœuf savant ne ferait pas mal dans son cirque, et il en proposa aussitôt un bon prix. Le grand roux regrettait maintenant de n'avoir pas étudié.

— Prenez-moi aussi, dit-il, je ne suis pas savant, c'est vrai, mais je connais des jeux amusants, et je ferai rire le public.

— Prenez-le, dit le bœuf blanc, c'est mon ami, et je ne peux pas me séparer de lui.

Après quelques hésitations, le propriétaire du cirque voulut bien acheter le grand roux, et il n'eut pas à le regretter, car les bœufs eurent beaucoup de succès. Le lendemain, les petites vinrent à la ville et purent applaudir leurs amis dans un très joli numéro. Elles avaient un peu de peine en pensant qu'elles les voyaient pour la dernière fois, et le bœuf blanc lui-même, qui ne demandait qu'à voyager pour s'instruire encore, avait du mal à retenir ses larmes.

Les parents achetèrent une autre paire de bœufs, mais les petites se gardèrent bien de leur apprendre à lire, car elles savaient maintenant qu'à moins de trouver place dans un cirque, les bœufs ne gagnent rien à s'instruire, et que les meilleures lectures leur attirent les pires ennuis.

Le problème

Les parents posèrent leurs outils contre le mur et, poussant la porte, s'arrêtèrent au seuil de la cuisine. Assises l'une à côté de l'autre, en face de leurs cahiers de brouillons, Delphine et Marinette leur tournaient le dos. Elles suçaient le bout de leur porte-plume et leurs jambes se balançaient sous la table.

— Alors ? demandèrent les parents. Il est fait, ce problème ?

Les petites devinrent rouges. Elles ôtèrent les porte-plume de leurs bouches.

— Pas encore, répondit Delphine avec une pauvre voix. Il est difficile. La maîtresse nous avait prévenues.

— Du moment que la maîtresse vous l'a donné, c'est que vous pouvez le faire. Mais avec vous, c'est toujours la même chose. Pour s'amuser, jamais en retard, mais pour travailler, plus personne et pas plus de tête que mes sabots. Il va pourtant falloir que ça change. Regardez-moi ces deux grandes bêtes de dix ans. Ne pas pouvoir faire un problème.

— Il y a déjà deux heures qu'on cherche, dit Marinette.

— Eh bien, vous chercherez encore. Vous y passerez votre jeudi après-midi, mais il faut que le problème soit fait ce soir. Et si jamais il n'est pas fait, ah ! s'il n'est pas fait ! Tenez, j'aime autant ne pas penser à ce qui pourrait vous arriver.

Les parents étaient si en colère à l'idée que le problème pourrait n'être pas fait le soir, qu'ils s'avancèrent de trois pas à l'intérieur de la cuisine. Se trouvant ainsi derrière le dos des petites, ils tendirent le cou par-dessus leurs têtes et, tout d'abord, restèrent muets d'indignation. Delphine et Marinette avaient dessiné, l'une un pantin qui tenait toute une page de son cahier de brouillons, l'autre une maison avec une cheminée qui fumait, une mare où nageait un canard et une très longue route au bout de laquelle le facteur arrivait à bicyclette. Recroquevillées sur leurs chaises, les petites n'en menaient pas large. Les parents se mirent à crier, disant que c'était incroyable et qu'ils n'avaient pas mérité d'avoir des filles pareilles. Et ils arpentaient la cuisine en levant les bras et s'arrêtaient de temps en temps pour taper du pied sur le carreau. Ils faisaient tant de bruit que le chien, couché sous la table aux pieds des petites, finit par se lever et vint se planter devant eux. C'était un berger briard qui les aimait beaucoup, mais qui aimait encore bien plus Delphine et Marinette.

— Voyons, parents, vous n'êtes pas raisonnables, dit-il. Ce n'est pas de crier ni de taper du pied qui va nous avancer dans le problème. Et d'abord, à quoi bon rester ici à faire des problèmes quand il fait si beau dehors ? Les pauvres petites seraient bien mieux à jouer.

— C'est ça. Et plus tard, quand elles auront vingt

ans, qu'elles seront mariées, elles seront si bêtes que leurs maris se moqueront d'elles.

— Elles apprendront à leurs maris à jouer à la balle et à saute-mouton. N'est-ce pas, petites ?

— Oh ! oui, dirent les petites.

— Silence, vous ! crièrent les parents. Et au travail. Vous devriez avoir honte. Deux grandes sottes qui ne peuvent même pas faire un problème.

— Vous vous faites trop de souci, dit le chien. Si elles ne peuvent pas faire leur problème, eh bien, que voulez-vous, elles ne peuvent pas. Le mieux est d'en prendre son parti. C'est ce que je fais.

— Au lieu de perdre leur temps à des gribouillages... Mais en voilà assez. On n'a pas de comptes à rendre au chien. Allons-nous-en. Et vous, tâchez de ne pas vous amuser. Si le problème n'est pas fait ce soir, tant pis pour vous.

Sur ces mots, les parents quittèrent la cuisine, ramassèrent leurs outils et partirent pour les champs sarcler des pommes de terre. Penchées sur leurs cahiers de brouillons, Delphine et Marinette sanglotaient. Le chien vint se placer entre leurs deux chaises et, posant ses deux pattes de devant sur la table, leur passa plusieurs fois sa langue sur les joues.

— Est-ce qu'il est vraiment difficile, ce problème ?

— S'il est difficile ! soupira Marinette. C'est bien simple. On n'y comprend rien.

— Si je savais de quoi il s'agit, dit le chien, j'aurais peut-être une idée.

— Je vais te lire l'énoncé, proposa Delphine. « Les bois de la commune ont une étendue de seize hectares. Sachant qu'un are est planté de trois chênes, de deux hêtres et d'un bouleau, combien les bois de la commune contiennent-ils d'arbres de chaque espèce ?

— Je suis de votre avis, dit le chien, ce n'est pas un problème facile. Et d'abord, qu'est-ce que c'est qu'un hectare ?

— On ne sait pas très bien, dit Delphine qui, étant l'aînée des petites, était aussi la plus savante. Un hectare, c'est à peu près comme un are, mais pour dire lequel est le plus grand, je ne sais pas. Je crois que c'est l'hectare.

— Mais non, protesta Marinette. C'est l'are le plus grand.

— Ne vous disputez pas, dit le chien. Que l'are soit plus grand ou plus petit, c'est sans importance. Occupons-nous plutôt du problème. Voyons : « Les bois de la commune... »

Ayant appris l'énoncé par cœur, il y réfléchit très longtemps. Parfois, il faisait remuer ses oreilles, et les petites avaient un peu d'espoir, mais il dut convenir que ses efforts n'avaient pas abouti.

— Ne vous découragez pas. Le problème a beau être difficile, on en viendra à bout. Je vais réunir toutes les bêtes de la maison. A nous tous, on finira par trouver la solution.

Le chien sauta par la fenêtre, alla trouver le cheval qui broutait dans le pré et lui dit :

— Les bois de la commune ont une étendue de seize hectares.

— C'est bien possible, dit le cheval, mais je ne vois pas en quoi la chose m'intéresse.

Le chien lui ayant expliqué en quel ennui se trouvaient les deux petites, il manifesta aussitôt une grande inquiétude et fut également d'avis de proposer le problème à toutes les bêtes de la ferme. Il se rendit dans la cour et, après avoir poussé trois hennissements, se mit à jouer des claquettes en dansant des quatre sabots sur les planches de voiture, qui résonnaient comme un tambour. A son appel accoururent de toutes parts les poules, les vaches, les bœufs, les oies, le cochon, le canard, les chats, le coq, les veaux, et se rangèrent en demi-cercle sur trois rangs devant la maison. Le chien se mit à la fenêtre entre les deux petites et, leur ayant expliqué ce qu'on attendait d'eux, donna l'énoncé du problème :

— Les bois de la commune ont une étendue de seize hectares.

Les bêtes réfléchissaient en silence et le chien se tournait vers les petites avec des clins d'yeux pour leur donner à entendre qu'il était plein d'espoir. Mais bientôt s'élevèrent parmi les bêtes des murmures découragés. Le canard lui-même, sur lequel on comptait beaucoup, n'avait rien trouvé et les oies se plaignaient d'avoir mal à la tête.

— C'est trop difficile, disaient les bêtes. Ce n'est pas un problème pour nous. On n'y comprend rien. Moi, j'abandonne.

— Ce n'est pas sérieux, s'écria le chien. Vous n'allez pas laisser les petites dans l'embarras. Réfléchissez encore.

— A quoi bon se casser la tête, grogna le cochon, puisque ça ne sert à rien.

— Naturellement, dit le cheval, tu ne veux rien faire pour les petites. Tu es du côté des parents.

— Pas vrai ! je suis pour les petites. Mais j'estime qu'un problème comme celui-là...

— Silence !

Les bêtes se remirent à chercher la solution du problème des bois, mais sans plus de résultat que la première fois. Les oies avaient de plus en plus mal à la tête. Les vaches commençaient à somnoler. Le cheval, malgré toute sa bonne volonté, avait des distractions et tournait la tête à droite et à gauche. Comme il regardait du côté du pré, il vit arriver dans la cour une petite poule blanche.

— Ne vous pressez pas, lui dit-il. Alors, non ? Vous n'avez pas entendu le signal du rassemblement ?

— J'avais un œuf à pondre, répondit-elle d'un ton sec. Vous ne prétendez pas m'empêcher de pondre, j'espère.

Elle entra dans le cercle des bêtes et, après avoir pris place au premier rang, parmi les autres poules, elle s'informa du motif de la réunion. Le chien, que le découragement commençait à gagner, ne jugeait guère utile de la renseigner. Il ne croyait pas du tout qu'elle pût réussir là où avaient échoué tous les autres. Consultées, Delphine et Marinette, par égard pour elle, décidèrent de la mettre au courant. Le chien recommença ses explications et, une fois de plus, récita l'énoncé du problème :

— Les bois de la commune ont une étendue de seize hectares...

— Eh bien, je ne vois pas ce qui vous arrête, dit la petite poule blanche lorsqu'il eut fini. Tout ça me paraît très simple.

Les petites étaient roses d'émotion et la regardaient avec un grand espoir. Cependant, les bêtes échangeaient des réflexions qui n'étaient pas toutes bienveillantes.

— Elle n'a rien trouvé. Elle veut se rendre intéres-
sante. Elle n'en sait pas plus que nous. Vous pensez,
une petite poule de rien du tout.

— Voyons, laissez-la parler, dit le chien. Silence,
cochon, et vous, les vaches, silence aussi. Alors,
qu'est-ce que tu as trouvé?

— Je vous répète que c'est très simple, répondit la
petite poule blanche, et je m'étonne que personne n'y
ait pensé. Les bois de la commune sont tout près d'ici.
Le seul moyen de savoir combien il y a de chênes, de
hêtres et de bouleaux, c'est d'aller les compter. A nous
tous, je suis sûre qu'il ne nous faudra pas plus d'une
heure pour en venir à bout.

— Ça, par exemple! s'écria le chien.

— Ça, par exemple! s'écria le cheval.

Delphine et Marinette étaient tellement émerveillées
qu'elles ne trouvaient rien à dire. Sautant par la
fenêtre, elles s'agenouillèrent auprès de la petite poule
blanche et lui caressèrent les plumes, celles du dos et
celles du jabot. Elle protestait modestement qu'elle
n'avait aucun mérite. Les bêtes se pressaient autour
d'elle pour la complimenter. Même le cochon, qui était
un peu jaloux, ne pouvait cacher son admiration. « Je
n'aurais pas cru que cette bestiole était aussi capable »,
disait-il.

Le cheval et le chien ayant mis fin aux compliments,
Delphine et Marinette, suivies de toutes les bêtes de la
ferme, traversèrent la route et gagnèrent la forêt. Là, il
fallut d'abord apprendre à chacun à reconnaître un
chêne, un hêtre, un bouleau. Les bois de la commune
furent ensuite partagés en autant de tranches qu'il y
avait de bêtes, c'est-à-dire quarante-deux (sans compter les poussins, les oisons, les chatons et les porcelets,

auxquels on confia le soin de compter les fraisiers et les pieds de muguet). Le cochon se plaignit qu'on lui eût donné un mauvais coin où les arbres n'étaient pas aussi importants qu'ailleurs. Il grognait que le morceau de forêt attribué à la petite poule blanche aurait dû lui convenir.

— Mon pauvre ami, lui dit-elle, je ne sais pas ce qui peut vous faire envie dans mon coin, mais ce que je sais, c'est qu'on a bien raison de dire bête comme un cochon.

— Petite imbécile. Vous faites bouffer vos plumes parce que vous avez trouvé la solution du problème, mais c'était à la portée de tout le monde.

— Est-ce que je dis le contraire ? Marinette, donnez donc mon secteur à Monsieur et choisissez-m'en un autre qui soit aussi loin que possible de ce grossier personnage.

Marinette leur donna satisfaction et chacun se mit au travail. Tandis que les bêtes comptaient les arbres de la forêt, les petites allaient de secteur en secteur et recueillaient les chiffres qu'elles inscrivaient sur leurs cahiers de brouillons.

— Vingt-deux chênes, trois hêtres, quatorze bouleaux, disait une oie.

— Trente-deux chênes, onze hêtres, quatorze bouleaux, disait le cheval.

Puis ils continuaient à compter en repartant de un. La besogne allait très vite et tout semblait devoir se passer sans incident. Les trois quarts des arbres étaient dénombrés et le canard, le cheval et la petite poule blanche venaient de terminer leur travail lorsqu'un hurlement partit du fond des bois de la commune et l'on entendit la voix du cochon qui appelait :

— Au secours ! Delphine ! Marinette ! Au secours !

Guidées par la voix, les petites se mirent à courir et arrivèrent en même temps que le cheval auprès du cochon. Celui-ci, tremblant des quatre pattes, se trouvait en face d'un gros sanglier qui le regardait avec des yeux pleins de colère et l'interpellait d'une voix irritée :

— Espèce d'idiot, vous avez fini de brailler comme ça ? Qu'est-ce qui vous prend de réveiller les honnêtes gens en plein jour ? Je vais vous apprendre à vivre, moi. Quand on a une tête comme la vôtre, on devrait se cacher et ne pas se produire dans les bois. Vous, les petits, rentrez dans la bauge.

Ces dernières paroles s'adressaient à une dizaine de marcassins qui se bousculaient autour du cochon et jouaient même entre ses pattes. Le dos rayé de longues bandes claires, ils étaient gros comme des chats et avaient de petits yeux rieurs. Peut-être le cochon ne devait-il son salut qu'à leur présence, car le sanglier n'aurait pu se jeter sur lui sans courir le risque d'en écraser un ou deux.

— Qu'est-ce que c'est encore que ceux-là ? gronda le sanglier, en voyant arriver le cheval et les deux petites. Ma parole, on se croirait sur une route nationale. Il ne manque plus que des autos. Je commence à en avoir assez.

Il avait l'air si méchant qu'il fit grande peur aux petites. Elles s'étaient arrêtées court en balbutiant une excuse, mais elles n'eurent pas plus tôt aperçu les marcassins qu'elles oublièrent le sanglier et s'écrièrent qu'elles n'avaient jamais rien vu d'aussi charmant. Ce disant, elles jouaient avec eux, les caressaient et les embrassaient. Heureux d'avoir trouvé avec qui jouer, ils poussaient de petits grognements de joie et d'amitié.

— Qu'ils sont jolis, répétaient Delphine et Marinette. Qu'ils sont mignons. Qu'ils sont gentils.

Le sanglier n'avait plus l'air méchant. Ses yeux devenaient rieurs comme ceux des marcassins et sa hure avait une expression de douceur.

— C'est une assez belle portée, convint-il. Insouciants comme ils sont, ils nous donnent bien du tracas, mais que voulez-vous, c'est de leur âge. Leur mère prétend qu'ils sont jolis et, ma foi, je ne suis pas fâché que vous soyez de son avis. Pour être franc, je n'en dirai pas autant de ce cochon qui me regarde d'un air si stupide. Quel drôle d'animal ! Est-il possible d'être aussi laid ? Je n'en reviens pas.

Le cochon, qui tremblait encore de la peur qu'il avait eue, n'osait pas protester, mais il se trouvait plus beau que le sanglier et roulait des yeux furieux.

— Et vous, petites filles, qu'est-ce qui vous amène dans les bois de la commune ?

— Nous sommes venues avec nos amis de la ferme pour compter les arbres. Mais le cheval vous expliquera. Il nous faut aller finir le problème.

Après avoir encore embrassé les marcassins, Delphine et Marinette s'éloignèrent en promettant de revenir dans un moment.

— Figurez-vous, dit le cheval, que la maîtresse d'école a donné aux petites un problème très difficile.

— Je ne comprends pas bien. Il faut m'excuser, mais je vis très retiré. Je ne sors guère que la nuit et la vie du village m'est presque étrangère.

Le sanglier s'interrompit pour jeter un coup d'œil au cochon et dit à haute voix :

— Que cet animal est donc laid. Je n'arrive pas à m'y habituer. Cette peau rose est d'un effet vraiment écœurant. Mais n'en parlons plus. Je vous disais donc qu'à vivre la nuit je suis resté ignorant de bien des choses Qu'est-ce qu'une maîtresse d'école par exemple ? Et qu'est-ce qu'un problème ?

Le cheval lui expliqua ce qu'étaient une maîtresse d'école et un problème. Le sanglier s'intéressa beaucoup à l'école et regretta de ne pouvoir y envoyer ses marcassins. Mais il ne comprenait pas que les parents des petites fussent aussi sévères.

— Voyez-vous que j'empêche mes marcassins de jouer pendant tout un après-midi pour leur faire faire un problème. Ils ne m'obéiraient pas. Du reste, leur mère les soutiendrait sûrement contre moi. Mais ce fameux problème, en quoi consiste-t-il ?

— Voici l'énoncé : Les bois de la commune ont une étendue...

Lorsque le cheval eut fini de réciter l'énoncé, le sanglier appela un écureuil qui venait de sauter sur la plus basse branche d'un hêtre.

— Occupe-toi tout de suite de savoir combien il y a de chênes, de hêtres et de bouleaux dans les bois de la commune, lui dit-il. Je t'attends ici.

L'écureuil disparut aussitôt dans les hautes branches. Il allait avertir les autres écureuils et avant un quart d'heure affirmait le sanglier, il rapporterait la réponse. Ainsi pourrait-on contrôler si le compte de Delphine et Marinette était juste. Le cochon, qui était resté planté au milieu des marcassins, s'avisa soudain qu'il n'avait pas terminé sa besogne, mais ne sachant plus où il en était, il lui fallait tout recommencer. Comme il hésitait sur la conduite à tenir, il vit arriver le canard et la petite poule blanche.

— J'espère que vous n'êtes pas trop fatigué, lui dit celle-ci. Ce n'était pas la peine, tout à l'heure, de tant faire le fier et le redressé pour laisser tout en plan. Il a fallu que le canard et moi, nous nous partagions votre travail.

Le cochon était très gêné et ne savait que dire. La petite poule blanche ajouta d'un ton sec :

— Ne vous excusez pas. Ne nous remerciez pas non plus. Ce n'est pas la peine.

— Décidément, dit le sanglier, il ne lui manque rien. Il est laid, il a la peau rose et il est paresseux.

Cependant, les marcassins entouraient les nouveaux venus et voulaient jouer avec eux, mais la petite poule blanche, qui n'aimait pas les familiarités, les pria de la laisser en paix. Comme ils insistaient, la poussant à coups de tête ou posant leurs pattes sur son dos, elle se percha sur une branche de noisetier. Suivies des autres bêtes de la ferme, Delphine et Marinette venaient chercher les chiffres que devait fournir le cochon. Ce furent le canard et la petite poule blanche qui les leur donnèrent. Il ne restait plus à faire que trois additions. Quelques minutes plus tard, Delphine annonçait :

— Dans les bois de la commune, il y a trois mille neuf cent dix-huit chênes, douze cent quatorze hêtres et treize cent deux bouleaux.

— C'est ce que je pensais, dit le cochon.

Delphine remercia les bêtes d'avoir si bien travaillé et particulièrement la petite poule blanche qui avait compris le problème et trouvé la solution. D'abord intimidés par l'affluence, les marcassins s'étaient approchés des oies et commençaient à s'enhardir. Bonnes personnes, elles se prêtaient volontiers à leurs jeux. Les petites ne tardèrent pas à se joindre à eux et, après elles, toutes les bêtes et le sanglier lui-même qui riait à plein gosier. Jamais les bois de la commune n'avaient été aussi bruyants, ni aussi joyeux.

— Ce n'est pas pour vous contrarier, dit le chien au bout d'un moment, mais le soleil commence à baisser. Les parents vont bientôt rentrer et s'ils ne trouvent personne à la ferme, ils pourraient bien n'être plus de bonne humeur.

Comme on se disposait à partir, un groupe d'écureuils apparut sur la plus basse branche d'un hêtre et l'un d'eux dit au sanglier :

— Dans les bois de la commune, il y a trois mille neuf cent dix-huit chênes, douze cent quatorze hêtres et treize cent deux bouleaux.

Les chiffres de l'écureuil étaient les mêmes que ceux des petites et le sanglier s'en réjouit :

— C'est la preuve que vous ne vous êtes pas trompées. Demain, la maîtresse vous donnera une bonne note. Ah ! je voudrais bien être là quand elle vous complimentera. Moi qui aimerais tant voir une école.

— Venez donc demain matin, proposèrent les petites. La maîtresse n'est pas méchante. Elle vous laissera entrer en classe.

— Vous croyez ? Eh bien, je ne dis pas non. Je vais y réfléchir.

Lorsque les petites le quittèrent, le sanglier était à peu près décidé à aller à l'école le lendemain. Le cheval et le chien lui avaient promis de s'y rendre également pour qu'il ne fût pas le seul étranger à se présenter devant la maîtresse.

Au retour des champs, les parents virent Delphine et Marinette qui jouaient dans la cour et ils leur crièrent de la route :

— Est-ce que vous avez fait votre problème ?

— Oui, répondirent les petites en s'avançant à leur rencontre, mais il nous a donné du mal.

— Ça été un rude travail, affirma le cochon, et ce n'est pas pour me vanter, mais dans les bois...

Marinette réussit à le faire taire en lui marchant sur le pied. Les parents le regardèrent de travers en grommelant que cet animal était de plus en plus stupide. Puis ils dirent aux petites :

— Ce n'est pas tout d'avoir fait le problème. Il faut aussi qu'il soit juste. Mais ça, on le saura demain. On verra la note que la maîtresse vous donnera. Si jamais votre problème n'est pas juste, vous pouvez compter que ça ne se passera pas comme ça. Ce serait trop facile. Il suffirait de bâcler un problème.

— On ne l'a pas bâclé, assura Delphine, et vous pouvez être certains qu'il est juste.

— Du reste, l'écureuil trouve comme nous, déclara le cochon.

— L'écureuil ! Ce cochon devient fou. Il a d'ailleurs un drôle de regard. Allons, plus un mot et rentre dans ta soue.

Le lendemain matin, lorsque la maîtresse apparut sur le seuil de l'école pour faire entrer les élèves, elle ne s'étonna pas de voir dans la cour un cheval, un chien, un cochon et une petite poule blanche. Il n'était pas rare qu'une bête de la ferme voisine vînt s'égarer par là. Ce qui ne manqua pas de la surprendre et de l'effrayer, ce fut l'arrivée d'un sanglier débouchant soudain d'une haie où il se tenait caché. Peut-être eût-elle crié et appelé au secours si Delphine et Marinette ne l'avaient aussitôt rassurée.

— Mademoiselle, n'ayez pas peur. On le connaît. C'est un sanglier très gentil.

— Pardonnez-moi, dit le sanglier en s'approchant. Je ne voudrais pas vous déranger, mais j'ai entendu dire tant de bien de votre école et de votre enseignement que l'envie m'est venue d'entendre une de vos leçons. Je suis sûr que j'aurais beaucoup à y gagner.

Flattée, la maîtresse hésitait pourtant à le recevoir dans sa classe. Les autres bêtes s'étaient avancées et réclamaient la même faveur.

— Bien entendu, ajouta le sanglier, nous nous engageons, mes compagnons et moi, à être sages et à ne pas troubler la leçon.

— Après tout, dit la maîtresse, je ne vois pas d'inconvénient à ce que vous entriez dans la classe. Mettez-vous en rang.

Les bêtes se placèrent à la suite des fillettes alignées deux par deux devant la porte de l'école. Le sanglier était à côté du cochon, la petite poule blanche à côté du cheval et le chien au bout de la rangée. Lorsque la maîtresse eut frappé dans ses mains, les nouveaux écoliers entrèrent en classe sans faire de bruit et sans se bousculer. Tandis que le chien, le sanglier et le cochon s'asseyaient parmi les fillettes, la petite poule blanche se perchait sur le dossier d'un banc, et le cheval, trop grand pour s'attabler, restait debout au fond de la salle.

La classe commença par un exercice d'écriture et se

poursuivit par une leçon d'histoire. La maîtresse parla
du xvᵉ siècle et particulièrement du roi Louis XI,
un roi très cruel qui avait l'habitude d'enfermer
ses ennemis dans des cages de fer. « Heureusement, dit-elle, les temps ont changé et à notre
époque il ne peut plus être question d'enfermer
quelqu'un dans une cage. » A peine la maîtresse
venait-elle de prononcer ces mots que la petite
poule blanche, se dressant à son perchoir, demandait la parole.

— On voit bien, dit-elle, que vous n'êtes pas au
courant de ce qui se passe dans le pays. La vérité
c'est que rien n'a changé depuis le xvᵉ siècle. Moi
qui vous parle, j'ai vu bien souvent des malheureuses poules enfermées dans des cages et c'est une
habitude qui n'est pas près de finir.

— C'est incroyable ! s'écria le sanglier.

La maîtresse était devenue très rouge, car elle
pensait aux deux poulets qu'elle tenait prisonniers
dans une cage pour les engraisser. Aussi se promit-
elle de leur rendre la liberté dès après la classe.

— Quand je serai roi, déclara le cochon, j'enfer-
merai les parents dans une cage.

— Mais vous ne deviendrez jamais roi, dit le
sanglier. Vous êtes trop laid.

— Je connais des gens qui ne sont pas du tout
de votre avis, repartit le cochon. Hier au soir
encore, les parents disaient en me regardant : « Le
cochon est de plus en plus beau, il va falloir s'occuper de lui. » Je n'invente rien. Les petites
étaient là quand ils l'ont dit. N'est-ce pas, petites ?

Delphine et Marinette, confuses, durent recon-

naître que les parents avaient tenu ce propos élo-
gieux. Le cochon triompha.

— Vous n'en êtes pas moins l'animal le plus laid
que j'aie jamais vu, dit le sanglier.

— Apparemment que vous ne vous êtes pas
regardé. Avec ces deux grandes dents qui vous sortent
de la gueule, vous avez une figure affreuse.

— Comment ? Vous osez parler de ma figure avec
cette insolence ? Attendez un peu, gros butor, je vais
vous apprendre à respecter les honnêtes gens.

Voyant le sanglier sauter hors de son banc, le cochon
s'enfuit autour de la classe en poussant des cris aigus,
et telle était sa frayeur qu'il bouscula la maîtresse et
faillit la jeter à terre. « Au secours, criait-il. On veut
m'assassiner ! » Et il se jetait entre les tables, faisant
sauter les livres, les cahiers, les porte-plume et les
encriers. Le sanglier, qui le serrait de près, ajoutait
encore au désordre et grondait qu'il allait lui découdre
la panse. Passant sous la chaise où était assise la
maîtresse, il la souleva de terre et l'entraîna un
moment dans sa course. Celle-ci s'en trouva d'ailleurs
ralentie et Delphine et Marinette en profitèrent pour
essayer d'apaiser le sanglier, lui rappelant la promesse
qu'il avait faite de ne pas troubler la leçon. Avec l'aide
du chien et du cheval, elles finirent par lui faire
entendre raison.

— Pardonnez-moi, dit-il à la maîtresse. J'ai été un
peu vif, mais cet individu est si laid qu'il est impossible
d'avoir pour lui aucune indulgence.

— Je devrais vous mettre à la porte tous les deux,
mais pour cette fois, je me contenterai de vous mettre
un zéro de conduite :

Et la maîtresse écrivit au tableau :

> Sanglier : zéro de conduite.
> Cochon : zéro de conduite.

Le sanglier et le cochon étaient bien ennuyés, mais ce fut en vain qu'ils la supplièrent d'effacer les zéros. Elle ne voulut rien entendre.

— A chacun selon son mérite. Petite poule blanche, dix sur dix. Chien, dix sur dix. Cheval, dix sur dix. Et maintenant, passons à la leçon de calcul. Nous allons voir comment vous vous êtes tirés du problème des bois de la commune. Quelles sont celles d'entre vous qui l'on fait ?

Delphine et Marinette furent seules à lever la main. Ayant jeté un coup d'œil sur leurs cahiers, la maîtresse eut une moue qui les inquiéta un peu. Elle paraissait douter que leur solution fût exacte.

— Voyons, dit-elle en passant au tableau, reprenons l'énoncé. Les bois de la commune ont une étendue de seize hectares...

Ayant expliqué aux élèves comment il fallait raisonner, elle fit les opérations au tableau et déclara :

— Les bois de la commune contiennent donc quatre mille huit cents chênes, trois mille deux cents hêtres et seize cents bouleaux. Par conséquent, Delphine et Marinette se sont trompées. Elles auront une mauvaise note.

— Permettez, dit la petite poule blanche. J'en suis fâchée pour vous, mais c'est vous qui vous êtes trompée. Les bois de la commune contiennent trois mille neuf cent dix-huit chênes, douze cent quatorze hêtres et treize cent deux bouleaux. C'est ce que trouvent les petites.

— C'est absurde, protesta la maîtresse. Il ne peut y avoir plus de bouleaux que de hêtres. Reprenons le raisonnement...

— Il n'y a pas de raisonnement qui tienne. Les bois de la commune contiennent bien treize cent deux bouleaux. Nous avons passé l'après-midi d'hier à les compter. Est-ce vrai, vous autres ?

— C'est vrai, affirmèrent le chien, le cheval et le cochon.

— J'étais là, dit le sanglier. Les arbres ont été comptés deux fois.

La maîtresse essaya de faire comprendre aux bêtes que les bois de la commune, dont il était question dans l'énoncé, ne correspondaient à rien de réel, mais la petite poule blanche se fâcha et ses compagnons commençaient à être de mauvaise humeur. « Si l'on ne pouvait se fier à l'énoncé, disaient-ils, le problème lui-même n'avait plus aucun sens. » La maîtresse leur déclara qu'ils étaient stupides. Rouge de colère, elle se disposait à mettre une mauvaise note aux deux petites lorsqu'un inspecteur d'académie entra dans la classe. D'abord, il s'étonna d'y voir un cheval, un chien, une poule, un cochon et surtout un sanglier.

— Enfin, dit-il, admettons. De quoi parliez-vous ?

— Monsieur l'Inspecteur, déclara la petite poule blanche, la maîtresse a donné avant-hier aux élèves un problème dont voici l'énoncé : les bois de la commune ont une étendue de seize hectares...

Lorsqu'il fut informé, l'inspecteur n'hésita pas à donner entièrement raison à la petite poule blanche. Pour commencer, il obligea la maîtresse à mettre une très bonne note sur les cahiers des deux petites et à effacer les zéros de conduite du cochon et du sanglier. « Les bois de la commune sont les bois de la commune, dit-il, c'est indiscutable. » Il fut si content des bêtes qu'il fit remettre à chacune un bon point et à la petite poule blanche, qui avait si bien raisonné, la croix d'honneur.

Delphine et Marinette rentrèrent à la maison, le cœur léger. En voyant qu'elles avaient de très bonnes notes, les parents furent heureux et fiers (ils crurent aussi que les bons points du chien, du cheval, de la petite poule blanche et du cochon avaient été décernés aux deux petites). Pour les récompenser, ils leur achetèrent des plumiers neufs.

Le paon

Un jour, Delphine et Marinette dirent à leurs parents qu'elles ne voulaient plus mettre de sabots. Voilà ce qui s'était passé. Leur grande cousine Flora, qui avait presque quatorze ans et qui habitait le chef-lieu, venait de faire un séjour d'une semaine à la ferme. Comme elle avait été reçue un mois plus tôt à son certificat d'études, son père et sa mère lui avaient acheté un bracelet-montre, une bague en argent et une paire de souliers à talons hauts. Enfin, elle n'avait pas moins de trois robes rien que pour le dimanche. La première était rose avec une ceinture dorée, la deuxième verte avec un bouillon de crêpe sur l'épaule, et la troisième en organdi. Flora ne sortait jamais sans mettre de gants. Elle regardait l'heure avec des ronds de bras et parlait beaucoup de toilettes, de chapeaux, de fer à friser.

Un jour donc, après le départ de Flora, les petites se poussèrent du coude pour s'encourager et Delphine dit aux parents :

— Les sabots, ce n'est pas si commode qu'on croit. On se fait surtout mal aux pieds et, ce qui arrive aussi, c'est que l'eau entre par-dessus, tandis qu'avec des souliers, il y a moins de risque, surtout si le talon est un peu haut. Et les souliers, c'est tout de même plus joli.

— C'est comme les robes, dit Marinette. Au lieu de rester toute la semaine en tablier avec une robe de rien en dessous, il vaudrait mieux sortir de l'armoire un peu plus souvent nos robes du dimanche.

— C'est comme les cheveux, dit Delphine. Au lieu d'avoir les cheveux sur les épaules, ce serait bien plus commode de les relever. Et plus joli aussi.

Les parents respirèrent un grand coup et, après avoir un moment regardé leurs filles en fronçant les sourcils, répondirent avec une voix terrible :

— Voilà des façons de parler qui ne nous plaisent pas. Ne plus mettre vos sabots ! sortir de l'armoire vos robes du dimanche ! Est-ce que vous avez perdu la tête ? Vous pensez, oui, vous pensez comme on va vous donner vos souliers et vos bonnes robes pour tous les jours. Ce serait bientôt dévoré et il ne vous resterait plus rien de propre pour quand vous iriez voir l'oncle Alfred. Mais le plus fort, c'est les cheveux relevés. Des gamines de votre âge ! Ah ! si jamais vous parlez encore de cheveux relevés...

Les petites n'osèrent plus parler aux parents de cheveux, de robes, ni de souliers. Mais quand elles étaient seules, en allant à l'école ou au retour, ou sur les prés à garder les vaches, ou aux bois à cueillir les fraises, elles mettaient des pierres dans leurs sabots pour avoir le talon plus haut, elles mettaient leur robe à l'envers pour se donner ainsi l'illusion d'en changer, elles nouaient leurs cheveux sur la tête avec une ficelle. Et à chaque instant, elles se demandaient :

— Est-ce que j'ai la taille assez mince ? Est-ce que je

fais d'assez petits pas ? Et mon nez, tu ne trouves pas que ces jours-ci il est un peu long ? Et ma bouche ? Et mes dents ? Est-ce que tu crois que le rose m'irait mieux que le bleu ?

Et dans leur chambre, elles n'avaient jamais fini de se regarder dans la glace, ne rêvant plus que d'être belles et d'avoir de beaux habits. Même, il y avait à la ferme un lapin blanc qu'elles aimaient beaucoup et il leur arrivait de rougir en pensant que le jour où on le mangerait, sa peau ferait une bien jolie fourrure.

Un après-midi, devant la ferme, assises à l'ombre d'une haie, Delphine et Marinette ourlaient des torchons. A côté d'elles et les regardant travailler il y avait une grosse oie blanche. C'était une bête tranquille; qui aimait la conversation et les plaisirs raisonnables. Elle se faisait expliquer à quoi sert d'ourler les torchons et comment s'y prendre.

— Il me semble que j'aimerais bien coudre, disait-elle aux petites. Ourler des torchons surtout.

— Merci, répondant Marinette, moi j'aimerais mieux coudre dans des robes. Ah ! si j'avais du tissu... par exemple, trois mètres de soie lilas... je me ferais une robe décolletée en rond avec un froncé de chaque côté.

— Moi, disait Delphine, je vois une robe rouge décolletée en pointe, avec trois rangs de boutons blancs jusqu'à la ceinture.

Tandis qu'elles parlaient ainsi, l'oie secouant la tête en murmurant :

— Tout ce que vous voudrez, mais moi j'aimerais mieux ourler des torchons.

Dans la cour, il y avait un cochon bien gras qui se promenait à petits pas. En sortant de la maison pour aller aux champs, les parents s'arrêtèrent devant lui et dirent :

— Il devient gras. Il est de plus en plus beau, ma foi.

— Vous trouvez ? dit le cochon. Je suis bien content de vous entendre dire que je suis beau. C'est ce que je pensais aussi.

Un peu gênés, les parents s'éloignèrent. En passant auprès des petites, ils leur firent compliment de leur application. Penchées sur leurs torchons, Delphine et Marinette tiraient l'aiguille sans échanger une parole, comme si rien n'eût compté pour elles que de faire des ourlets. Mais à peine les parents eurent-ils tourné le dos qu'elles se remirent à parler robes, chapeaux, souliers vernis, ondulations, montres en or, et l'aiguille courait moins vite dans la toile. Elles jouaient aux dames en visite, et Marinette en pinçant la bouche, demandait à Delphine :

— Chère Madame, où donc avez-vous fait faire ce joli tailleur ?

L'oie ne comprenait pas bien. Un peu étourdie par ces bavardages, elle commençait à sommeiller quand arriva du fond de la cour un coq désœuvré qui se planta devant elle et dit en la regardant d'un air apitoyé :

— Je ne voudrais pas te faire de peine, mais tu as quand même un drôle de cou.

— Un drôle de cou ? dit l'oie. Pourquoi, un drôle de cou !

— Cette question ! mais parce qu'il est trop long ! Regarde le mien...

L'oie considéra un moment le coq et répondit en hochant la tête :

— Eh bien ! oui, je vois que tu as le cou beaucoup trop court. Je dirai même que c'est loin d'être joli.

— Trop court ! s'écria le coq. Voilà que maintenant c'est moi qui ai le cou trop court ! En tout cas, il est plus beau que le tien.

— Je ne trouve pas, fit l'oie. Du reste, ce n'est pas la peine de discuter. Tu as le cou trop court et un point c'est tout.

Si les petites n'avaient pas été aussi occupées de robes et de coiffures, elles se seraient avisées que le coq était très vexé et auraient essayé d'arranger les choses. Il se mit à ricaner et dit avec un air insolent :

— Tu as raison. Ce n'est pas la peine de discuter. Mais sans parler du cou, je suis mieux que toi. J'ai des plumes bleues, des plumes noires et même des jaunes. Surtout j'ai un très beau panache, tandis que toi, je trouve que tu finis drôlement.

— J'ai beau te regarder, riposta l'oie, je vois un petit tas de plumes ébouriffées qui ne sont guère plaisantes. C'est comme cette crête rouge que tu as sur la tête, tu n'imagines pas, pour quelqu'un d'un peu délicat, combien c'est écœurant.

Alors, le coq devint furieux. Il fit un saut qui le porta tout contre l'oie et cria de toute sa voix :

— Vieille imbécile ! Je suis plus beau que toi ! tu entends ! Plus beau que toi !

— Ce n'est pas vrai ! Espèce de brimborion ! C'est moi la plus belle !

Au tapage, les petites avaient laissé leur conversation sur les robes et se préparaient à intervenir, mais le cochon, qui avait entendu les cris, traversa la cour au galop et, s'arrêtant auprès du coq et de l'oie, leur dit tout essoufflé :

— Qu'est-ce qui vous prend ? Est-ce que vous avez perdu la tête, tous les deux ? Voyons, mais le plus beau, c'est moi !

Les petites et même le cop et l'oie éclatèrent de rire.

— Je ne voix pas ce qui vous fait rire, dit le cochon. En tout cas, pour ce qui est de savoir lequel est le plus beau, vous voilà d'accord.

— C'est une plaisanterie, dit l'oie.

— Mon pauvre cochon, fit le coq, si tu pouvais voir combien tu es laid !

Le cochon regarda le coq et l'oie avec un air peiné et soupira :

— Je comprends... oui, je comprends. Vous êtes jaloux, tous les deux. Et pourtant, est-ce qu'on a jamais rien vu de plus beau que moi ? Tenez, les parents me le disaient encore tout à l'heure. Allons, soyez sincères. Dites-le, que je suis le plus beau.

Pendant la dispute, un paon apparut au coin de la haie et chacun fit silence. Son corps était bleu, son aile mordorée, et sa longue traîne verte était parsemée de taches bleues cernées par un anneau couleur de rouille. Il portait une huppe sur la tête et marchait d'un pas fier. Il eut un rire élégant et, se tournant de côté pour se faire admirer, dit en s'adressant aux deux petites :

— Depuis le coin de la haie, j'ai assisté à leur querelle et je ne vous cacherai pas que je me suis follement amusé. Ah ! oui, follement...

Ici, le paon s'interrompit pour rire discrètement et reprit :

— Grave question de savoir quel est le plus beau de ces trois personnages. Voilà un cochon qui n'est pas mal avec sa peau rose et tendue. J'aime bien le coq aussi avec cette espèce de moignon qu'il a sur la tête et ces plumes qui l'habillent comme un hérisson. Et quelle grâce aisée dans le maintien de notre bonne oie, et quelle dignité dans le port de la tête... Ah! laissez-moi rire encore... Mais soyons sérieux. Dites-moi, jeunes filles, ne pensez-vous pas qu'il vaudrait mieux, quand on est si loin de la perfection, ne pas trop parler de sa beauté?

Les petites rougirent pour le cochon, pour le coq et pour l'oie, et un peu pour elles, aussi. Mais flattées de ce qu'il les eût appelées « jeunes filles », elles n'osèrent pas reprocher au paon son impolitesse.

— D'un autre côté, poursuivit le visiteur, je sais bien qu'on est un peu excusable quand on ne sait pas ce qu'est la vraie beauté...

Le paon tourna lentement sur lui-même en prenant des poses, pour que chacun pût le voir tout à son aise. Le cochon et le coq, muets d'admiration le regardaient avec des yeux ronds. Mais l'oie ne paraissait pas trop surprise. Elle fit observer tranquillement :

— C'est entendu, vous n'êtes pas mal, mais on en a déjà bien vu autant. Moi qui vous parle, j'ai connu un canard qui avait un plumage aussi beau que le vôtre. Et il ne faisait pas ces embarras. Vous me direz qu'il n'avait pas comme vous une longue traîne à balayer la poussière ni cette huppe sur la tête. Si vous voulez. Mais je peux vous assurer qu'elles ne lui manquaient pas non plus. Il vivait très bien sans ça. Du reste, vous ne me ferez pas croire que tous ces ornements sont bien convenables. Me voyez-vous, moi, avec un pinceau sur la tête et un mètre de plumes par derrière? Mais non, mais non. Ce n'est pas sérieux.

Pendant qu'elle parlait ainsi, le paon étouffait à peine un bâillement d'ennui et quand elle eut fini, il ne prit pas la peine de répondre. Déjà le coq reprenait de l'aplomb et ne craignait pas de comparer son plumage au sien. Il se tut tout d'un coup et le souffle même lui manqua une minute. Le paon venait de déployer les longues plumes de sa traîne qui s'arrondissait autour de lui comme un large éventail. L'oie elle-même en fut éblouie et ne put retenir un cri d'admiration. Émerveillé, le cochon fit un pas en avant pour voir les plumes de plus près, mais le paon fit un saut en arrière.

— S'il vous plaît, dit-il, ne m'approchez pas. Je suis une bête de luxe. Je n'ai pas l'habitude de me frotter à n'importe qui.

— Je vous demande pardon, balbutia le cochon.

— Mais non, c'est moi qui m'excuse de vous dire les choses aussi simplement. Voyez-vous, quand on veut être beau comme je suis, il faut en prendre la peine. C'est presque aussi difficile de le rester que de le devenir.

— Comment ? s'étonna le cochon. Est-ce que vous n'avez pas toujours été beau ?

— Oh ! non. Quand je suis venu au monde, je n'avais qu'un maigre duvet sur la peau et rien ne permettait d'espérer qu'il en serait un jour autrement. Ce n'est que peu à peu que je me suis transformé jusqu'au point d'être où vous me voyez à présent, et il m'a fallu des soins. Je ne pouvais rien faire sans que ma mère me reprenne aussitôt : « Ne mange pas de vers de terre, ça empêche la huppe de pousser. Ne saute pas à cloche-pied, tu auras la traîne de travers. Ne mange pas trop. Ne bois pas pendant les repas. Ne marche pas dans les flaques... » C'était sans fin. Et je n'avais pas le droit de fréquenter les poulets ni les autres espèces du château. Car vous savez que j'habite ce château qu'on aperçoit là-bas. Oh! ce n'était pas souvent bien gai. En dehors des promenades que je faisais en compagnie de la châtelaine pour faire pendant à son lévrier, j'étais toujours seul. Et encore, si j'avais l'air de m'amuser ou de penser à quelque chose de drôle, ma mère me criait avec désespoir : « Petit malheureux, ne vois-tu pas qu'à rire ainsi et à t'amuser, tu as déjà dans la démarche et dans la huppe et dans la traîne un air de vulgarité ? » Oui, voilà ce qu'elle me disait. Oh ! la vie n'était pas drôle. Et même maintenant, vous ne me croirez peut-être pas, mais je suis encore un régime. Pour ne pas m'alourdir ni perdre l'éclat de mes couleurs, je suis obligé de me rationner au plus juste et de faire de la gymnastique, du sport... Et je ne parle pas des longues heures que je passe à ma toilette.

Sur la prière du cochon, le paon se mit à énumérer par le détail tout ce qu'il faut faire pour être beau et quand il eut parlé une demi-heure, il n'en avait pas seulement dit la moitié. Cependant, d'autres bêtes arrivaient à chaque instant et faisaient le cercle autour de lui. Vinrent d'abord les bœufs, puis les moutons, ensuite les vaches, le chat, les poulets, l'âne, le cheval, le canard, un jeune veau, et jusqu'à une petite souris qui se glissa entre les sabots du cheval. Tout ce monde se bousculait pour mieux voir et mieux entendre.

— Ne poussez pas ! criait le veau ou l'âne ou le mouton ou n'importe qui. Ne poussez pas. Silence. Ne me marchez donc pas sur les pieds... Les plus grands derrière... Allons, desserrez-vous... Silence, on vous dit... Et si je vous flanquais une correction...

— Chut ! faisait le paon, calmons-nous un peu... Je

reprends : le matin au réveil, manger un pépin de pomme reinette et boire une gorgée d'eau claire... Vous m'avez bien compris, n'est-ce pas ? Allons, répétez.

— Manger un pépin de pomme reinette et boire une gorgée d'eau claire, disaient en chœur toutes les bêtes de la ferme.

Delphine et Marinette n'osaient pas répéter avec elles, mais jamais à l'école elles n'avaient été aussi attentives qu'elles le furent aux leçons du paon.

Le lendemain matin, les parents furent bien étonnés. Leur surprise commença à l'écurie, tandis qu'ils se préparaient à garnir les mangeoires et les râteliers, comme ils faisaient tous les jours. Le cheval et les bœufs leur dirent avec un peu d'impatience :

— Laissez, laissez, ce n'est pas la peine. Si vous voulez vous rendre utiles, donnez-nous plutôt un pépin de pomme reinette et une gorgée d'eau claire.

— Qu'est-ce que vous dites ? Un pépin de... de...

— De pomme reinette, oui. Nous ne prendrons rien d'autre jusqu'à l'heure du midi, et ce sera ainsi tous les jours.

— Vous pouvez compter, dirent les parents. Ma foi oui, vous pouvez compter qu'on va vous donner un pépin de pomme reinette. C'est une nourriture qui doit tenir au ventre ! Une nourriture faite pour des bêtes de somme ! Mais assez causé. Voilà le foin, voilà l'avoine et les betteraves. Vous allez nous faire le plaisir de manger. Et point de simagrées.

Quittant l'écurie, les parents s'en allèrent dans la cour donner la pâtée aux poules et à toute la volaille. C'était une excellente pâtée, mais nul ne voulut seulement y goûter.

— Ce qu'il nous faut, dit le coq aux parents, c'est un pépin de pomme reinette et une gorgée d'eau claire. Nous ne voulons rien de plus.

— Encore ce pépin ! Mais qu'est-ce qu'ils ont donc tous à vouloir se nourrir de pépins ? Allons, coq, explique.

— Dites-moi, les parents, demanda le coq, est-ce que vous n'aimeriez pas me voir me pavaner dans la cour avec un huppe sur la tête, et, dressé tout autour de moi, un grand éventail de longues plumes de toutes les couleurs ?

— Non, dirent les parents de mauvaise humeur. Parle-nous d'un coq au vin. Voilà ce que nous aimons et le plumage n'y ajoute rien.

Le coq tourna le dos et dit tout haut en s'adressant aux autres volailles :

— Vous voyez comme ils nous répondent quand on leur parle gentiment.

Les parents s'éloignèrent et tout du même pas s'en furent auprès du cochon lui porter sa nourriture. Mais sitôt qu'il eut senti l'odeur des pommes de terre écrasées, il cria depuis la soue :

— Remportez-moi vite cette pâtée ! Ce qu'il me faut, c'est un pépin de pomme reinette avec une gorgée d'eau claire !

— Toi aussi ? dirent les parents. Mais pourquoi ?

— Mais parce que je veux être beau et si fin, si brillant, que sur mon passage les gens s'arrêtent et se retourne en s'écriant : « Ah ! qu'il est joli et qu'on aimerait être ce merveilleux cochon qui passe. »

— Mon Dieu, cochon, dirent les parents, il est naturel que tu penses à être beau. Mais pourquoi justement, ne pas faire ce qu'il faut pour le rester ? Est-

ce que tu ne comprends pas qu'être beau, c'est d'abord
être gras ?

— A d'autres, fit le cochon. Mais répondez-moi.
Oui et non, voulez-vous me donner un pépin de
pomme reinette et une gorgée d'eau claire ?

— Pourquoi pas ? Nous allons y réfléchir et dans
quelque temps...

— Ce n'est pas dans quelque temps, c'est tout de
suite. Et ce n'est pas tout. Il faudra aussi m'emmener
promener tous les matins. Et il faudra me faire faire du
sport et surveiller ma nourriture, mon sommeil, mes
fréquentations, ma façon de marcher... enfin, tout.

— Entendu. Quand tu auras pris encore une
dizaine de kilos, nous commencerons. En attendant,
mange ta pâtée.

Après avoir rempli l'auge du cochon, les parents
gagnèrent la cuisine et là trouvèrent Delphine et
Marinette prêtes à partir pour l'école.

— Vous partez déjà ? Tiens, mais... mais vous
n'avez pas déjeuné ?

Les petites devinrent toutes rouges et Delphine
répondit avec embarras :

— Non, pas faim... trop mangé peut-être hier
soir...

— L'air nous fera du bien, ajouta Marinette.

— Hum ! firent les parents. Voilà qui est singulier.
Enfin, c'est bon...

Et quand les petites furent déjà très loin sur le
chemin de l'école, ils avisèrent sur la table de la cuisine
deux moitiés d'une pomme reinette à laquelle on avait
ôté deux pépins.

Les bêtes de l'écurie ne purent s'accommoder bien
longtemps du régime recommandé par le paon. Un

pépin de pomme dans l'estomac d'un bœuf ou d'un cheval, est à peu près comme rien. Renonçant à être beau, chacun revint à sa nourriture habituelle et dès le matin du deuxième jour. Il y eut plus de constance chez les bêtes de la basse-cour et quelque temps on put croire qu'elle étaient faites à ce nouveau genre de vie. Toute cette volaille était si coquette qu'elle oublia ses crampes d'estomac pendant plusieurs jours. Les poules, les poulets, le coq, le canard, l'oie elle-même, ne parlaient plus que de leur port de tête, de leur démarche et de la couleur de leurs plumes, au point que plusieurs d'entre les plus jeunes devinrent toutes rêveuses, se plaignant de n'avoir pas la vie convenable à des personnes d'une aussi grande beauté. A les entendre ainsi divaguer, l'oie se reprit tout d'un coup et déclara que ces repas de carême auxquels on s'astreignait n'avaient pas de résultat plus clair que de brouiller la cervelle à quelques pécores en attendant que la basse-cour tout entière en perdît la tête. Quant à la beauté qu'on y avait gagnée, elle voyait surtout des yeux battus, des plumes fatiguées, des cous décharnés, des jabots raplatis. Il y eut plusieurs volailles raisonnables qui l'entendirent tout de suite. D'autres mirent un peu plus longtemps. Le coq demeura ferme partisan du régime pépin et avec lui un groupe de poulets qui admiraient beaucoup ses manières. Ils le demeurèrent ensemble jusqu'au jour où, s'étant évanoui dans la cour tant il avait faim, le coq entendit la voix des parents qui parlaient ainsi : « Dépêchons-nous de le saigner pour qu'il soit encore bon à manger », dont il eut si grande peur qu'il se leva tout d'un bond et partit du même pour aller manger grains et pâtée, et en mangea tant, pauvre coq, ce jour-là et les suivants, qu'il eut plusieurs fois des indigestions et les poulets aussi.

Passé quinze jours, le cochon resta seul de tous les animaux a suivre le régime. Dans toute une journée, il mangeait à peine de quoi nourrir un poulet en bas âge, ce qui ne l'empêchait pas de faire de longues promenade à pied, de la gymnastique et du sport en toutes manières. En une semaine, il avait perdu trente livres. Les autres bêtes le pressaient de se remettre à une nourriture plus abondante, mais c'était comme s'il n'entendait pas, ne faisant que leur demander : « Comment me trouvez-vous ? » A quoi répondaient les bêtes toutes navrées :

— Bien maigre, mon pauvre cochon. Ta peau fait des plis, des rides et des poches, que c'est une pitié.

— Allons, tant mieux, disait le cochon. Mais je n'ai pas fini de vous étonner.

Il clignait de l'œil et demandait en baissant la voix :

— A propos ! faites-moi donc le plaisir de regarder sur le dessus de ma tête... Vous avez vu ?

— Quoi donc ?

— Quelque chose qui pousse... comme une huppe.

— Mais non, il n'y a rien du tout...

— Tiens, c'est drôle, faisait le cochon. Et ma traîne. La voyez-vous ?

— Sans doute veux-tu parler de ta queue ? Alors, il s'agit bien de traîne ! Plus que jamais elle est en forme de tire-bouchon.

— Tiens, c'est drôle. Peut-être que je ne fais pas assez de sport... ou bien que je mange encore trop... Je vais me surveiller, soyez tranquilles.

Le voyant encore plus maigre de jour en jour, Delphine et Marinette n'avaient presque plus envie

d'être belles. Du moins entendaient-elles ne pas trop
jeûner. Le régime du paon, qu'elles avaient d'abord
voulu suivre en cachette des parents, ne les tentait
plus guère. Enfin, les conseils de l'oie firent beaucoup
pour les en détourner. Lorsqu'elle entendait les
petites parler de leur taille et des grammes qu'elles
espéraient perdre, elle leur répétait :

— Voyez dans quel état s'est mis notre malheureux
cochon pour n'avoir pas mangé à son appétit. Voulez-
vous comme lui avoir de la peau qui pende et de
pauvres crayons flageolants en place de vos bonnes
jambes ? Non, croyez-moi, tout ça n'est pas raisonnable. Et tenez, moi qui suis assez bien faite de ma
personne et très joliment emplumée, je peux bien
vous le dire : La beauté ne remplit pas la vie et il vaut
mieux pour vous de savoir ourler des torchons que
d'avoir sur le dos des grandes plumes de toutes les
couleurs.

— Bien sûr, répondaient les petites, c'est vous qui
avez raison.

Un jour, le cochon, après un exercice de gymnastique, se reposait auprès du puits et comme il demandait au chat qui ronronnait sur la margelle s'il voyait
pousser sa huppe, celui-ci eut pitié et feignant d'y
regarder de tout près, répondit :

— En effet, il me semble apercevoir quelque
chose. Ce n'est bien sûr qu'un début, mais on dirait
une promesse de huppe.

— Enfin ! cria le cochon. La voilà qui pousse ! On
l'aperçoit déjà ! Je suis bien heureux... Et ma traîne,
chat, la vois-tu aussi ?

— Ta traîne ! Mon Dieu... je dois dire...

— Comment ! Comment !

Et le cochon parut si bouleversé que le chat se reprit aussitôt :

— A la vérité, ce n'est pas encore une traîne, mais c'est déjà un très joli balai qui n'a pas fini de pousser.

— Bien sûr, il faut qu'elle grandisse encore, convint le cochon.

— Oui, oui, approuva le chat. Mais elle ne grandira que si tu manges beaucoup. Et pour la huppe, c'est la même chose. Le régime du paon, c'était excellent pour tout mettre en train, mais maintenant que la huppe et la traîne sont sorties, il s'agit de les alimenter.

— C'est pourtant vrai, fit le cochon. Je n'y avais pas pensé.

Et aussitôt il courut à son auge où il mangea tant qu'il y eut et après s'en alla auprès des parents pour avoir encore.

Quand il fut enfin rassasié, il se mit à gambader par la cour en criant à tue-tête :

— J'ai une huppe ! J'ai une traîne ! J'ai une huppe ! J'ai une traîne !

Les bêtes de la ferme essayaient de le détromper mais il les accusait d'être jalouses ou d'avoir les yeux dans leurs poches. Le lendemain, il eut une longue discussion avec le coq et celui-ci, lassé par son entêtement, abandonna la partie en soupirant :

— Il est fou... il est complètement fou...

Les témoins, qui étaient nombreux, éclatèrent d'un grand rire dont le cochon se trouva tout décontenancé. Durant plus d'une heure, une couvée de poussins s'attacha à ses pas en piaillant :

— Il est fou... ! Au fou !... Il est fou !...

Et les autres volailles ne se tenaient pas de ricaner et d'avoir des mots désobligeants quand il passait devant

elles. Dès lors, le cochon s'abstint de parler à personne
de sa huppe ou de sa traîne. Quand il traversait la cour,
il allait toujours la tête en arrière, tellement rengorgé
qu'on se demandait s'il n'avait pas avalé un os qui lui
fût resté en travers du gosier, et si quelqu'un venait à
passer derrière lui, même à bonne distance, il faisait
vivement un saut en avant, comme s'il eût craint qu'on
lui marchât sur la queue. L'oie le montrait alors aux
deux petites, leur disant :

— Vous voyez ce qui arrive quand on est trop
occupé de sa beauté. On devient fou comme le cochon.

Les petites, en l'entendant parler ainsi, plaignaient
leur pauvre cousine Flora qui devait avoir perdu la tête
depuis longtemps. Pourtant, Marinette qui était un
peu plus blonde que sa sœur, ne pouvait pas s'empêcher d'admirer le cochon.

Un matin de soleil, le cochon partit pour une longue
promenade dans la campagne. Au retour, le temps se
couvrit et il y eut de grands éclairs au-dessus de lui, de
quoi il ne fut pas surpris, pensant apercevoir sa huppe
balancée sur sa tête par le vent. Il trouva toutefois
qu'elle avait beaucoup grandi et qu'elle était maintenant aussi importante qu'on pouvait souhaiter. Cependant, la pluie se mit à tomber très serrée et il se réfugia
un moment sous un arbre en prenant garde à baisser la
tête pour ne pas abîmer sa huppe.

Le vent s'étant apaisé et la pluie tombant moins
serrée, le cochon se remit en marche. Lorsque la ferme
fut en vue, à peine tombait-il encore quelques gouttes
et le soleil passait déjà entre les nuages. Delphine et
Marinette sortaient de la cuisine en même temps que
leurs parents, et la volaille quittait la remise où elle
avait trouvé abri. Au moment où le cochon allait entrer

dans la cour, les petites pointèrent le doigt dans sa direction en criant :

— Un arc-en-ciel ! Ah ! qu'il est beau !

Le cochon tourna la tête et à son tour poussa un cri. Derrière lui, il apercevait sa traîne déployée en un immense éventail.

— Regardez ! dit-il. Je fais la roue !

Delphine et Marinette échangèrent un regard attristé, tandis que les bêtes de la basse-cour parlaient entre elles à voix basse en hochant la tête.

— Allons, assez de comédie, firent les parents. Rentre dans ta soue. Il est l'heure.

— Rentrer ? dit le cochon. Vous voyez bien que je ne peux pas. Ma roue est trop large pour que je puisse pénétrer seulement dans la cour. Elle ne passera jamais entre ces deux arbres.

Les parents eurent un mouvement d'impatience. Ils parlaient déjà de prendre une trique, mais les petites s'approchèrent du cochon et lui dirent avec amitié :

— Tu n'as qu'à refermer tes plumes. Ta traîne passera facilement.

— Tiens, c'est vrai, fit le cochon. Je n'y aurais pas pensé. Vous comprenez, le manque d'habitude...

Il fit un grand effort qui lui creusa l'échine. Derrière lui, l'arc-en-ciel fondit tout d'un coup et se déposa sur sa peau en couleurs si tendres, et si vives aussi, que les plumes du paon, à côté, eussent été comme une grisaille.

Le loup

Le loup

Caché derrière la haie, le loup surveillait patiemment les abords de la maison. Il eut enfin la satisfaction de voir les parents sortir de la cuisine. Comme ils étaient sur le seuil de la porte, ils firent une dernière recommandation.

— Souvenez-vous, disaient-ils, de n'ouvrir la porte à personne, qu'on vous prie ou qu'on vous menace. Nous serons rentrés à la nuit.

Lorsqu'il vit les parents bien loin au dernier tournant du sentier, le loup fit le tour de la maison en boitant d'une patte, mais les portes étaient bien fermées. Du côté des cochons et des vaches, il n'avait rien à espérer. Ces espèces n'ont pas assez d'esprit pour qu'on puisse les persuader de se laisser manger. Alors, le loup s'arrêta devant la cuisine, posa ses pattes sur le rebord de la fenêtre et regarda l'intérieur du logis.

Delphine et Marinette jouaient aux osselets devant le fourneau. Marinette, la plus petite, qui était aussi la plus blonde, disait à sa sœur Delphine :

— Quand on n'est rien que deux, on ne s'amuse pas bien. On ne peut pas jouer à la ronde.

— C'est vrai, on ne peut jouer ni à la ronde, ni à la paume placée.

— Ni au furet, ni à la courotte malade.

— Ni à la mariée, ni à la balle fondue.

— Et pourtant, qu'est-ce qu'il y a de plus amusant que de jouer à la ronde ou à la paume placée ?

— Ah ! si on était trois...

Comme les petites lui tournaient le dos, le loup donna un coup de nez sur le carreau pour faire entendre qu'il était là. Laissant leurs jeux, elles vinrent à la fenêtre en se tenant par la main.

— Bonjour, dit le loup. Il ne fait pas chaud dehors. Ça pince, vous savez.

La plus blonde se mit à rire, parce qu'elle le trouvait drôle avec ces oreilles pointues et ce pinceau de poils hérissés sur le haut de la tête. Mais Delphine ne s'y trompa point. Elle murmura en serrant la main de la plus petite :

— C'est le loup.

— Le loup ? dit Marinette, alors on a peur ?

— Bien sûr, on a peur.

Tremblantes, les petites se prirent par le cou, mêlant leurs cheveux blonds et leurs chuchotements. Le loup dut convenir qu'il n'avait rien vu d'aussi joli depuis le temps qu'il courait par bois et par plaines. Il en fut tout attendri.

— Mais qu'est-ce que j'ai ? pensait-il, voilà que je flageole sur mes pattes.

A force d'y réfléchir, il comprit qu'il était devenu bon, tout à coup. Si bon et si doux qu'il ne pourrait plus jamais manger d'enfants.

Le loup pencha la tête du côté gauche, comme on fait quand on est bon, et prit sa voix la plus tendre :

— J'ai froid, dit-il, et j'ai une patte qui me fait bien mal. Mais ce qu'il y a, surtout, c'est que je suis bon. Si vous vouliez m'ouvrir la porte, j'entrerais me chauffer à côté du fourneau et on passerait l'après-midi ensemble.

Les petites se regardaient avec un peu de surprise. Elles n'auraient jamais soupçonné que le loup pût avoir une voix si douce. Déjà rassurée, la plus blonde fit un signe d'amitié, mais Delphine, qui ne perdait pas si facilement la tête, eut tôt fait de se ressaisir.

— Allez-vous-en, dit-elle, vous êtes le loup.

— Vous comprenez, ajouta Marinette avec un sourire, ce n'est pas pour vous renvoyer, mais nos parents nous ont défendu d'ouvrir la porte, qu'on nous prie ou qu'on nous menace.

Alors le loup poussa un grand soupir, ses oreilles pointues se couchèrent de chaque côté de sa tête. On voyait qu'il était triste.

— Vous savez, dit-il, on raconte beaucoup d'histoires sur le loup, il ne faut pas croire tout ce qu'on dit. La vérité, c'est que je ne suis pas méchant du tout.

Il poussa encore un grand soupir qui fit venir des larmes dans les yeux de Marinette.

Les petites étaient ennuyées de savoir que le loup avait froid et qu'il avait mal à une patte. La plus blonde murmura quelque chose à l'oreille de sa sœur, en clignant de l'œil du côté du loup, pour lui faire entendre qu'elle était de son côté, avec lui. Delphine demeura pensive, car elle ne décidait rien à la légère.

— Il a l'air doux comme ça, dit-elle, mais je ne m'y fie pas. Rappelle-toi « le loup et l'agneau »… L'agneau ne lui avait pourtant rien fait.

Et comme le loup protestait de ses bonnes intentions, elle lui jeta par le nez :

— Et l'agneau, alors ?... Oui, l'agneau que vous avez mangé ?

Le loup n'en fut pas démonté.

— L'agneau que j'ai mangé, dit-il. Lequel ?

Il disait ça tout tranquillement, comme une chose toute simple et qui va de soi, avec un air et un accent d'innocence qui faisaient froid dans le dos.

— Comment ? vous en avez donc mangé plusieurs ! s'écria Delphine. Eh bien ! c'est du joli !

— Mais naturellement que j'en ai mangé plusieurs. Je ne vois pas où est le mal... Vous en mangez bien, vous !

Il n'y avait pas moyen de dire le contraire. On venait justement de manger du gigot au déjeuner de midi.

— Allons, reprit le loup, vous voyez bien que je ne suis pas méchant. Ouvrez-moi la porte, on s'assiéra en rond autour du fourneau, et je vous raconterai des histoires. Depuis le temps que je rôde au travers des bois et que je cours sur les plaines, vous pensez si j'en connais. Rien qu'en vous racontant ce qui est arrivé l'autre jour aux trois lapins de la lisière, je vous ferais bien rire.

Les petites se disputaient à voix basse. La plus blonde était d'avis qu'on ouvrît la porte au loup, et tout de suite. On ne pouvait pas le laisser grelotter sous la bise avec une patte malade. Mais Delphine restait méfiante.

— Enfin, disait Marinette, tu ne vas pas lui reprocher encore les agneaux qu'il a mangés. Il ne peut pourtant pas se laisser mourir de faim !

— Il n'a qu'à manger des pommes de terre, répliquait Delphine.

Marinette se fit si pressante, elle plaida la cause du

loup avec tant d'émotion dans la voix et tant de larmes dans les yeux, que sa sœur aînée finit par se laisser toucher. Déjà Delphine se dirigeait vers la porte. Elle se ravisa dans un éclat de rire, et haussant les épaules, dit à Marinette consternée :

— Non, tout de même, ce serait trop bête !

Delphine regarda le loup bien en face.

— Dites donc, Loup, j'avais oublié le petit Chaperon Rouge. Parlons-en un peu du petit Chaperon Rouge, voulez-vous ?

Le loup baissa la tête avec humilité. Il ne s'attendait pas à celle-là. On l'entendit renifler derrière la vitre.

— C'est vrai, avoua-t-il, je l'ai mangé, le petit Chaperon Rouge. Mais je vous assure que j'en ai déjà eu bien du remords. Si c'était à refaire...

— Oui, oui, on dit toujours ça.

Le loup se frappa la poitrine à l'endroit du cœur. Il avait une belle voix grave.

— Ma parole, si c'était à refaire, j'aimerais mieux mourir de faim.

— Tout de même, soupira la plus blonde vous avez mangé le petit Chaperon Rouge.

— Je ne vous dis pas, consentit le loup. Je l'ai mangé, c'est entendu. Mais c'est un péché de jeunesse. Il y a longtemps, n'est-ce pas ? A tout péché miséricorde... Et puis, si vous saviez les tracas que j'ai eus à cause de cette petite ! Tenez, on est allé jusqu'à dire que j'avais commencé par manger la grand-mère, eh bien, ce n'est pas vrai, du tout...

Ici, le loup se mit à ricaner, malgré lui, et probablement sans bien se rendre compte qu'il ricanait.

— Je vous demande un peu ! manger de la grand-mère, alors que j'avais une petite fille bien fraîche qui

m'attendait pour mon déjeuner ! Je ne suis pas si
bête...

Au souvenir de ce repas de chair fraîche, le loup ne
put se tenir de passer plusieurs fois sa grande langue
sur ses babines, découvrant de longues dents pointues
qui n'étaient pas pour rassurer les deux petites.

— Loup, s'écria Delphine, vous êtes un menteur !
Si vous aviez tous les remords que vous dites, vous ne
vous lécheriez pas ainsi les babines !

Le loup était bien penaud de s'être pourléché au
souvenir d'une gamine potelée et fondant sous la dent.
Mais il se sentait si bon, si loyal, qu'il ne voulut pas
douter de lui-même.

— Pardonnez-moi, dit-il, c'est une mauvaise habitude que je tiens de famille, mais ça ne veut rien dire...

— Tant pis pour vous si vous êtes mal élevé, déclara
Delphine.

— Ne dites pas ça, soupira le loup, j'ai tant de
regrets.

— C'est aussi une habitude de famille de manger les
petites filles ? Vous comprenez, quand vous promettez
de ne plus jamais manger d'enfants, c'est à peu près
comme si Marinette promettait de ne plus jamais
manger de dessert.

Marinette rougit, et le loup essaya de protester :

— Mais puisque je vous jure...

— N'en parlons plus et passez votre chemin. Vous
vous réchaufferez en courant.

Alors le loup se mit en colère parce qu'on ne voulait
pas croire qu'il était bon.

— C'est quand même un peu fort, criait-il, on ne
veut jamais entendre la voix de la vérité ! C'est à vous
dégoûter d'être honnête. Moi je prétends qu'on n'a pas

le droit de décourager les bonnes volontés comme vous le faites. Et vous pouvez dire que si jamais je remange de l'enfant, ce sera par votre faute.

En l'écoutant, les petites ne songeaient pas sans beaucoup d'inquiétude au fardeau de leurs responsabilités et aux remords qu'elles se préparaient peut-être. Mais les oreilles du loup dansaient si pointues, ses yeux brillaient d'un éclair si dur, et ses crocs entre les babines retroussées, qu'elles demeuraient immobiles de frayeur.

Le loup comprit qu'il ne gagnerait rien par des paroles d'intimidation. Il demanda pardon de son emportement et essaya de la prière. Pendant qu'il parlait, son regard se voilait de tendresse, ses oreilles se couchaient ; et son nez qu'il appuyait au carreau lui faisait une gueule aplatie, douce comme un mufle de vache.

— Tu vois bien qu'il n'est pas méchant, disait la petite blonde.

— Peut-être, répondait Delphine, peut-être.

Comme la voix du loup devenait suppliante, Marinette n'y tint plus et se dirigea vers la porte. Delphine, effrayée, la retint par une boucle de ses cheveux. Il y eut des gifles données, des gifles rendues. Le loup s'agitait avec désespoir derrière la vitre, disant qu'il aimait mieux s'en aller que d'être le sujet d'une querelle entre les deux plus jolies blondes qu'il eût jamais vues. Et, en effet, il quitta la fenêtre et s'éloigna, secoué par de grands sanglots.

— Quel malheur, songeait-il, moi qui suis si bon, si tendre... elles ne veulent pas de mon amitié. Je serais devenu meilleur encore, je n'aurais même plus mangé d'agneaux.

Cependant, Delphine regardait le loup qui s'en allait clochant sur trois pattes, transi par le froid et par le chagrin. Prise de remords et de pitié, elle cria par la fenêtre :

— Loup ! on n'a plus peur... Venez vite vous chauffer !

Mais la plus blonde avait déjà ouvert la porte et courait à la rencontre du loup.

— Mon Dieu ! soupirait le loup, comme c'est bon d'être assis au coin du feu. Il n'y a vraiment rien de meilleur que la vie en famille. Je l'avais toujours pensé.

Les yeux humides de tendresse, il regardait les petites qui se tenaient timidement à l'écart. Après qu'il eut léché sa patte endolorie, exposé son ventre et son dos à la chaleur du foyer, il commença de raconter des histoires. Les petites s'étaient approchées pour écouter les aventures du renard, de l'écureuil, de la taupe ou des trois lapins de la lisière. Il y en avait de si drôles que le loup dut les redire deux et trois fois.

Marinette avait déjà pris son ami par le cou, s'amusant à tirer ses oreilles pointues, à le caresser à lisse-poil et à rebrousse-poil. Delphine fut un peu longue à se familiariser, et la première fois qu'elle fourra, par manière de jeu, sa petite main dans la gueule du loup, elle ne put se défendre de remarquer :

— Ah ! comme vous avez de grandes dents...

Le loup eut un air si gêné que Marinette lui cacha la tête dans ses bras.

Par délicatesse, le loup ne voulut rien dire de la grande faim qu'il avait au ventre.

— Ce que je peux être bon, songeait-il avec délices, ce n'est pas croyable.

Après qu'il eut raconté beaucoup d'histoires, les petites lui proposèrent de jouer avec elles.

— Jouer ? dit le loup, mais c'est que je ne connais pas de jeux, moi.

En un moment, il eut appris à jouer à la main chaude, à la ronde, à la paume placée et à la courotte malade. Il chantait avec une assez belle voix de basse des couplets de *Compère Guilleri* ou de *La Tour, prends garde*. Dans la cuisine c'était un vacarme, de bousculades, de cris, de grands rires et de chaises renversées. Il n'y avait pas la moindre gêne entre les trois amis qui se tutoyaient comme s'ils étaient toujours connus.

— Loup, c'est toi qui t'y colles !

— Non, c'est toi ! tu as bougé, elle a bougé…

— Un gage pour le loup !

Le loup n'avait jamais tant ri de sa vie, il riait à s'en décrocher la mâchoire.

— Je n'aurais pas cru que c'était si amusant de jouer, disait-il. Quel dommage qu'on ne puisse pas jouer comme ça tous les jours !

— Mais, Loup, répondaient les petites, tu reviendras. Nos parents s'en vont tous les jeudis après-midi. Tu guetteras leur départ et tu viendras taper au carreau comme tout à l'heure.

Pour finir, on joua au cheval. C'était un beau jeu. Le loup faisait le cheval, la plus blonde était montée à califourchon sur son dos, tandis que Delphine le tenait par la queue et menait l'attelage à fond de train au travers des chaises. La langue pendante, la geule fendue jusqu'aux oreilles, essoufflé par la course et par le rire qui lui faisait saillir les côtes, le loup demandait parfois la permission de respirer.

— Pouce ! disait-il d'une voix entrecoupée. Laissez-moi rire... je n'en peux plus... Ah ! non, laissez-moi rire !

Alors, Marinette descendait de cheval, Delphine lâchait la queue du loup et, assis par terre, on se laissait aller à rire jusqu'à s'étrangler.

La joie prit fin vers le soir, quand il fallut songer au départ du loup. Les petites avaient envie de pleurer, et la plus blonde suppliait :

— Loup, reste avec nous, on va jouer encore. Nos parents ne diront rien, tu verras...

— Ah non ! disait le loup. Les parents, c'est trop raisonnable. Ils ne comprendraient jamais que le loup ait pu devenir bon. Les parents, je les connais.

— Oui, approuva Delphine, il vaut mieux ne pas t'attarder. J'aurais peur qu'il t'arrive quelque chose.

Les trois amis se donnèrent rendez-vous pour le jeudi suivant. Il y eut encore des promesses et de grandes effusions. Enfin, lorsque la plus blonde lui eut noué un ruban bleu autour du cou, le loup gagna la campagne et s'enfonça dans les bois.

Sa patte endolorie le faisait encore souffrir, mais, songeant au prochain jeudi qui le ramènerait auprès des deux petites, il fredonnait sans souci de l'indignation des corbeaux somnolant sur les plus hautes branches :

> *Compère Guilleri,*
> *Te lairras-tu mouri...*

En rentrant à la maison, les parents reniflèrent sur le seuil de la cuisine.

— Nous sentons ici comme une odeur de loup, dirent-ils.

Et les petites se crurent obligées de mentir et de prendre un air étonné, ce qui ne manque jamais d'arriver quand on reçoit le loup en cachette de ses parents.

— Comment pouvez-vous sentir une odeur de loup ? protesta Delphine. Si le loup était entré dans la cuisine, nous serions mangées toutes les deux.

— C'est vrai, accorda son père, je n'y avais pas songé. Le loup vous aurait mangées.

Mais la plus blonde, qui ne savait pas dire deux mensonges d'affilée, fut indignée qu'on osât parler du loup avec autant de perfidie.

— Ce n'est pas vrai, dit-elle, en tapant du pied, le loup ne mange pas les enfants, et ce n'est pas vrai non plus qu'il soit méchant. La preuve...

Heureusement que Delphine lui donna un coup de pied dans les jambes, sans quoi elle allait tout dire.

Là-dessus, les parents entreprirent tout un long discours où il était surtout question de la voracité du loup. La mère voulut en profiter pour conter une fois de plus l'aventure du petit Chaperon Rouge, mais, aux premiers mots qu'elle dit, Marinette l'arrêta.

— Tu sais, maman, les choses ne se sont pas du tout passées comme tu crois. Le loup n'a jamais mangé la grand-mère. Tu penses bien qu'il n'allait pas se charger l'estomac juste avant de déjeuner d'une petite fille bien fraîche.

— Et puis, ajouta Delphine, on ne peut pas lui en vouloir éternellement au loup...

— C'est une vieille histoire...

— Un péché de jeunesse...

— Et à tout péché miséricorde.

— Le loup n'est plus ce qu'il était dans le temps.

— On n'a pas le droit de décourager les bonnes volontés.

Les parents n'en croyaient pas leurs oreilles.

Le père coupa court à ce plaidoyer scandaleux en traitant ses filles de tête-en-l'air. Puis il s'appliqua à démontrer par des exemples bien choisis que le loup resterait toujours le loup, qu'il n'y avait point de bon sens à espérer de le voir jamais s'améliorer et que, s'il faisait un jour figure d'animal débonnaire, il en serait encore plus dangereux.

Tandis qu'il parlait, les petites songeaient aux belles parties de cheval et de paume placée qu'elles avaient faites en cet après-midi, et à la grande joie du loup qui riait, gueule ouverte, jusqu'à perdre le souffle.

— On voit bien, concluait le père, que vous n'avez jamais eu affaire au loup...

Alors, comme la plus blonde donnait du coude à sa sœur, les petites éclatèrent d'un grand rire, à la barbe de leur père. On les coucha sans souper, pour les punir de cette insolence, mais longtemps après qu'on les eut bordées dans leurs lits, elles riaient encore de la naïveté de leurs parents.

Les jours suivants, pour distraire l'impatience où elles étaient de revoir leur ami, et avec une intention ironique qui n'était pas sans agacer leur mère, les petites imaginèrent de jouer au loup. La plus blonde chantait sur deux notes les paroles consacrées :

« Promenons-nous le long du bois, pendant que le

loup y est pas. Loup y es-tu ? m'entends-tu ? quoi fais-tu ? »

Et Delphine, cachée sous la table de la cuisine, répondait : « Je mets ma chemise. » Marinette posait la question autant de fois qu'il était nécessaire au loup pour passer une à une toutes les pièces de son harnachement, depuis les chaussettes jusqu'à son grand sabre. Alors, il se jetait sur elle et la dévorait.

Tout le plaisir du jeu était dans l'imprévu, car le loup n'attendait pas toujours d'être prêt pour sortir du bois. Il lui arrivait aussi bien de sauter sur sa victime alors qu'il était en manches de chemise, ou n'ayant même pour tout vêtement qu'un chapeau sur la tête.

Les parents n'appréciaient pas tout l'agrément du jeu. Excédés d'entendre cette rengaine, ils l'interdirent le troisième jour, donnant pour prétexte qu'elle leur cassait les oreilles. Bien entendu, les petites ne voulurent pas d'autre jeu, et la maison demeura silencieuse jusqu'au jour du rendez-vous.

Le loup avait passé toute la matinée à laver son museau, à lustrer son poil et à faire bouffer la fourrure de son cou. Il était si beau que les habitants du bois passèrent à côté de lui sans le reconnaître d'abord.

Lorsqu'il gagna la plaine, deux corneilles qui bayaient au clair de midi, comme elles font presque toutes après déjeuner, lui demandèrent pourquoi il était si beau.

— Je vais voir mes amies, dit le loup avec orgueil. Elles m'ont donné rendez-vous pour le début de l'après-midi.

— Elles doivent être bien belles, que tu aies fait si grande toilette.

— Je crois bien ! Vous n'en trouverez pas, sur toute la plaine, qui soient aussi blondes.

Les corneilles en bayaient maintenant d'admiration, mais une vieille pie jacassière, qui avait écouté la conversation, ne put s'empêcher de ricaner.

— Loup, je ne connais pas tes amies, mais je suis sûre que tu auras su les choisir bien dodues, et bien tendres... ou je me trompe beaucoup.

— Taisez-vous, péronnelle ! s'écria le loup en colère. Voilà pourtant comme on vous bâtit une réputation, sur des commérages de vieille pie. heureusement, j'ai ma conscience pour moi !

En arrivant à la maison, le loup n'eut pas besoin de cogner au carreau ; les deux petites l'attendaient sur le pas de la porte. On s'embrassa longuement, et plus tendrement encore que la dernière fois, car une semaine d'absence avait rendu l'amitié impatiente.

— Ah ! Loup, disait la plus blonde, la maison était triste, cette semaine. On a parlé de toi tout le temps.

— Et tu sais, Loup, tu avais raison : nos parents ne veulent pas croire que tu puisses être bon.

— Ça ne m'étonne pas. Si je vous disais que tout à l'heure, une vieille pie...

— Et pourtant, Loup, on t'a bien défendu, même que nos parents nous ont envoyées au lit sans souper.

— Et dimanche, on nous a défendu de jouer au loup.

Les trois amis avaient tant à se dire qu'avant de songer aux jeux, ils s'assirent à côté du fourneau. Le loup ne savait plus où donner de la tête. Les petites voulaient savoir tout ce qu'il avait fait dans la semaine, s'il n'avait pas eu froid, si sa patte était bien guérie, s'il avait rencontré le renard, la bécasse, le sanglier.

— Loup, disait Marinette, quand viendra le printemps, tu nous emmèneras dans les bois, loin, là où il y a toutes sortes de bêtes. Avec toi, on n'aura pas peur.

— Au printemps, mes mignonnes, vous n'aurez rien à craindre dans les bois. D'ici là, j'aurai si bien prêché les compagnons de la forêt que les plus hargneux seront devenus doux comme des filles. Tenez, pas plus tard qu'avant-hier, j'ai rencontré le renard qui venait de saigner tout un poulailler. Je lui ai dit que ça ne pouvait plus continuer comme ça, qu'il fallait changer de vie. Ah ! je vous l'ai sermonné d'importance ! Et lui qui fait tant le malin d'habitude, savez-vous ce qu'il m'a répondu : « Loup, je ne demande qu'à suivre ton exemple. Nous en reparlerons un peu plus tard, et quand j'aurai eu le temps d'apprécier toutes tes bonnes œuvres, je ne tarderai plus à me corriger. » Voilà ce qu'il m'a répondu, tout renard qu'il est.

— Tu es si bon, murmura Delphine.

— Oh ! oui, je suis bon, il n'y a pas à dire le contraire. Et pourtant, voyez ce que c'est, vos parents ne le croiront jamais. Ça fait de la peine, quand on y pense.

Pour dissiper la mélancolie de cette réflexion, Marinette proposa une partie de cheval. Le loup se donna au jeu avec plus d'entrain encore que le jeudi précédent. La partie de cheval terminée, Delphine demanda :

— Loup, si on jouait au loup ?

Le jeu était nouveau pour lui, on lui en expliqua les règles, et tout naturellement, il fut désigné pour être le loup. Tandis qu'il était caché sous la table, les petites passaient et repassaient devant lui en chantant le refrain :

« Promenons-nous le long du bois, pendant que le loup y est pas. Loup y es-tu ? m'entends-tu ? quoi fais-tu ?

Le loup répondait en se tenant les côtes, la voix étranglée par le rire :

— Je mets mon caleçon.

Toujours riant, il disait qu'il mettait sa culotte, puis ses bretelles, son faux-col, son gilet. Quand il en vint à enfiler ses bottes, il commença d'être sérieux.

— Je boucle mon ceinturon, dit le loup, et il éclata d'un rire bref. Il se sentait mal à l'aise, une angoisse lui étreignait la gorge, ses ongles grattèrent le carrelage de la cuisine.

Devant ses yeux luisants, passaient et repassaient les jambes des deux petites. Un frémissement lui courut sur l'échine, ses babines se froncèrent.

— ... Loup y es-tu ? m'entends-tu ? quoi fais-tu ?

— Je prends mon grand sabre ! dit-il d'une voix rauque, et déjà les idées se brouillaient dans sa tête. Il ne voyait plus les jambes des fillettes, il les humait.

— ... Loup y es-tu ? m'entends-tu ? quoi fais-tu ?

— Je monte à cheval et je sors du bois !

Alors le loup, poussant un grand hurlement, fit un bond hors de sa cachette, la gueule béante et les griffes dehors. Les petites n'avaient pas encore eu le temps de prendre peur, qu'elles étaient déjà dévorées.

Heureusement, le loup ne savait pas ouvrir les

portes, il demeura prisonnier dans la cuisine. En rentrant, les parents n'eurent qu'à lui ouvrir le ventre pour délivrer les deux petites. Mais, au fond, ce n'était pas de jeu.

Delphine et Marinette lui en voulaient un peu de ce qu'il les eût mangées sans plus d'égards, mais elles avaient si bien joué avec lui qu'elles prièrent les parents de le laisser s'en aller. On lui recousit le ventre solidement avec deux mètres d'une bonne ficelle frottée d'un morceau de suif et une grosse aiguille à matelas. Les petites pleuraient parce qu'il avait mal, mais le loup disait en retenant ses larmes :

— Je l'ai bien mérité, allez, et vous êtes encore trop bonnes de me plaindre. Je vous jure qu'à l'avenir on ne me prendra plus à être aussi gourmand. Et d'abord, quand je verrai des enfants je commencerai par me sauver.

On croit que le loup a tenu parole. En tout cas, l'on n'a pas entendu dire qu'il ait mangé de petite fille depuis son aventure avec Delphine et Marinette.

Le cerf et le chien

Delphine caressait le chat de la maison et Marinette chantait une petite chanson à un poussin jaune qu'elle tenait sur les genoux.

— Tiens, dit le poussin en regardant du côté de la route, voilà un bœuf.

Levant la tête, Marinette vit un cerf qui galopait à travers prés en direction de la ferme. C'était une bête de grande taille portant une ramure compliquée. Il fit un bond par-dessus le fossé qui bordait la route, et, débouchant dans la cour, s'arrêta devant les deux petites. Ses flancs haletaient, ses pattes frêles tremblaient et il était si essoufflé qu'il ne put parler d'abord. Il regardait Delphine et Marinette avec des yeux doux et humides. Enfin, il fléchit les genoux et leur demanda d'une voix suppliante :

— Cachez-moi. Les chiens sont sur ma trace. Ils veulent me manger. Défendez-moi.

Les petites le prirent par le cou, appuyant leurs têtes contre la sienne, mais le chat se mit à leur fouetter les jambes avec sa queue et à gronder :

— C'est bien le moment de s'embrasser ! Quand les chiens seront sur lui, il en sera bien plus gras !

J'entends déjà aboyer à la lisière du bois. Allons, ouvrez-lui plutôt la porte de la maison et conduisez-le dans votre chambre.

Tout en parlant, il n'arrêtait pas de faire marcher sa queue et de leur en donner par les jambes aussi fort qu'il pouvait. Les petites comprirent qu'elles n'avaient que trop perdu de temps. Delphine courut ouvrir la porte de la maison et Marinette, précédant le cerf, galopa jusqu'à la chambre qu'elle partageait avec sa sœur.

— Tenez, dit-elle, reposez-vous et ne craignez rien. Voulez-vous que j'étende une couverture par terre ?

— Oh ! non, dit le cerf, ce n'est pas la peine. Vous être trop bonne.

— Comme vous devez avoir soif ! Je vous mets de l'eau dans la cuvette. Elle est très fraîche. On l'a tirée au puits tout à l'heure. Mais j'entends le chat qui m'appelle. Je vous laisse. A bientôt.

— Merci, dit le cerf. Je n'oublierai jamais.

Lorsque Marinette fut dans la cour et la porte de la maison bien fermée, le chat dit aux deux petites :

— Surtout n'ayons l'air de rien. Asseyez-vous comme vous étiez tout à l'heure et occupez-vous du poussin et caressez-moi.

Marinette reprit le poussin sur ses genoux, mais il ne tenait pas en place et sautillait en piaillant :

— Qu'est-ce que ça veut dire ? Moi, je n'y comprends rien. Je voudrais bien savoir pourquoi on a fait entrer un bœuf dans la maison ?

— Ce n'est pas un bœuf, c'est un cerf.

— Un cerf ? Ah ! c'est un cerf ?... Tiens, tiens, un cerf...

Marinette lui chanta *Su l' pont de Nantes* et, comme

elle le berçait, il s'endormit tout d'un coup dans son tablier. Le chat lui-même ronronnait sous les caresses de Delphine et faisait le gros dos. Par le même chemin qu'avait pris le cerf, les petites virent accourir un chien de chasse, aux longues oreilles pendantes. Toujours courant, il traversa la route et ne ralentit son allure qu'au milieu de la cour afin de flairer le sol. Il arriva ainsi devant les deux petites et leur demanda brusquement.

— Le cerf est passé par ici. Où est-il allé ?

— Le cerf ? firent les petites. Quel cerf ?

Le chien les regarda l'une après l'autre, et les voyant rougir, se remit à flairer le sol. Il n'hésita presque pas et s'en fut tout droit à la porte. En passant, il bouscula Marinette sans même y prendre garde. Le poussin, qui continuait à dormir, en vacilla dans son tablier. Il ouvrit un œil, battit des ailerons et, sans avoir compris ce qui venait de se passer, se rendormit dans son duvet. Cependant, le chien promenait son nez sur le seuil de la porte.

— Je sens ici une odeur de cerf, dit-il en se tournant vers les petites.

Elles firent semblant de ne pas entendre. Alors, il se mit à crier :

— Je dis que je sens ici une odeur de cerf !

Feignant d'être réveillé en sursaut, le chat se dressa sur ses pattes, regarda le chien d'un air étonné et lui dit :

— Qu'est-ce que vous faites ici ? En voilà des façons de venir renifler à la porte des gens ! Faites-moi donc le plaisir de décamper.

Les petites s'étaient levées et s'approchaient du chien en baissant la tête. Marinette avait pris le poussin dans ses deux mains et lui, d'être ainsi ballotté, finit par se réveiller pour de bon. Il tendait le cou de côté et d'autre, essayant de voir par-dessus les deux mains, et ne comprenait pas bien où il était. Le chien regarda sévèrement les petites et leur dit en montrant le chat :

— Vous avez entendu de quel ton il me parle ? Je devrais lui casser les reins, mais à cause de vous, je veux bien n'en rien faire. En retour, vous allez me dire toute la vérité. Allons, avouez-le. Tout à l'heure, vous avez vu arriver un cerf dans la cour. Vous en avez eu pitié et vous l'avez fait entrer dans la maison.

— Je vous assure, dit Marinette d'une voix un peu hésitante, il n'y a pas de cerf dans la maison.

Elle avait à peine fini de parler que le poussin, se haussant sur ses pattes et penché par-dessus sa main comme à un balcon, s'égosillait à crier :

— Mais si ! voyons ! mais si ! La petite ne se rappelle pas, mais moi je me rappelle très bien ! Elle a fait entrer un cerf dans la maison, oui, oui, un cerf ! une grande bête avec plusieurs cornes. Ah ! ah ! heureusement que j'ai de la mémoire, moi !

Et il se rengorgeait en faisant mousser son duvet. Le chat aurait voulu pouvoir le manger.

— J'en étais sûr, dit le chien aux deux petites. Mon flair ne me trompe jamais. Quand je disais que le cerf se trouvait dans la maison, c'était pour moi comme si je le voyais. Allons, soyez raisonnables et faites-le sortir. Songez que cette bête ne vous appartient pas. Si mon maître apprenait ce qui s'est passé, il viendrait sûrement trouver vos parents. Ne vous entêtez pas.

Les petites ne bougeaient pas. Elles commencèrent par renifler, puis, les larmes venant dans les yeux, elles se mirent à sangloter. Alors, le chien parut tout ennuyé. Il les regardait pleurer et, baissant la tête, fixait ses pattes d'un air pensif. A la fin, il toucha le mollet de Delphine avec son nez et dit en soupirant :

— C'est drôle, je ne peux pas voir pleurer des petites. Écoutez, je ne veux pas être méchant. Après tout, le cerf ne m'a rien fait. D'un autre côté, bien sûr, le gibier est le gibier et je devrais faire mon métier. Mais, pour une fois... Tenez, je veux bien ne m'être aperçu de rien.

Delphine et Marinette, toutes souriantes déjà, s'apprêtaient à le remercier, mais il se déroba et, l'oreille tendue à des aboiements qui semblaient venir de la lisière du bois, dit en hochant la tête :

— Ne vous réjouissez pas. J'ai bien peur que vos larmes aient été inutiles et qu'il ne vous faille en verser d'autres tout à l'heure. J'entends aboyer mes compagnons de meute. Ils auront bien sûr retrouvé la trace du cerf et vous n'allez pas tarder à les voir apparaître. Que leur direz-vous ? Il ne faut pas compter les attendrir. J'aime autant vous prévenir, ils ne connaissent que le service. Tant que vous n'aurez pas lâché le cerf, ils ne quitteront pas la maison.

— Naturellement qu'il faut lâcher le cerf ! s'écria le poussin en se penchant à son balcon.

— Tais-toi, lui dit Marinette dont les larmes recommençaient à couler.

Tandis que les petites pleuraient, le chat remuait sa queue pour mieux réfléchir. On le regardait avec anxiété.

— Allons, ne pleurez plus, ordonna-t-il, nous allons recevoir la meute. Delphine, va au puits tirer un seau d'eau fraîche que tu poseras à l'entrée de la cour. Toi, Marinette, va-t'en au jardin avec le chien. Je vous

rejoins. Mais d'abord, débarrasse-toi du poussin.
Mets-le sous cette corbeille, tiens.

Marinette posa le poussin par terre et renversa sur
lui la corbeille, en sorte qu'il se trouva prisonnier
sans avoir eu le temps de protester. Delphine tira un
seau d'eau et le porta jusqu'à l'entrée de la cour.
Tandis que ses compagnons étaient au jardin, elle vit
poindre la meute annoncée par ses aboiements. Bientôt elle put compter les chiens qui la composaient.
Ils étaient huit d'une même taille et d'une même
couleur avec de grandes oreilles pendantes. Delphine
s'inquiétait d'être seule pour les accueillir. Enfin, le
chat sortit du jardin, précédant Marinette qui portait
un énorme bouquet de roses, de jasmin, de lilas,
d'œillets. Il était temps. Les chiens arrivaient sur la
route. Le chat s'avança à leur rencontre et leur dit
aimablement :

— Vous venez pour le cerf ! Il est passé par ici il
y a un quart d'heure.

— Veux-tu dire qu'il est reparti ? demanda un
chien d'un air méfiant.

— Oui, il est entré dans la cour et il en est
ressorti aussitôt. Il y avait déjà un chien sur sa trace,
un chien pareil à vous et qui s'appelle Pataud.

— Ah ! oui... Pataud... en effet.

— Je vais vous dire exactement la direction qu'a
prise le cerf.

— Inutile, grogna un chien, nous saurons bien
retrouver sa trace.

Marinette s'avança tout contre la meute et interrogea :

— Lequel d'entre vous s'appelle Ravageur ?
Pataud m'a donné une commission pour lui. Il

m'avait bien dit : « Vous le reconnaîtrez facilement, c'est le plus beau de tous... »

Ravageur fit une courbette et sa queue frétilla.

— Ma foi, poursuivit Marinette, j'hésitais à vous reconnaître. Vos compagnons sont si beaux ! Vraiment, on n'a jamais vu d'aussi beaux chiens...

— Ils sont bien beaux, appuya Delphine. On ne se lasserait pas de les admirer.

La meute fit entendre un murmure de satisfaction et toutes les queues se mirent à frétiller.

— Pataud m'a donc chargée de vous offrir à boire. Il paraît que ce matin, vous étiez un peu fiévreux et il a pensé qu'après une si longue course vous aviez besoin de vous rafraîchir. Tenez, voilà un seau d'eau qui sort du puits... Si vos compagnons veulent en profiter aussi...

— Ce n'est pas de refus, firent les chiens.

La meute se pressa autour du seau et il y eut même un peu de désordre. Cependant, les petites leur faisaient compliment de leur beauté et de leur élégance.

— Vous êtes si beaux, dit Marinette, que je veux vous faire un cadeau de mes fleurs. Jamais chiens ne les auront mieux méritées.

Pendant qu'ils buvaient, les petites qui s'étaient partagé le bouquet, se hâtaient de passer des fleurs dans leurs colliers. En un moment, chacun d'eux fut pourvu d'une collerette bien fournie, la rose alternant avec l'œillet, le lilas avec le jasmin. Ils prenaient plaisir à s'admirer les uns les autres.

— Ravageur, encore un jasmin... le jasmin vous va si bien ! mais dites-moi, peut-être avez-vous encore soif ?

— Non, merci, vous êtes trop aimable. Il nous faut rattraper notre cerf...

Pourtant, les chiens ne se pressaient pas de partir. Ils tournaient en rond d'un air inquiet, sans pouvoir se décider à prendre une direction. Ravageur avait beau promener son museau sur le sol, il ne retrouvait pas la trace du cerf. Le parfum de l'œillet, du jasmin, de la rose et du lilas, qui lui venait à pleines narines, lui masquait en même temps l'odeur de la bête. Et ses compagnons, pareillement engoncés dans leurs collerettes de fleurs et de parfums, reniflaient en vain. Ravageur finit par s'adresser au chat :

— Voudrais-tu nous indiquer la direction qu'a prise le cerf ?

— Volontiers, répondit le chat. Il est parti de ce côté-là et il est entré dans la forêt à l'endroit où elle fait une pointe sur la campagne.

Ravageur dit adieu aux petites et la meute fleurie s'éloigna au galop. Quand elle eut disparu dans les bois, le chien Pataud sortit du jardin où il était resté caché et demanda qu'on fît venir le cerf.

— Puisque j'ai tant fait que de me joindre au complot, dit-il, je veux encore lui donner un avis.

Marinette fit sortir le cerf de la maison. Il apprit en tremblant à quels dangers il venait d'échapper.

— Vous voilà sauvé pour aujourd'hui, lui dit le chien après qu'il eut remercié son monde, mais demain ? Je ne veux pas vous effrayer, mais pensez aux chiens, aux chasseurs, aux fusils. Croyez-vous que mon maître vous pardonnera de lui avoir échappé ? Un jour ou l'autre, il lancera la meute à votre poursuite. Moi-même il me faudra vous traquer et j'en serai bien malheureux. Si vous étiez sage, vous renonceriez à courir par les bois.

— Quitter les bois ! s'écria le cerf. Je m'ennuierais trop. Et puis, où aller ? Je ne peux pas rester dans la plaine à la vue des passants.

— Pourquoi pas ? C'est à vous d'y réfléchir. En tout cas, pour l'instant, vous y êtes plus en sûreté que dans la forêt. Si vous m'en croyez, vous resterez par ici jusqu'à la nuit tombée. J'aperçois là-bas, en bordure de la rivière, des buissons qui vous feraient une bonne cachette. Et maintenant, adieu, et puissé-je ne jamais vous rencontrer dans nos bois. Adieu les petites, adieu le chat, et veillez bien sur notre ami.

Peu après le départ du chien, le cerf à son tour faisait ses adieux et gagnait les buissons de la rivière. Plusieurs fois, il se retourna pour faire signe aux petites qui agitaient leurs mouchoirs. Lorsqu'il fut à l'abri, Marinette songea enfin au poussin qu'elle avait oublié sous la corbeille. Croyant la nuit tombée, il s'était endormi.

En rentrant de la foire où ils s'étaient rendus depuis le matin dans l'intention d'acheter un bœuf, les parents se montrèrent de mauvaise humeur. Ils n'avaient pas pu acheter de bœuf, tout étant hors de prix.

— C'est malheureux, rageaient-ils, avoir perdu toute une journée pour ne rien trouver. Et avec quoi allons-nous travailler ?

— Il y a tout de même un bœuf à l'écurie ! firent observer les petites.

— Bel attelage ! Comme si un bœuf pouvait suffire ! Vous feriez mieux de vous taire. Et puis, on dirait qu'il s'est passé ici de bien drôles de choses en notre absence. Pourquoi ce seau est-il à l'entrée de la cour ?

— C'est moi qui ai fait boire le veau tout à l'heure, dit Delphine, et j'aurai oublié de remettre le seau en place.

— Hum ! Et cette fleur de jasmin et cet œillet qui traînent là par terre ?

— Un œillet ? firent les petites. Tiens, c'est vrai...

Mais sous le regard des parents, elles ne purent pas s'empêcher de rougir. Alors, saisis d'un terrible soupçon, ils coururent au jardin.

— Toutes les fleurs coupées ! le jardin dévalisé ! Les roses ! Les jasmins, les œillets, les lilas ! Petites malheureuses, pourquoi avez-vous cueilli nos fleurs ?

— Je ne sais pas, balbutia Delphine, nous n'avons rien vu.

— Ah ! vous n'avez rien vu ? Ah ! vraiment ?

Voyant les parents qui se préparaient à tirer les oreilles de leurs filles, le chat sauta sur la plus basse branche d'un pommier et leur dit sous le nez :

— Ne vous emportez pas si vite. Je ne suis pas bien surpris que les petites n'aient rien vu. A midi, pendant qu'elles déjeunaient, je me chauffais sur le rebord de la fenêtre et j'ai aperçu un vagabond qui lorgnait le jardin depuis la route. Je me suis endormi sans y prendre garde autrement. Et un moment plus tard, comme j'ouvrais un œil, j'ai vu mon homme s'éloigner sur la route en tenant quelque chose à pleins bras.

— Fainéant, ne devais-tu pas courir après lui ?

— Et qu'aurais-je fait, moi, pauvre chat ? Les vagabonds ne sont pas mon affaire. Je suis trop petit. Ce qu'il faudrait ici, c'est un chien. Ah ! s'il y avait eu un chien !

— Encore plutôt, grommelèrent les parents. Nourrir une bête à ne rien faire ? C'est déjà bien assez de toi.

— A votre aise, dit le chat. Aujourd'hui, on a pris des fleurs du jardin. Demain, on volera les poulets, et un autre jour, ce sera le veau.

Les parents ne répondirent pas, mais les dernières paroles du chat leur donnèrent à réfléchir. L'idée d'avoir un chien leur paraissait assez raisonnable et ils l'envisagèrent à plusieurs reprises au cours de la soirée.

A l'heure du dîner, tandis que les parents passaient à table avec les petites et qu'ils se plaignaient encore de n'avoir pu trouver de bœuf à un prix honnête, le chat s'en fut à travers prés jusqu'à la rivière. Le jour commençait à baisser et les grillons chantaient déjà. Il trouva le cerf couché entre deux buissons et broutant des feuilles et des herbes. Ils eurent une longue conversation et le cerf, après avoir résisté longtemps aux avis que lui donnait le chat, finit par se laisser convaincre.

Le lendemain matin, de bonne heure, le cerf entra dans la cour de la ferme et dit aux parents :

— Bonjour, je suis un cerf. Je cherche du travail. N'avez-vous pas quelque chose pour moi ?

— Il faudrait d'abord savoir ce que tu sais faire, répondirent les parents.

— Je sais courir, trotter et aller au pas. Malgré mes jambes grêles, je suis fort. Je peux porter de lourds fardeaux. Je peux tirer une voiture, seul ou attelé en compagnie. Si vous êtes pressés d'aller quelque part, vous sautez sur mon dos et je vous conduis plus vite que ne saurait faire un cheval.

— Tout cela n'est pas mal, convinrent les parents. Mais quelles sont tes prétentions ?

— Le logement, la nourriture et, bien entendu, le repos du dimanche.

Les parents levèrent les bras au ciel. Ils ne voulaient pas entendre parler de cette journée de repos.

— C'est à prendre ou à laisser, dit le cerf. Notez que je suis très sobre et que ma nourriture ne vous coûtera pas cher.

Ces dernières paroles décidèrent les parents et il fut convenu qu'on le prenait à l'essai pour un mois. Cependant, Delphine et Marinette sortaient de la maison et feignaient l'étonnement à la vue de leur ami.

— Nous avons trouvé un compagnon pour le bœuf, dirent les parents. Tâchez d'être convenables avec lui.

— Vous avez là deux petites filles qui sont bien jolies, dit le cerf. Je suis sûr que je m'entendrai avec elles.

Sans perdre de temps, les parents, qui projetaient d'aller à la charrue, firent sortir le bœuf de l'écurie. En apercevant le cerf dont la ramure avait de quoi le surprendre, il se mit à rire, d'abord discrètement, puis à pleine gorge et, tant il riait, lui fallut s'asseoir par terre. C'était un bœuf d'humeur joyeuse.

— Ah ! qu'il est drôle avec son petit arbre sur la tête ! Non, laissez-moi rire ! Et ces pattes et cette queue de rien du tout ! Non, laissez-moi rire tout mon saoul.

— Allons, en voilà assez, firent les parents. Lève-toi. Il est temps de penser au travail.

Le bœuf se leva, mais quand il sut qu'on devait l'atteler avec le cerf, il se mit à rire de plus belle. Il s'en excusa auprès de son nouveau compagnon.

— Vous devez me trouver bien stupide, mais vraiment, vos cornes sont si amusantes que j'aurai de

la peine à m'y habituer. En tout cas, je vous trouve
l'air gentil.

— Riez votre content, je ne m'en fâche pas. Si je
vous disais que vos cornes m'amusent aussi ? Mais je
compte y être habitué bientôt.

En effet, après qu'ils eurent labouré ensemble une
demi-journée, ils ne pensaient plus à s'étonner de la
forme de leurs cornes. Les premières heures de travail
furent assez pénibles pour le cerf, bien que le bœuf lui
économisât autant qu'il pouvait l'effort de tirer. Le
plus difficile était pour lui de régler son allure à celle
de son compagnon. Il se pressait trop, donnait l'effort
par à-coups et, l'instant d'après, essoufflé, trébuchant
sur les mottes de terre, ralentissait le train de l'attelage. Aussi la charrue allait-elle assez souvent de
travers. Le premier sillon était si tortueux que les
parents faillirent renoncer à poursuivre la tâche. Par la
suite, grâce aux bons avis et à la complaisance du
bœuf, tout alla bien mieux et le cerf ne tarda pas à
devenir une excellente bête de labour.

Néanmoins, il ne devait jamais s'intéresser à son
travail au point d'y prendre plaisir. N'eût été la
compagnie du bœuf pour laquelle il avait une vive
amitié, il n'aurait probablement pas pu s'y résigner. Il
avait hâte de voir arriver la fin de la journée, qui le
délivrait de la discipline des parents. En rentrant à la
ferme, il se délassait en galopant dans la cour et dans
les prés. Il jouait volontiers avec les petites et lorsqu'elles couraient après lui, il faisait exprès de se
laisser attraper. Les parents regardaient leurs ébats
sans bienveillance.

— A quoi ça ressemble, disaient-ils. Après une
journée de travail, aller se fatiguer à courir au lieu de

bien se reposer pour être frais et dispos le lendemain. C'est comme les gamines, elles s'en donnent déjà bien assez toute la journée sans avoir besoin de s'essouffler derrière toi.

— De quoi vous plaignez-vous ? répliquait le cerf. Il doit vous suffire que je fasse mon travail convenablement. Pour les petites, je leur apprends à courir et à sauter. Depuis que je suis ici, elles courent déjà bien plus vite. N'est-ce rien ? et y a-t-il dans la vie quelque chose qui soit plus utile que de bien courir ?

Mais toutes ces bonnes raisons ne contentaient pas les parents qui continuaient à grommeler en haussant les épaules. Le cerf ne les aimait guère et, sans la crainte de peiner les deux petites, il se fût laissé aller plus d'une fois à montrer ses vrais sentiments. Les amis qu'il s'était faits parmi les bêtes de la ferme l'aidaient aussi à prendre patience. Il y avait un canard bleu et vert avec lequel il s'entendait très bien et qu'il installait parfois entre ses cornes pour lui faire voir le monde d'un peu haut. Il aimait également beaucoup le cochon qui lui rappelait un sanglier de ses amis.

Le soir, à l'écurie, il avait de longues conversations avec le bœuf. Ils se racontaient leurs vies. Celle du bœuf était bien monotone et l'arrivée du cerf à la ferme en avait été le plus grand événement. Il en convenait lui-même et, au lieu de raconter, préférait écouter son ami. Celui-ci parlait des bois, des clairières, des étangs, des nuits passées à poursuivre la lune, des bains de rosée et des habitants de la forêt.

— N'avoir pas de maître, pas d'obligations, pas d'heure, mais courir à sa fantaisie, jouer avec les lapins, parler au coucou ou au sanglier qui passe...

— Je ne dis pas, répondait le bœuf, mais l'écurie

n'est pas méprisable non plus. La forêt, je verrais ça plutôt pour des vacances, à la belle saison. Tu diras ce que tu voudras, mais en hiver ou par les grandes pluies, les bois ne sont guère agréables, au lieu qu'ici, je suis à l'abri, les sabots au sec, une botte de paille fraîche pour me coucher et du foin dans mon râtelier. Ce n'est quand même pas rien.

Mais tandis qu'il parlait ainsi, le bœuf songeait avec envie à cette vie de sous-bois qu'il ne connaîtrait jamais. Dans la journée, en labourant sur le milieu de la plaine, il lui arrivait de regarder la forêt en poussant, comme le cerf, un soupir de regret. La nuit même, il rêvait parfois qu'il jouait avec des lapins au milieu d'une clairière ou qu'il grimpait à un arbre derrière un écureuil.

Le dimanche, le cerf quittait l'écurie dès le matin et s'en allait passer la journée en forêt. Le soir, il rentrait avec des yeux brillants et parlait longuement des rencontres qu'il avait faites, des amis retrouvés, des courses et des jeux, mais le lendemain il était triste et ne desserrait pas les dents, sauf pour se plaindre de la vie ennuyeuse qu'il menait à la ferme. Plusieurs fois, il avait demandé la permission d'emmener le bœuf, mais les parents s'étaient presque fâchés.

— Emmener le bœuf ! pour aller traîner par les bois ! Laisse le bœuf en paix.

Le pauvre bœuf voyait partir son compagnon avec envie et passait un triste dimanche à rêver des bois et des étangs. Il en voulait aux parents de le tenir serré comme un jeune veau, lui qui avait cinq ans déjà. Delphine et Marinette n'eurent jamais non plus la permission d'accompagner le cerf, mais un dimanche après-midi, sous prétexte d'aller cueillir le muguet, elles le rejoignirent dans un endroit de la forêt où ils s'étaient donné rendez-vous. Il les fit monter sur son dos et les promena au travers des bois. Delphine était solidement accrochée à ses cornes et Marinette tenait sa sœur par la ceinture. Il disait les noms des arbres, montrait des nids, des terriers de lapins ou de renards. Parfois, une pie ou un coucou venait se poser sur ses cornes et lui racontait les nouvelles de la semaine. Au bord d'un étang, il s'arrêta un moment pour causer avec une vieille carpe âgée de plus de cinquante ans, qui bâillait le nez hors de l'eau. Comme il lui présentait les petites, elle répondit aimablement :

— Oh ! tu n'as pas besoin de me dire qui elles sont. J'ai connu leur mère quand elle était une petite fille, je parle d'il y a vingt-cinq ou trente ans, et en les voyant, je crois la retrouver telle qu'elle était. C'est égal, je suis bien contente d'apprendre qu'elles s'appellent Delphine et Marinette. Elles paraissent bien jolies, bien convenables. Il faudra revenir me voir, petites.

— Oh ! oui, madame, promirent les petites.

En quittant l'étang, le cerf emmena Delphine et Marinette dans une clairière et leur demanda de mettre pied à terre. Puis, avisant un trou à peine plus gros que le poing au pied d'un talus couvert de mousse, il en approcha son museau et par trois fois, fit entendre un léger cri. Comme il se reculait de quelques pas, les petites virent la tête d'un lapin s'avancer au bord du trou.

— Ne crains rien, dit le cerf. Les petites que tu vois là sont mes amies.

Rassuré, le lapin sortit de son terrier et deux autres lapins sortirent derrière lui. Delphine et Marinette les intimidaient encore un peu et ils furent un moment avant de se laisser caresser. Enfin, ils se mirent à jouer avec elles et à poser des questions. Ils voulaient savoir où était le terrier des petites, quelles sortes d'herbes elles préféraient, si elles étaient nées avec leurs habits ou s'ils étaient poussés plus tard. Elles étaient souvent embarrassées de répondre. Delphine ôta son tablier pour montrer qu'il ne tenait pas à sa peau et Marinette se déchaussa d'un pied. Pensant qu'elles devaient se faire très mal, ils fermaient les yeux pour ne pas voir. Lorsqu'ils eurent enfin compris ce qu'étaient des habits, l'un d'eux fit observer :

— C'est amusant, bien sûr, mais je ne vois pas l'avantage. Vos habits, vous devez les perdre ou oublier de les mettre. Pourquoi ne pas avoir du poil comme tout le monde ? c'est tellement plus commode.

Les petites étaient en train de leur apprendre un jeu, lorsque les trois lapins, d'un même mouvement, coururent jusqu'à l'entrée de leur terrier en criant :

— Un chien ! sauvez-vous ! Voilà un chien !

En effet, à l'entrée de la clairière, un chien sortait d'un taillis.

— Un chien ! sauvez-vous ! Voilà un chien !

— N'ayez pas peur, dit-il, je suis Pataud. En passant près d'ici, j'ai reconnu le rire des petites et je suis venu vous dire bonjour.

Le cerf et les petites s'avancèrent à sa rencontre, mais rien ne put décider les lapins à quitter l'entrée du terrier. Le chien demanda au cerf à quoi il avait occupé son temps depuis le jour de la poursuite et il fut très content d'apprendre qu'il travaillait à la ferme.

— Tu ne pouvais pas agir plus sagement et je voudrais être sûr que tu auras assez de raison pour y rester toujours.

— Toujours ? protesta le cerf. Non, ce n'est pas possible. Si tu savais comme le travail est ennuyeux et comme la plaine est triste par ces grands soleils, alors qu'il fait si frais et si doux dans nos bois.

— Les bois n'ont jamais été moins sûrs, repartit le chien. On chasse presque tous les jours.

— Tu veux me faire peur, mais je sais bien qu'il n'y a presque rien à craindre.

— Je veux te faire peur, oui, pauvre cerf. Hier encore, nous avons tué un sanglier. Mais tu le connais probablement. C'était ce vieux sanglier qui avait une défense cassée.

— C'était mon meilleur ami ! gémit le cerf qui se mit à verser des larmes.

Les petites regardaient le chien avec un air de reproche et Marinette demanda :

— Ce n'est pas vous qui l'avez tué, dites ?

— Non, mais j'étais avec les chiens qui l'ont forcé. Il fallait bien. Ah ! quel métier ! depuis que je vous connais, je ne peux pas dire combien il m'est pénible. Si je pouvais, moi aussi, quitter la forêt pour aller travailler dans une ferme...

— Justement, nos parents ont besoin d'un chien, dit Delphine. Venez à la maison.

— Je ne peux pas, soupira Pataud. Quand on a un métier, il faut bien qu'on le fasse. C'est ce qui compte d'abord. D'un autre côté, je ne voudrais pas non plus abandonner des compagnons de meute avec lesquels j'ai toujours vécu. Tant pis pour moi. Mais j'aurais moins de peine à vous quitter si notre ami voulait me promettre de rester à la ferme.

Avec l'aide des petites, il pressa le cerf de renoncer pour toujours à la vie des bois. Le cerf hésitait à répondre et regardait les trois lapins cabrioler autour de leur terrier. L'un d'eux s'était arrêté et l'appelait dans leur jeu. Alors, il fit signe aux petites qu'il ne pouvait rien promettre.

Le lendemain, le cerf était attelé avec le bœuf dans la cour de la ferme et rêvait aux arbres et aux bêtes de la forêt. Distrait, il n'entendit pas l'ordre de se mettre en route et resta sur place. Le bœuf avait eu un mouvement en avant, mais sentant résister son compagnon, il attendit sans bouger.

— Allons, hue ! dirent les parents. C'est encore cette sale bête !

Et comme le cerf, toujours distrait, demeurait immobile, ils lui donnèrent un coup de bâton. Il eut alors un sursaut de colère et s'écria :

— Dételez-moi tout de suite ! Je ne suis plus à votre service.

— Marche ! tu bavarderas une autre fois.

Comme il refusait de tirer la voiture, les parents lui donnèrent encore deux coups de bâton et, sur nouveau refus, trois coups. Enfin, il se décida et les parents triomphèrent. En arrivant au champ où ils devaient planter des pommes de terre, ils déchargèrent le sac de semences et, dételant les bêtes, les mirent à paître sur le bord du chemin. La leçon des coups de bâton semblait avoir été profitable, car le cerf se montrait docile. Mais les parents avaient à peine commencé de planter qu'il disait au bœuf :

— Cette fois, je pars et pour toujours. N'essaie pas de me retenir, tu perdrais ton temps.

— Bon, fit le bœuf. Alors je pars aussi. Tu m'as tant parlé de la vie des bois que j'ai hâte de la connaître. Décampons.

Pendant que les parents tournaient le dos, ils gagnèrent un rideau de pommiers en fleurs et, de là, un chemin creux qui les conduisit droit aux bois. Tout heureux, le bœuf trottait en dansant et en chantonnant une chanson que lui avaient apprise les petites. Sa nouvelle vie lui semblait aussi belle qu'il avait pu l'imaginer depuis l'écurie. A peine entré dans la forêt, il commençait à déchanter. Il avait du mal à suivre le cerf à travers les taillis. Sa carrure le gênait beaucoup et ses longues cornes, plantées horizontalement, l'arrêtaient à chaque instant. Il songeait avec inquiétude qu'il ne pourrait jamais, en cas de danger, prendre sa course à travers bois. Cependant, le cerf s'engageait sur un terrain marécageux où il marchait si légèrement qu'on y voyait à peine la trace de ses pieds. Le bœuf n'y avait pas fait trois pas qu'il enfonçait jusqu'aux genoux. Lorsque après bien des efforts il se fut tiré de là, il dit à son compagnon :

— Décidément, la forêt ne me convient pas. Il vaut mieux pour moi ne pas m'entêter et pour toi aussi. Je retourne sur la plaine.

Le cerf n'essaya pas de le retenir et l'accompagna jusqu'au bord de la forêt. Très loin, il aperçut les petites qui faisaient deux taches blondes dans la cour de la ferme et dit en les montrant au bœuf :

— Je n'aurais peut-être jamais eu le courage de les quitter si leurs parents ne m'avaient pas frappé. Elles et toi et toutes les bêtes de là-bas, vous allez me manquer...

Après de longs adieux, ils se séparèrent et le bœuf regagna son champ de pommes de terre.

En apprenant la fuite du cerf, les parents regrettèrent les coups de bâton. Il leur fallut acheter un autre bœuf qui leur coûta les yeux de la tête, mais c'était bien fait.

Les petites ne voulaient pas croire que leur ami le cerf fût parti pour toujours.

— Il reviendra, disaient-elles, il ne pourra pas toujours se passer de nous.

Mais les semaines passèrent et le cerf ne revenait pas. Elles soupiraient en regardant du côté des bois :

— Il nous a oubliées. Il joue avec les lapins et les écureuils et il nous a oubliées.

Un matin qu'elles écossaient des petits pois sur le seuil de la maison, le chien Pataud entra dans la cour. Il portait la tête basse et dit en arrivant auprès d'elles :

— J'ai une mauvaise nouvelle à vous apprendre.

— Le cerf ! crièrent les petites.

— Oui, le cerf. Mon maître l'a tué hier après-midi. Pourtant, j'ai fait tout ce que j'ai pu pour entraîner la meute sur une fausse piste. Mais Ravageur se méfiait de moi. Quand je suis arrivé près du cerf, il respirait encore et il m'a reconnu. Avec ses dents, il a cueilli une petite marguerite et il me l'a donnée pour vous. Pour les petites, il m'a dit. Tenez, la voilà, passée dans mon collier. Prenez-la.

Les petites pleuraient dans leur tablier et le canard bleu et vert pleurait aussi. Au bout d'un moment, le chien reprit :

— Et maintenant, je ne veux plus entendre parler de la chasse. C'est fini. Je voulais vous demander si vos parents avaient toujours envie d'un chien.

— Oui, répondit Marinette. Ils en parlaient encore

tout à l'heure. Ah ! je suis bien contente ! tu vas rester avec nous !

Et les petites et le canard souriaient au chien qui balançait sa queue avec amitié.

L'éléphant

Les parents mirent leurs habits du dimanche et, avant de quitter la maison, dirent aux deux petites :

— On ne vous emmène pas voir votre oncle Alfred, parce qu'il pleut trop fort. Profitez-en pour bien apprendre vos leçons.

— Je les sais déjà, dit Marinette, je les ai apprises hier soir.

— Moi aussi, dit Delphine.

— Alors, amusez-vous gentiment, et, surtout, ne laissez entrer personne chez nous.

Les parents s'éloignèrent, et les petites, le nez au carreau de la fenêtre, les suivirent longtemps du regard. La pluie tombait si serrée qu'elles ne regrettaient presque pas de ne pas aller voir leur oncle Alfred. Elles parlaient de jouer au loto, lorsqu'elles virent le dindon traverser la cour en courant. Il se mit à l'abri sous le hangar, secoua ses plumes mouillées et essuya son grand cou dans le duvet de son jabot.

— C'est un mauvais temps pour les dindons, fit observer Delphine, et pour les autres bêtes aussi. Heureusement, ça ne dure jamais longtemps. Mais s'il pleuvait pendant quarante jours et quarante nuits ?

— Il n'y a pas de raison, dit Marinette. Pourquoi veux-tu qu'il pleuve pendant quarante jours et quarante nuits ?

— Bien sûr. Mais je pensais qu'au lieu de jouer au loto, on pourrait peut-être jouer à l'Arche de Noé.

Marinette trouva l'idée très bonne et pensa que la cuisine ferait un excellent bateau. Quant aux bêtes, les petites ne furent pas embarrassées pour les trouver. Elles allèrent à l'écurie et à la basse-cour et décidèrent facilement le bœuf, la vache, le cheval, le mouton, le coq, la poule, à les suivre dans la cuisine. La plupart étaient très contents de jouer à l'Arche de Noé. Il y eut bien quelques grincheux, comme le dindon et le cochon, pour protester qu'ils ne voulaient pas être dérangés, mais Marinette leur déclara sans rire :

— C'est le déluge. Il va pleuvoir pendant quarante jours et quarante nuits. Si vous ne voulez pas venir dans l'Arche, tant pis pour vous. La terre sera couverte par les eaux, et vous serez noyés.

Les grincheux ne se le firent pas dire deux fois et se bousculèrent pour entrer à la cuisine. Pour les poules, il n'y eut pas besoin de leur faire peur. Elles voulaient toutes venir jouer, et Delphine, après en avoir choisi une, fut obligée d'écarter les autres.

— Vous comprenez, je ne peux prendre qu'une poule. Autrement, ce ne serait pas le jeu.

En moins d'un quart d'heure, toutes les bêtes de la ferme furent représentées dans la cuisine. On craignait que le bœuf ne pût passer par la porte, à cause de ses grandes cornes, mais en penchant la tête de côté, il entra très bien, et la vache aussi. L'Arche se trouva si pleine qu'il fallut loger sur la table la poule, le coq, la dinde, le dindon et le chat. Il n'y eut pourtant aucun désordre et les bêtes se montrèrent tout à fait raisonnables. D'ailleurs, elles étaient un peu intimidées d'être dans la cuisine, où, sauf le chat, et peut-être la poule, elles n'avaient jamais pénétré. Le cheval, qui se trouvait auprès de l'horloge, regardait tantôt le cadran, tantôt le balancier, et l'inquiétude faisait bouger ses oreilles pointues. La vache n'était pas moins curieuse de tout ce qu'elle apercevait derrière les vitres du buffet. Surtout, elle ne pouvait détacher son regard d'un fromage et d'un pot de lait, qui lui firent murmurer à plusieurs reprises : « Je comprends maintenant, je comprends... »

Au bout d'un moment, les bêtes commencèrent à prendre peur. Même celles qui savaient que c'était pour jouer, en venaient à se demander s'il s'agissait vraiment d'un jeu. En effet, Delphine, assise sur la fenêtre de la cuisine, au poste de commandement, regardait au-dehors et annonçait d'une voix anxieuse :

— Il pleut toujours... les eaux montent..., on ne voit déjà plus le jardin... Le vent est toujours violent... Barre à droite !

Marinette, qui était le pilote, tournait la clé de la cuisinière à droite, ce qui faisait fumer un peu.

— Il pleut encore..., l'eau vient d'atteindre les premières branches du pommier... Attention aux rochers ! Barre à gauche !

Marinette donna un coup de clé à gauche, et la cuisinière fuma moins.

— Il pleut toujours..., on aperçoit encore la cime des plus hauts arbres, mais les eaux montent... C'est fini, on ne voit plus rien.

Alors, on entendit un grand sanglot. C'était le

cochon qui ne pouvait plus contenir son chagrin de quitter la ferme.

— Silence à bord ! cria Delphine, je ne veux pas de panique. Prenez modèle sur le chat. Voyez comme il ronronne, lui.

En effet, le chat ronronnait comme si de rien n'était, sachant très bien que le déluge n'était pas sérieux.

— Si encore tout ça devait bientôt finir, geignit le cochon.

— Il faut compter un peu plus d'un an, déclara Marinette, mais nos provisions sont faites, personne n'aura faim, soyez tranquilles.

Le pauvre cochon s'effondra en pleurant tout bas. Il pensait que le voyage serait peut-être beaucoup plus long que les petites ne l'avaient prévu et que les vivres manqueraient un jour. Comme il était gros, il avait une grande peur d'être mangé. Pendant qu'il se morfondait, une petite poule blanche, toute recroquevillée sous la pluie, était grimpée sur le rebord extérieur de la fenêtre. Elle frappa du bec au carreau et dit à Delphine :

— Je voudrais bien jouer aussi, moi.

— Mais, pauvre poule blanche, tu vois bien que ce n'est pas possible. Il y a déjà une poule.

— Surtout que l'Arche est pleine, fit observer Marinette, qui s'était approchée.

La poule blanche parut si contrariée que les deux petites en furent peinées. Marinette dit à Delphine :

— Tout de même, il nous manque un éléphant. La poule blanche pourrait faire l'éléphant...

— C'est vrai, l'Arche aurait besoin d'un éléphant...

Delphine ouvrit la fenêtre, prit la petite poule dans ses mains et lui annonça qu'elle serait l'éléphant.

— Ah! je suis bien contente, dit la poule blanche. Mais comment est-ce fait un éléphant? Je n'en ai jamais vu.

Les petites essayèrent de lui expliquer ce qu'est un éléphant, mais sans y parvenir. Delphine se souvint alors d'un livre d'images en couleurs, que son oncle Alfred lui avait donné. Il se trouvait dans la pièce voisine qui était la chambre des parents. Laissant à Marinette, la surveillance de l'Arche, Delphine emporta la poule blanche dans la chambre, ouvrit le livre devant elle, à la page où était représenté l'éléphant, et donna encore quelques explications. La poule blanche regarda l'image avec beaucoup d'attention et de bonne volonté, car elle avait très envie de faire l'éléphant.

— Je te laisse un moment dans la chambre, lui dit Delphine. Il faut que je retourne dans l'Arche. Mais en attendant que je revienne te chercher, regarde bien ton modèle.

La petite poule blanche prit son rôle si à cœur qu'elle devint un véritable éléphant, ce qu'elle n'avait pas osé espérer. La chose arriva si vite qu'elle ne comprit pas tout de suite le changement qui venait de s'opérer. Elle croyait qu'elle était encore une petite poule, perchée très haut, tout près du plafond. Enfin, elle prit connaissance de sa trompe, de ses défenses en ivoire, de ses quatre pieds massifs, de sa peau épaisse et rugueuse qui portait encore quelques plumes blanches. Elle était un peu étonnée, mais très satisfaite. Ce qui lui fit le plus de plaisir, ce fut de posséder d'immenses oreilles, elle qui n'en avait, auparavant, pour ainsi dire point. « Le cochon, qui était si fier des

siennes, le sera peut-être moins en voyant celles-ci »,
pensa-t-elle.

Dans la cuisine, les petites avaient complètement
oublié la poule blanche qui préparait si bien son rôle de
l'autre côté de la porte. Après avoir annoncé que le
vent était tombé et que l'Arche voguait en eau calme,
elles se préparaient à passer la revue des animaux pris
en charge, Marinette se munit d'un carnet pour
inscrire les réclamations des passagers, et Delphine
déclara :

— Mes chers amis, nous sommes aujourd'hui à
notre quarante-cinquième jour de mer...

— Heureusement, soupira le cochon, le temps
passe plus vite que je n'aurais cru !

— Silence ! cochon... Mes chers amis, comme vous
le voyez, vous n'avez pas à regretter d'être venus dans
l'Arche. Maintenant que le plus dur est fait, nous
avons la certitude de retrouver la terre dans une
dizaine de mois. Je peux bien vous le dire à présent,
mais jusqu'à ces derniers jours, nous avons été souvent
en danger de mort, et c'est grâce au pilote que nous
avons pu nous en tirer.

Les bêtes remercièrent le pilote avec amitié. Marinette devint toute rouge de plaisir et dit en montrant sa
sœur :

— C'est grâce au capitaine aussi... il ne faudrait pas
oublier le capitaine...

— Bien sûr, approuvèrent les bêtes, bien sûr sans le
capitaine...

— Vous êtes bien gentils, leur dit Delphine. Vous
n'imaginez pas combien votre confiance nous donne de
courage... C'est qu'il nous en faut encore. La traversée
est oin d'être finie, quoique nos plus gros ennuis

soient passés... Mais j'ai voulu vous parler et savoir si vous n'aviez pas de réclamations à faire. Commençons par le chat. N'as-tu rien à demander, chat ?

— Justement, répondit le chat. J'aimerais bien avoir un bol de lait.

— Inscrivez : un bol de lait pour le chat.

Tandis que Marinette notait sur son carnet la réclamation du chat, l'éléphant entrouvrit tout douce-ment la porte avec sa trompe et jeta un coup d'œil dans l'Arche. Ce qu'il aperçut le réjouit et il eut hâte de se mêler à ces jeux. Delphine et Marinette lui tournaient le dos et, pour l'instant, nul ne regardait de son côté. Il pensa avec plaisir à l'étonnement des petites quand elles le découvriraient. Bientôt, la revue des passagers fut presque terminée, et, comme elles arrivaient auprès de la vache qui ne cessait pas d'examiner le contenu du buffet, il ouvrit largement la porte et dit, avec une grande voix qu'il ne connais-sait pas :

— Me voilà...

Les petites n'en croyaient pas leurs yeux. De stupéfaction, Delphine demeura muette un moment, et Marinette laissa échapper son carnet. Elles dou-taient maintenant que l'Arche fût un jeu et étaient bien près de croire au déluge.

— Eh ! oui, dit l'éléphant, c'est moi... Est-ce que je ne suis pas un bel éléphant ?

Delphine se retint de courir à la fenêtre, parce qu'elle était tout de même le capitaine et qu'il ne lui convenait pas de laisser paraître son affolement. Elle se pencha sur Marinette et la pria tout bas d'aller voir si le jardin n'avait pas disparu sous les eaux. Mari-nette s'éloigna vers la fenêtre et murmura au retour :

— Non, tout est bien en place. C'est à peine s'il y a quelques flaques d'eau dans la cour.

Cependant, les bêtes s'inquiétaient un peu à la vue de l'éléphant qui leur était inconnu. Le cochon se mit à pousser des hurlements qui menaçaient de semer la panique parmi ses compagnons. Delphine prononça sévèrement :

— Si le cochon ne se tait pas immédiatement, je le fais jeter à la mer... Bon. Et maintenant, je dois dire que j'ai oublié de vous parler de l'éléphant qui voyage avec nous. Veuillez bien vous serrer encore un peu et lui faire une place dans l'Arche.

Intimidé par la fermeté du capitaine, le cochon avait aussitôt cessé ses cris. Toutes les bêtes se tassèrent les unes sur les autres, afin de laisser le plus de place possible à leur nouveau compagnon de voyage. Mais quand l'éléphant voulut entrer dans la cuisine, il s'aperçut que la porte n'était ni assez haute ni assez large pour lui permettre le passage, il s'en fallait d'au moins une fois et demie.

— Je n'ose pas forcer, dit-il, j'aurais peur d'emporter le mur avec moi. C'est que je suis fort..., je suis même très fort...

— Non, non, s'écrièrent les petits, ne forcez pas ! vous jouerez depuis la chambre.

Elles n'avaient pas encore pensé que la porte était trop petite et c'était une nouvelle complication qui avait de quoi les effrayer. Si l'éléphant avait pu sortir, les parents auraient été assez surpris de le voir rôder autour de la maison, car cette espèce d'animal n'existait pas au village. Mais enfin, ils n'auraient eu aucune raison de soupçonner les petites. Le lendemain, la mère aurait peut-être découvert qu'il lui manquait une petite poule blanche et l'affaire en restait là. Au contraire, quand ils trouveraient un éléphant dans leur chambre, ils n'allaient pas manquer de poser des questions et il faudrait bien avouer que l'on avait réuni toutes les bêtes dans la cuisine pour jouer à l'Arche de Noé.

— Eux qui nous avaient si bien recommandé de ne laisser entrer personne à la cuisine ! soupira Marinette.

— Peut-être que l'éléphant redeviendra une petite poule blanche, murmura Delphine. Après tout, c'est pour jouer qu'il est éléphant. Quand le jeu de l'Arche sera fini, il n'aura plus de raison de rester éléphant.

— Peut-être bien. Alors dépêchons-nous de jouer.

Marinette reprit le gouvernail du bateau et Delphine son poste de commandement.

— La traversée continue !

— Allons, tant mieux, dit l'éléphant, on va pouvoir jouer.

— Nous sommes en mer depuis quatre-vingt-dix jours, reprit Delphine. Il n'y a rien à signaler.

— On dirait pourtant que ça fume, fit observer le cochon.

En effet, Marinette était si émue par la présence de l'éléphant qu'elle tournait la clé de la cuisinière sans y penser.

— Cent soixante-douzième jour de mer ! annonça le capitaine. Il n'y a rien à signaler.

En général, les bêtes paraissaient assez satisfaites que le temps s'écoulât aussi vite, mais l'éléphant ne pouvait pas s'empêcher de trouver la traversée un peu monotone et il en fit la réflexion, ajoutant d'un air boudeur :

— C'est bien joli, mais moi, qu'est-ce que je fais là-dedans ?

— Vous faites l'éléphant, répondit Marinette et vous attendez que les eaux se retirent. Je crois que vous n'avez pas à vous plaindre...

— Ah! bon, puisqu'il s'agit d'attendre...

— Deux cent trente-septième jour de mer! Le vent souffle, on dirait que le niveau de l'eau commence à baisser..., il baisse!

A cette nouvelle, le cochon fut si content qu'il se roula par terre en poussant des cris de joie.

— Silence donc, cochon! ou je vous fais manger par l'éléphant, déclara Delphine.

— Ah! oui, dit l'éléphant, j'ai bien envie de le manger!

Et il ajouta en clignant un œil vers Marinette:

— C'est tout de même amusant...

— Trois cent soixante-cinquième jour de mer! On aperçoit le jardin, préparons-nous à sortir, et en ordre! Le déluge est fini.

Marinette alla ouvrir la porte qui donnait sur la cour. Le cochon, dans sa frayeur d'être mangé par l'éléphant, faillit la renverser, tant il mit de hâte à sortir. Il trouva que le sol n'était pas trop détrempé et fila sous la pluie, jusque dans sa soue. Les autres bêtes quittèrent la cuisine sans bousculade et regagnèrent leurs places à l'étable ou à la basse-cour. Seul, l'éléphant demeura auprès des deux petites, il ne paraissait pas pressé de s'en aller. Delphine s'avança vers lui et dit en tapant dans ses mains:

— Allons, petite poule blanche, allons..., le jeu est fini..., il faut retourner au poulailler...

— Petite poule blanche..., petite poule blanche..., appelait Marinette en offrant une poignée de graines.

Mais elles eurent beau le prier, l'éléphant ne voulut jamais redevenir une petite poule blanche.

— Ce n'est pas pour vous contrarier, disait-il, mais je trouve bien plus drôle d'être en éléphant.

Les parents furent de retour vers la fin de l'après-midi, très contents d'avoir vu l'oncle Alfred. Leurs pèlerines étaient trempées et la pluie avait pénétré jusque dans leurs sabots.

— Ah! quel mauvais temps, dirent-ils en ouvrant la porte, nous avons bien fait de ne pas vous emmener.

— Et comment va notre oncle Alfred? demandèrent les petites qui étaient un peu rouges.

— On vous le dira tout à l'heure. Mais laissez-nous d'abord aller nous déshabiller dans la chambre.

Les parents se dirigeaient déjà vers la porte de la chambre. Ils avaient traversé la moitié de la cuisine et les petites étaient toutes tremblantes de peur. Le cœur leur battait si fort qu'il leur fallait appuyer dessus avec les deux mains.

— Vos pèlerines sont bien mouillées, dit Delphine d'une petite voix étranglée. Il vaudrait peut-être mieux les ôter ici. Je les mettrai à sécher devant la cuisinière.

— Tiens, dirent les parents, c'est une bonne idée. Nous n'y avions pas pensé.

Les parents ôtèrent leurs pèlerines d'où l'eau dégouttait encore et les étendirent auprès du fourneau.

— Je voudrais bien savoir comment va l'oncle Alfred, soupira Marinette. Est-ce qu'il a encore son rhumatisme à la jambe?

— Son rhumatisme ne va pas mal… Mais patientez un moment, le temps de changer nos habits du dimanche contre nos habits des jours, et vous saurez tout.

Les parents marchèrent vers la porte de la chambre. Ils n'en étaient plus qu'à deux pas, mais Delphine se mit devant eux et murmura :

— Avant de changer d'habits, vous feriez peut-être bien d'ôter vos sabots. Vous allez porter de la boue partout, et salir le plancher de la chambre.

— En effet, oui, c'est une bonne idée. Nous n'y avions pas pensé, dirent les parents.

Ils revinrent auprès du fourneau et ôtèrent leurs sabots, mais cela ne demanda pas plus d'une minute, Marinette prononça encore le nom de l'oncle Alfred, mais si bas qu'ils ne l'entendirent même pas. Les petites virent leurs parents se diriger vers la chambre, et la peur leur glaça les joues, le nez, et jusqu'aux oreilles. Déjà ils touchaient le bouton de la porte, lorsqu'ils entendirent un sanglot derrière eux. C'était Marinette qui ne pouvait plus retenir ses larmes, tant elle avait de frayeur et de remords aussi.

— Mais pourquoi pleures-tu ? demandèrent les parents. Est-ce que tu as mal ? Est-ce que le chat t'a griffée ? Voyons, dis-nous pourquoi tu pleures.

— C'est à cause de l'élé... A cause de l'élé..., bégaya Marinette, mais les sanglots l'empêchaient d'aller plus loin.

— C'est parce qu'elle voit que vous avez les pieds mouillés, se hâta de dire Delphine. Elle a sûrement peur que vous n'attrapiez un rhume. Elle pensait que vous alliez vous asseoir devant le fourneau pour sécher vos chaussons. Justement, elle avait préparé les chaises.

Les parents caressèrent les cheveux blonds de Marinette et lui dirent qu'ils étaient très contents d'avoir une si bonne petite fille, mais qu'elle n'avait pas à craindre de les voir s'enrhumer. Et ils promirent de venir se chauffer les pieds aussitôt qu'ils auraient changé d'habits.

— Il vaudrait peut-être mieux vous chauffer d'abord, insista Delphine. Un mauvais rhume est si vite attrapé !

— Peuh ! nous en avons vu bien d'autres… Ce n'est pas la première fois que l'eau entre dans nos sabots et nous n'avons jamais eu un rhume.

— Ce que j'en dis est pour tranquilliser Marinette. Surtout qu'elle est un peu inquiète de la santé de l'oncle Alfred.

— Mais l'oncle Alfred va très bien !… Il ne s'est jamais aussi bien porté, rassurez-vous. Dans cinq minutes, vous aurez des détails. On vous racontera.

Delphine ne trouva plus rien à dire. En souriant à Marinette, les parents firent un pas vers la chambre, mais le chat, qui se trouvait caché sous le fourneau, mit sa queue dans le cendrier et l'agita si furieusement qu'en passant auprès de lui, un nuage de fine cendre leur monta au nez et les fit éternuer à plusieurs reprises.

— Vous voyez bien, s'écrièrent les petites. Il n'y a pas une minute à perdre, il faut vous chauffer les pieds. Venez vite vous asseoir.

Un peu confus, ils durent avouer que Marinette avait eu raison et allèrent s'asseoir sur les chaises. Les pieds sur la plaque du fourneau, ils regardaient fumer leurs chaussons et bâillaient presque sans arrêt. Fatigués par la longue marche qu'ils venaient de faire sous la pluie dans les chemins défoncés, ils semblaient prêts à s'endormir, et les petites n'osaient plus respirer. Tout à coup, ils sursautèrent. On entendait comme le bruit d'un pas lourd ; la vaisselle en tremblait dans le buffet.

— Ah çà... mais on marche dans la maison... On dirait même...

— Ce n'est rien, dit Delphine. C'est le chat qui court après les souris au grenier. Déjà, cet après-midi, il a fait le même bruit.

— Ce n'est pas possible ! Tu t'es sûrement trompée. Comment veux-tu que le chat fasse trembler le buffet ? Tu t'es sûrement trompée.

— Mais non, c'est lui-même qui me l'a dit tout à l'heure.

— Ah ? Eh bien ! je n'aurais jamais cru qu'un chat pouvait faire autant de bruit. Mais puisqu'il te l'a dit, c'est bon.

Sous le fourneau, le chat se faisait tout petit. Le bruit avait cessé presque aussitôt, mais les parents n'avaient plus envie de dormir et, en attendant que leurs chaussons fussent tout à fait secs, ils commencèrent à raconter leur visite à l'oncle Alfred.

— L'oncle nous attendait sur le pas de la porte. En voyant le mauvais temps, il avait bien pensé que vous ne viendriez pas. Ah ! il a regretté de ne pas vous voir, et il nous a chargés... Allons, bon, voilà que ça recommence ! Ma parole, les murs en sont ébranlés !

— Alors, l'oncle Alfred vous a dit quelque chose pour nous ?

— Oui, il nous a dit... Ah ! cette fois, vous ne me direz pas que c'est le chat ! On croirait que la maison va s'écrouler !

Le chat se faisait de plus en plus petit sous le fourneau, mais il n'avait pas pensé que le bout de sa queue dépassait, il s'en avisa trop tard. Les parents l'aperçurent au moment précis où il cherchait à la ramener entre ses pattes.

— Maintenant, dirent-ils, vous ne pouvez plus accuser le chat, puisque le voilà sous le fourneau !

Ils se disposaient à quitter leurs chaises pour aller voir d'où provenait le bruit de ces pas énormes qui faisaient danser le fourneau. Alors, le chat sortit de sa cachette, s'étira des quatre pattes, comme s'il venait de s'éveiller, et déclara d'une voix furieuse :

— C'est tout de même malheureux qu'on ne puisse même plus dormir tranquillement ! Je ne sais pas ce qu'a le cheval depuis ce matin, mais à chaque instant, il donne des coups de pied dans le mur et dans les bat-flanc. J'avais cru qu'à la cuisine je n'entendrais plus tout ce vacarme, mais c'est encore pire au grenier. Je me demande ce que peut bien avoir le cheval à s'agiter si fort.

— En effet, dirent les parents, il faut que cette bête soit malade ou qu'elle ait une contrariété. Nous irons voir tout à l'heure.

Pendant qu'ils parlaient du cheval, le chat regardait les petites en hochant la tête, comme pour leur dire que toutes ses paroles ne servaient à rien et qu'il valait mieux ne pas s'entêter. A quoi bon, en effet ? Elles n'empêcheraient pas les parents d'entrer dans la chambre. Cinq minutes plus tôt ou plus tard, cela ne faisait rien à l'affaire. Les petites étaient à peu près de l'avis du chat, mais elles pensaient que cinq minutes plus tard valaient mieux que cinq minutes plus tôt. Delphine toussa pour affirmer sa voix et demanda encore :

— Vous étiez en train de nous dire que l'oncle Alfred vous avait chargés pour nous...

— Ah ! oui, l'oncle Alfred... Il a très bien compris qu'il ne faisait pas un temps à sortir des enfants. C'est qu'il pleuvait fort, vous savez, surtout quand nous sommes arrivés. C'était un vrai déluge... Heureusement, ça ne durera pas, on dirait déjà qu'il pleut moins, n'est-ce pas ?

Les parents jetèrent un coup d'œil par la fenêtre et poussèrent un cri d'étonnement à la vue du cheval qui se promenait dans la cour.

— Par exemple ! Voilà le cheval qui se promène ! Il a si bien fait qu'il a réussi à se détacher et qu'il est venu prendre l'air dans la cour. Ma foi, c'est tant mieux pour lui. Il sera plus calme tout à l'heure, et au moins nous ne l'entendrons plus ruer dans l'écurie.

Au même instant, les pas se firent entendre de nouveau, mais encore plus lourds que les précédents. Les planchers craquaient, la maison gémissait du haut en bas. La table se dressa sur deux pieds et les parents se sentirent vaciller sur leurs chaises.

— Pour le coup, s'écrièrent-ils, ce ne peut être le cheval, puisqu'il est encore dans la cour ! N'est-ce pas, chat, ce ne peut être le cheval ?

— Bien sûr, répondit le chat, bien sûr... Il faut que ce soient les bœufs qui s'impatientent dans l'étable...

— Qu'est-ce que tu racontes, chat ? On n'a jamais vu des bœufs s'impatienter d'être au repos.

— Alors, c'est le mouton qui aura cherché querelle à la vache.

— Le mouton chercher une querelle ? Hum !... Nous sentons là-dessous... Hum !... Quelque chose qui n'est pas clair...

Les petites se mirent à trembler si fort que les deux

têtes blondes en étaient toutes secouées, ce qui fit croire aux parents, qu'elles se défendaient de leur avoir désobéi. Ils se mirent à grommeler avec, peut-être, un reste de soupçon :

— Ah ! bon... Parce que si vous aviez laissé entrer quelqu'un dans la maison... Ah ! si vous aviez laissé entrer quelqu'un... Petites malheureuses ! Il vaudrait mieux pour vous... Il vaudrait mieux je ne sais pas quoi.

Delphine et Marinette n'osaient même pas regarder les parents qui fronçaient les sourcils avec un air terrible. Le chat lui-même était effrayé et ne savait plus quelle contenance prendre.

— Ce qui est certain, murmuraient les parents, c'est que ce bruit de pas semblait tout proche. Il ne venait sûrement pas de l'écurie... On aurait plutôt dit qu'on marchait dans la chambre à côté... oui, dans la chambre... D'ailleurs, nous allons bien voir.

Leurs chaussons étaient tout à fait secs. Sans quitter du regard la porte de la chambre, ils se levèrent de leurs chaises. Derrière eux, Delphine et Marinette s'étaient donné la main, et à mesure qu'ils avançaient, elles se serraient l'une contre l'autre. Le chat frottait son poil sur leurs mollets pour montrer qu'il restait un ami et les encourager un peu, mais c'était affreux quand même. Elles croyaient que leur cœur allait éclater. Les parents, l'oreille collée contre la porte, écoutaient d'un air méfiant. Enfin, la poignée tourna, la porte s'ouvrit en grinçant et il y eut un instant de silence. Delphine et Marinette, qui tremblaient de tous leurs membres, jetèrent un coup d'œil vers la chambre.

Alors, elles virent une petite poule blanche se glisser furtivement entre les jambes des parents et traverser sans bruit la cuisine pour aller se blottir sous l'horloge.

Le canard et la panthère

A plat ventre dans le pré, Delphine et Marinette étudiaient leur géographie dans le même livre, et il y avait un canard qui allongeait le cou entre leurs deux têtes pour regarder les cartes et les images. C'était un joli canard. Il avait la tête et le col bleus, le jabot couleur de rouille et les ailes rayées bleu et blanc. Comme il ne savait pas lire, les petites lui expliquaient les images et lui parlaient des pays dont le nom était marqué sur les cartes.

— Voilà la Chine, dit Marinette. C'est un pays où tout le monde a la tête jaune et les yeux bridés.

— Les canards aussi ? demanda le canard.

— Bien sûr. Le livre n'en parle pas, mais ça va de soi.

— Ah ! la géographie est quand même une belle chose... mais ce qui doit être plus beau encore, c'est de voyager. Moi, je me sens une envie de voyager, si vous saviez...

Marinette se mit à rire et Delphine dit :

— Mais, canard, tu es trop petit pour voyager.

— Je suis petit, c'est entendu, mais je suis malin.

— Et puis, si tu voyageais, tu serais obligé de

nous quitter. Est-ce que tu n'es pas heureux avec nous ?

— Oh ! si, répondit le canard. Il n'y a personne que j'aime autant que vous.

Il frotta sa tête contre celle des deux petites et reprit en baissant la voix :

— Par exemple, je n'en dirai pas autant de vos parents. Oh ! ne croyez pas que je veuille en dire du mal. Je ne suis pas si mal élevé. Mais ce qui me fait peur, voyez-vous, ce sont leurs caprices. Tenez, je pense à ce pauvre vieux cheval.

Les petites levèrent la tête et, en soupirant, regardèrent le vieux cheval qui broutait au milieu du pré. La pauvre bête était vraiment bien vieille. Même de loin, on pouvait lui compter les côtes, et ses jambes étaient si faibles qu'elles le portaient à peine. En outre, comme il était borgne, il trébuchait souvent dans les mauvais chemins et ses deux genoux étaient largement couronnés. De son œil resté sain, il vit qu'on s'intéressait à lui et vint vers ses amis.

— Vous étiez en train de parler de moi ?

— Oui, justement, répondit Delphine. On disait que depuis quelque temps tu avais bonne mine.

— Vous êtes bien gentils tous les trois, dit le vieux cheval, et je voudrais vous croire. Malheureusement, les maîtres ne sont pas de votre avis. Ils disent que je suis trop vieux et que je ne gagne même plus ma nourriture. Et c'est vrai que je suis vieux et fatigué. Il y a si longtemps que je sers... Pensez que je vous ai vues venir au monde, vous, les petites. Vous n'étiez pas plus grandes que vos poupées, je me rappelle. Dans ce temps-là, je vous montais les côtes sans seulement y faire attention, et à la charrue, je tirais comme une paire de bœufs, et toujours content... Maintenant, c'est le souffle qui manque, c'est les jambes qui se dérobent, et tout. Un vieux canasson, quoi, voilà ce que je suis.

— Mais non, protesta le canard. Tu te fais des idées, je t'assure.

— La preuve en est que ce matin, les maîtres voulaient me vendre à la boucherie. Si les petites ne m'avaient pas défendu en faisant le compte de tous les services que je peux rendre encore pendant la belle saison, mon affaire était claire. Du reste, ce n'est que partie remise. Ils ont décidé de me vendre au plus tard à la foire de septembre.

— Je voudrais bien faire quelque chose pour toi, soupira le canard.

Dans ce moment-là, les parents arrivèrent sur le pré, et, surprenant le cheval en conversation, ils se mirent à crier :

— Voyez-moi cette vieille rosse qui fait son intéressant ! Ce n'est cependant pas pour bavarder qu'on t'a lâché dans le pré !

— Il n'est là que depuis cinq minutes, fit observer Delphine.

— Cinq minutes de trop, répliquèrent les parents. Il les aurait mieux employées à brouter une herbe qui ne coûte rien. Ce qu'il mange là est toujours autant qu'on ne prend pas au grenier. Mais cette sale bête n'en fait qu'à sa tête. Ah ! pourquoi ne pas l'avoir vendu ce matin ? Si c'était à refaire...

Le vieux cheval s'éloigna du plus vite qu'il put, en essayant de lever haut ses sabots, pour faire croire qu'il était encore plein de vigueur, mais ses jambes s'accordaient mal et il buta plusieurs fois. Heureusement, les parents ne faisaient plus attention à lui. Ils venaient de s'aviser de la présence du canard, qui suffit à les mettre de bonne humeur.

— Voilà un canard qui se porte joliment bien, dirent-ils. On voit qu'il n'a pas jeûné. Vraiment, il fait plaisir à regarder. Ça fait penser que l'oncle Alfred vient déjeuner dimanche...

Là-dessus, les parents quittèrent le pré en se parlant à l'oreille. Le canard ne comprenait pas bien le sens des paroles qu'il venait d'entendre, mais il se sentait mal à l'aise. Marinette le prit sur ses genoux et lui dit :

— Canard, tu parlais tout à l'heure d'aller en voyage...

— Oui, mais mon idée n'avait pas l'air de vous plaire, à Delphine et à toi.

— Mais si, au contraire ! s'écria Delphine. Et même, à ta place, je partirais dès demain matin.

— Demain matin ! mais voyons... voyons...

Le canard était tout agité à l'idée d'un départ aussi prompt. Il soulevait ses ailes, sautait sur le tablier de Marinette et ne savait plus où donner de la tête.

— Mais oui, dit encore Delphine, pourquoi tarder à partir ? Quand on fait des projets, il faut les réaliser sans attendre. Autrement, tu sais ce que c'est, on en parle, les choses traînent pendant des mois, et, un beau jour, on n'en parle plus.

— Ça, c'est bien vrai, dit le canard.

Décidé au voyage, il passa le reste de la journée en compagnie des deux petites à apprendre la géographie à fond. Les fleuves, les rivières, les villes, les océans, les montagnes, les routes, les chemins de fer, il sut tout par cœur. En allant se coucher, il avait très mal à la tête et n'arrivait pas à trouver le sommeil. Au moment de

s'endormir, il songeait : « L'Uruguay, capitale ?...
Mon Dieu, j'ai oublié la capitale de l'Uruguay... »
Heureusement, à partir de minuit, il eut un bon
sommeil tranquille et la première heure du jour le
trouva dispos.

Toutes les bêtes de la ferme étaient réunies dans la
cour pour assister à son départ.

— Adieu, canard, et ne sois pas trop longtemps,
disaient la poule, le cochon, le cheval, la vache, le
mouton.

— Adieu et ne nous oublie pas, disaient le bœuf, le
chat, le veau, le dindon.

— Bon voyage, disaient toutes les bêtes.

Et il y en avait plus d'une qui pleurait, par exemple
le vieux cheval, en pensant qu'il ne reverrait plus son
ami.

Le canard partit d'un bon pas sans se retourner et,
comme la terre est ronde, il se retrouva au bout de trois
mois à son point de départ. Mais il n'était pas seul. Qui
l'accompagnait, il y avait une belle panthère à la robe
jaune tachetée de noir et aux yeux dorés. Justement,
Delphine et Marinette passaient dans la cour. A la vue
du fauve, elles furent d'abord très effrayées, mais la
présence du canard les rassura aussitôt.

— Bonjour, les petites ! cria le canard. J'ai fait un
bien beau voyage, vous savez. Mais je vous raconterai
plus tard. Vous voyez, je ne suis pas seul. Je rentre
avec mon amie la panthère.

La panthère salua les deux petites et dit d'une voix
aimable :

— Le canard m'a bien souvent parlé de vous. C'est
comme si je vous connaissais déjà.

— Voilà ce qui s'est passé, expliqua le canard. En

traversant les Indes, je me suis trouvé un soir en face de la panthère. Et figurez-vous qu'elle voulait me manger…

— C'est pourtant vrai, soupira la panthère en baissant la tête.

— Mais moi, je n'ai pas perdu mon sang-froid comme bien des canards auraient fait à ma place. Je lui ai dit : « Toi qui veux me manger, sais-tu seulement comment s'appelle ton pays ! » Naturellement, elle n'en savait rien. Alors, je lui ai appris qu'elle vivait aux Indes, dans la province du Bengale. Je lui ai dit les fleuves, les villes, les montagnes, je lui ai parlé d'autres pays… Elle voulait tout savoir, si bien que la nuit entière, je l'ai passée à répondre à ses questions. Au matin, nous étions déjà deux amis et depuis, nous ne nous sommes plus quittés d'un pas. Mais, par exemple, vous pouvez compter que je lui ai fait la morale sérieusement !

— J'en avais besoin, reconnut la panthère. Que voulez-vous, quand on ne sait pas la géographie…

— Et notre pays, comment le trouvez-vous ? demanda Marinette.

— Il est bien agréable, dit la panthère, je suis sûre que je m'y plairai. Ah ! j'étais pressée d'arriver, après tout ce que m'avait dit le canard des deux petites et de toutes les bêtes de la ferme… Et à propos, comment se porte notre bon vieux cheval ?

A cette question, les deux petites se mirent à renifler et Delphine raconta en pleurant :

— Nos parents n'ont même pas attendu la foire de septembre. A midi, ils ont décidé de le vendre, et demain matin, on vient le chercher pour la boucherie…

— Par exemple ! gronda la panthère.

— Marinette a pris la défense du cheval, moi aussi, mais rien n'y fait. Ils nous ont grondées et privées de dessert pour une semaine.

— C'est trop fort ! Et où sont-ils, vos parents ?

— Dans la cuisine.

— Eh bien ! ils vont voir... mais surtout, n'ayez pas peur, petites.

La panthère allongea le cou et, la tête haute, la gueule grande ouverte, fit entendre un terrible miaulement. Le canard en était tout fier, et en regardant les petites, il ne pouvait pas s'empêcher de se rengorger. Cependant, les parents étaient sortis de la cuisine en toute hâte, mais ils n'eurent pas le temps de s'enquérir d'où venait le bruit. D'un seul bond, la panthère avait traversé la cour et retombait devant eux sur ses quatre pattes.

— Si vous bougez, dit-elle, je vous mets en pièces.

On peut croire que les parents n'en menaient pas large. Ils tremblaient de tous leurs membres et n'osaient pas seulement tourner la tête. Les yeux d'or de la panthère avaient un éclat féroce, ses babines retroussées laissaient voir de grands crocs pointus.

— Qu'est-ce qu'on vient de me dire ? gronda-t-elle. Que vous allez vendre votre vieux cheval à la boucherie ? Vous n'avez pas honte ? Une pauvre bête qui a passé toute sa vie à travailler pour vous ! Le voilà bien récompensé de ses peines ! Vraiment, je ne sais pas ce qui me retient de vous manger... au moins, on ne pourrait pas dire que vous avez travaillé pour moi...

Les parents claquaient des dents et commençaient à se demander si cette idée de sacrifier le vieux cheval n'était pas bien cruelle.

— C'est comme les deux petites, reprit la panthère. On m'apprend que vous les avez privées de dessert pour huit jours parce qu'elles ont pris la défense du cheval. Vous êtes donc des monstres ? Mais je vous préviens qu'avec moi, les choses vont changer et qu'il va falloir mener la maison d'un autre train. Pour commencer, je lève la punition des petites. Ma parole, il me semble que vous ronchonnez ? Vous n'êtes pas contents, peut-être ?

— Oh ! si... au contraire...

— Allons, tant mieux. Pour le vieux cheval, il n'est naturellement plus question de la boucherie. J'entends qu'on soit avec lui aux petits soins et qu'il finisse ses jours en paix.

La panthère parla encore des autres bêtes de la ferme et des moyens de leur rendre la vie plus douce. Le ton de ses paroles devenait moins sévère, comme si elle voulait faire oublier la mauvaise impression qu'avait pu laisser sa vivacité du premier moment. Les parents commençaient à reprendre un peu d'assurance, si bien qu'ils en vinrent à lui dire :

— En somme, vous vous installez à la maison. C'est très bien, mais avez-vous pensé à ce que sera notre existence s'il nous faut craindre à chaque instant d'être mangés ? Sans compter que nos bêtes seront bien exposées aussi. Vous comprenez, c'est bien joli d'empêcher les maîtres de tuer le cochon ou de saigner les volailles, mais on n'a jamais entendu dire que les panthères se nourrissaient de légumes...

— Je comprends que vous soyez inquiets, dit la panthère. Il est certain qu'au temps où je ne savais pas la géographie, tout ce qui tombait sous ma patte, homme ou bête, m'était bon à manger. Mais depuis ma rencontre avec le canard, il est là pour le dire, mon régime est celui des chats. Je ne mange plus que des souris, des rats, des mulots, et autres mauvaises espèces. Oh ! je ne dis pas que de temps en temps, je n'irai pas faire un tour dans la forêt, bien sûr. En tout cas, les bêtes de la ferme n'ont rien à redouter de moi.

Les parents s'habituèrent très vite à la présence de la panthère. Pourvu qu'ils ne punissent pas les petites trop fort et qu'ils ne fissent point de mal aux bêtes, elle se montrait toujours aimable avec eux. Même, certain dimanche où l'oncle Alfred vint à la maison, elle ferma les yeux sur la cuisson d'un poulet qu'on accommoda en sauce blanche. Il faut dire que ce poulet était une nature ingrate, n'ayant point d'autre souci que de tourmenter ses compagnons et de leur jouer quelque mauvais tour. Il ne fut regretté de personne.

D'autre part, la panthère rendait des services. Par exemple, on pouvait dormir sur ses deux oreilles, la maison était bien gardée. On en eut bientôt la preuve une nuit que le loup s'avisa de venir rôder autour de l'écurie. Le malheureux loup avait déjà réussi à entrebâiller la porte et se pourléchait à l'idée du bon repas qu'il allait faire, lorsqu'il se trouva lui-même mangé sans avoir eu le temps d'y rien comprendre, et il n'en resta que les pattes de devant, une touffe de poils, et la pointe d'une oreille.

Elle était bien utile aussi pour les commissions. Avait-on besoin de sucre, de poivre, de clous de girofle, l'une des petites sautait sur le dos de la panthère qui l'emmenait à l'épicerie d'un galop rapide. Parfois même, on l'envoyait seule et il n'aurait pas fait bon pour l'épicier de se tromper à son avantage en rendant la monnaie.

Depuis qu'elle s'était installée au foyer, la vie avait changé et personne ne s'en plaignait. Sans parler du vieux cheval qui ne s'était jamais vu à pareille fête, chacun se sentait plus heureux. Les bêtes vivaient en sécurité et les gens ne traînaient plus comme autrefois le remords de les manger. Les parents avaient perdu l'habitude de crier et de menacer, et le travail était devenu pour tout le monde un plaisir. Et puis, la panthère aimait beaucoup jouer, toujours prête à une partie de saute-mouton ou de chat perché. Les partenaires ne lui manquaient pas, car elle obligeait à jouer non seulement les animaux, mais aussi bien les parents. Les premières fois, ceux-ci s'exécutaient en ronchonnant.

— A-t-on idée, disaient-ils, à nos âges ! Qu'est-ce que penserait l'oncle Alfred, s'il nous voyait ?

Mais leur mauvaise humeur ne dura pas plus de trois jours et ils prirent tant de plaisir à jouer qu'ils en vinrent à ne plus pouvoir s'en passer. Dès qu'ils avaient un moment de loisir, ils criaient dans la cour : « Qui est-ce qui veut jouer à la courotte malade ? » Otant leurs sabots pour être plus vifs, ils se mettaient à poursuivre la vache et le cochon, ou la panthère, et on les entendait rire depuis les premières maisons du village. C'est à peine si Delphine et Marinette trouvaient le temps d'apprendre leurs leçons et de faire leurs devoirs.

— Venez jouer, disaient les parents. Vous ferez vos devoirs une autre fois !

Tous les soirs, après dîner, il y avait dans la cour de grandes parties de barres. Les parents, les petites, la panthère, le canard, et toutes les bêtes de la basse-cour et de l'écurie, étaient divisées en deux camps. Jamais on n'avait tant ri à la ferme. Le cheval, trop vieux pour prendre part au jeu, se contentait d'y assister et ce n'était pas lui qui s'amusait le moins. En cas de dispute, il avait la charge de mettre d'accord les adversaires. Une fois, entre autres, le cochon accusa l'un des parents d'avoir triché et le cheval dut lui donner tort. Ce cochon n'était pas une mauvaise bête, au contraire, mais susceptible et, quand il avait perdu, facilement rageur. Il y eut à cause de lui plusieurs disputes très vives qui mirent la panthère de mauvaise humeur. Mais ces mauvais moments étaient en somme assez rares et vite oubliés. Pour peu qu'il y eût clair de lune, les parties de barres se prolongeaient tard dans la nuit, personne n'étant pressé d'en finir.

— Voyons, voyons, disait le canard qui avait un peu plus de raison que les autres, il faudrait tout de même penser à dormir...

— Encore un quart d'heure, suppliaient les parents. Canard, un quart d'heure...

D'autres fois, on jouait à la main chaude, au voleur, aux quatre coins, à la semelle. Les parents étaient toujours les plus enragés.

Pendant les repas, on ne s'ennuyait pas non plus. Le canard et la panthère parlaient de leur voyage et ils avaient traversé des pays si curieux qu'on ne se fatiguait jamais de les écouter.

— Moi qui ai visité la Russie en détail, commençait le canard, je peux vous dire la vérité sur le communisme. Il y a des gens qui racontent des choses sans y être jamais allés, mais moi, j'ai vu, vous comprenez. Eh bien, la vérité, c'est que là-bas, les canards ne sont pas mieux traités qu'ailleurs...

Un matin de bonne heure, le cochon sortit faire une

promenade. Il salua d'un ton aimable le vieux cheval qui était dans la cour, sourit à un poulet, mais passa devant la panthère sans lui adresser la parole. De son côté, elle le regarda s'en aller sans mot dire. La veille, ils avaient eu une dispute pendant la partie de barres. Le cochon s'était montré si insupportable qu'il avait indisposé tout le monde. Vexé, il était rentré chez lui en déclarant qu'il ne voulait plus jouer avec la panthère. Et il avait ajouté : « J'aime bien jouer aux barres, mais s'il faut en passer par tous les caprices d'une étrangère, alors j'aime autant me coucher. »

La panthère quitta la ferme vers huit heures pour aller faire un tour en forêt, comme elle faisait presque chaque matin, et rentra vers onze heures. Elle semblait un peu lasse, la démarche alourdie, les paupières clignotantes. A une petite poule blanche qui lui en faisait la remarque, elle répondit qu'elle avait fourni une très longue course dans les bois. Sur cette parole, elle alla s'étendre dans la cuisine et s'endormit d'un sommeil pesant. De temps à autre, sans s'éveiller, elle poussait un soupir et passait sa langue sur ses babines.

A midi, au retour des champs, les parents se plaignirent de ce que le cochon ne fût pas encore rentré.

— C'est bien la première fois que pareille chose lui arrive. Il aura sans doute oublié l'heure.

Comme on lui demandait si elle ne l'avait pas rencontré dans la matinée, la panthère fit signe que non et détourna la tête. Pendant le repas, elle ne se mêla pas à la conversation.

L'après-midi se passa sans qu'on vît revenir le cochon. Les parents étaient très inquiets.

Le soir encore, point de cochon. Tout le monde était

réuni dans la cour, mais il ne pouvait plus être
question de jouer aux barres. Les parents commençaient à regarder la panthère d'un air soupçonneux. Couchée sur le ventre, la tête entre ses
pattes, elle semblait indifférente à l'inquiétude de
ses amis. Les petites et même le canard et le vieux
cheval en étaient fâcheusement impressionnés.
Après l'avoir examinée longtemps, les parents
firent observer :

— Tu es plus grosse que d'habitude et ton ventre est lourd comme si tu avais trop mangé.

— C'est vrai, répondit la panthère. Ce sont ces
deux marcassins dont j'ai déjeuné ce matin.

— Hum ! le gibier était bien abondant, aujour-
d'hui. Sans compter que les sangliers n'ont pas
l'habitude de rôder à la lisière des bois quand il
fait jour. Il faut aller chercher au fond de la
forêt...

— Justement, dit la petite poule blanche qui
avait assisté au retour de la panthère, c'est qu'elle
est allée très loin dans les bois. Elle me l'a dit ce
matin quand elle est rentrée.

— Impossible ! s'écria un jeune veau qui suivait
la discussion sans, d'ailleurs, en bien saisir la portée. Impossible, parce que moi, j'étais aux prés,
et, dans le milieu de la matinée, je l'ai vue passer
près de la rivière.

— Tiens, tiens... firent les parents.

Tout le monde regardait la panthère et attendait
sa réponse avec anxiété. D'abord, elle resta interdite et finit par déclarer :

— Le veau s'est trompé, voilà tout. Je n'en suis
du reste pas surprise. Il y a tout juste trois

semaines qu'il est né. A cet âge-là, les veaux ont encore
l'œil trouble. Mais, au fait, où voulez-vous en venir
avec toutes vos questions ?

— Tu t'es querellée hier soir avec le cochon, et,
pour te venger, tu l'auras dévoré dans un coin !

— Mais je ne suis pas seule à m'être querellée avec
lui, riposta la panthère. Et s'il faut qu'il ait été mangé,
pourquoi ne l'aurait-il pas été par vous, les parents ? A
vous entendre, on croirait que vous n'avez jamais
mangé de cochon ! Depuis que je suis ici, m'a-t-on déjà
vue malmener une bête de la ferme ou la menacer ?
Sans moi, combien de volailles seraient passées par la
casserole, combien d'animaux vendus au boucher ? Et
je ne parle ni du loup ni des deux renards que j'ai
empêchés de saigner l'écurie et le poulailler….

Les bêtes firent entendre un murmure de confiance
et de gratitude.

— Toujours est-il que le cochon est perdu, grommelèrent les parents. Souhaitons que la même chose
n'arrive pas à d'autres.

— Écoutez, dit le canard, il n'y a aucune raison de
croire qu'il a été mangé. Il est peut-être simplement
parti en voyage. Pourquoi pas ? Moi aussi, j'ai quitté la
ferme, un matin, sans vous avertir, et vous voyez, je
suis là. Attendons. Je suis sûr qu'il nous reviendra…

Mais le cochon ne devait jamais revenir. Et nul non
plus ne devait jamais savoir ce qui lui était arrivé. Qu'il
fût parti en voyage, la chose paraît bien improbable. Il
avait peu d'imagination et préférait à l'aventure une
vie de repos bien réglée. Enfin, il ne savait pas un mot
de géographie et ne s'en était jamais soucié. Quant à
croire que la panthère l'avait mangé, c'est une autre
affaire. Le témoignage d'un veau de trois semaines est

tout de même une chose bien fragile. D'autre part, il est permis de penser que des camps volants avaient emporté le cochon pour le faire cuire. Cela s'est vu.

En tout cas, le souvenir de cette malheureuse aventure n'empêcha pas la vie de reprendre à la ferme comme auparavant. Les parents eux-mêmes l'eurent bientôt oubliée. On se remit à jouer aux barres, et, il faut bien le dire, on jouait beaucoup mieux depuis que le cochon n'était plus là.

Delphine et Marinette ne passèrent jamais d'aussi belles vacances que cette année-là. Montées sur le dos de la panthère, elles faisaient de longues promenades à travers les bois et la plaine. On emmenait presque toujours le canard qui se mettait à cheval sur le cou de la monture. En deux mois, les petites connurent tout le pays à fond, à trente kilomètres à la ronde. La panthère allait comme le vent et les mauvais chemins ne l'arrêtaient pas.

Passé le temps des vacances, il y eut encore quelques beaux jours, mais il ne tarda pas à pleuvoir, et, en novembre, la pluie devint froide. Des rafales de vent faisaient tomber les dernières feuilles mortes. La panthère avait moins d'entrain et se sentait tout engourdie. Elle ne sortait pas volontiers et il fallait la prier pour qu'elle vînt jouer dans la cour. Le matin, elle allait encore chasser dans la forêt, mais sans y prendre grand plaisir. Le reste du temps, elle ne quittait guère la cuisine et se tenait auprès du fourneau. Le canard ne manquait jamais de venir passer quelques heures avec elle. La panthère se plaignait de la saison.

— Comme la plaine est triste, et les bois, et tout ! Dans mon pays, quand il pleut, on voit pousser les arbres, les feuilles, tout devient plus vert. Ici, la pluie est froide, tout est triste, tout est sale.

— Tu t'y habitueras, disait le canard. Et la pluie ne durera pas toujours. Bientôt, il y aura de la neige... tu ne diras plus que la plaine est sale... La neige, c'est un duvet blanc, fin comme un duvet de canard et qui recouvre tout.

— Je voudrais bien voir ça, soupirait la panthère.

Chaque matin, elle allait à la fenêtre jeter un coup d'œil sur la campagne. Mais l'hiver semblait décidément à la pluie, tout demeurait sombre.

— La neige ne viendra donc jamais ? demandait-elle aux petites.

— Elle ne tardera plus beaucoup. Le temps peut changer d'un jour à l'autre.

Delphine et Marinette surveillaient le ciel avec anxiété. Depuis que la panthère languissait au coin du feu, la maison était devenue triste. On ne pensait plus aux jeux. Les parents recommençaient à gronder et se parlaient à l'oreille, en regardant les bêtes avec un mauvais regard.

Un matin, la panthère s'éveilla plus frileuse qu'à l'ordinaire et alla à la fenêtre, comme elle faisait maintenant chaque jour. Dehors, tout était blanc, la cour, le jardin, la plaine jusqu'au loin, et il tombait de gros flocons de neige. De joie, la panthère se mit à miauler et sortit dans la cour. Ses pattes s'enfonçaient sans bruit dans la couche moelleuse, et le duvet qui neigeait sur sa robe était si fin qu'elle en sentait à peine la caresse. Il lui semblait retrouver la grande lumière des matins d'été, et, en même temps, sa vigueur d'autrefois. Elle se mit à courir sur les prés, à danser et à sauter, jouant des deux pattes avec les flocons blancs.

Parfois, elle s'arrêtait, se roulait dans la neige et repartait de toute sa vitesse. Après deux heures de course et de jeux, elle s'arrêta pour reprendre haleine et se mit à frissonner. Inquiète, elle chercha des yeux la maison et s'aperçut qu'elle en était très loin. Il ne neigeait plus, mais un vent âpre commençait à souffler. Avant de rentrer, la panthère s'accorda un moment de repos et s'allongea dans la neige. Jamais elle n'avait connu de lit aussi doux, mais quand elle voulut se lever, ses pattes étaient engourdies et un tremblement agitait son corps. La maison lui parut si loin, le vent qui courait sur la plaine était si pénétrant, que le courage lui manqua pour reprendre sa course.

A midi, ne la voyant pas rentrer, les petites partirent à sa recherche avec le canard et le vieux cheval. Par endroits, les traces de pattes sur la neige étaient déjà effacées, et ils ne furent auprès d'elle que vers le milieu de l'après-midi. La panthère grelottait, ses membres étaient déjà raides.

— J'ai bien froid dans mon poil, souffla-t-elle en voyant arriver ses amis.

Le vieux cheval essaya de la réchauffer avec son haleine, mais il était trop tard pour qu'on pût rien faire d'utile. Elle lécha les mains des petites et fit entendre un miaulement plus doux que le miaulement d'un chat. Le canard l'entendit murmurer :

— Le cochon... le cochon...

Et la panthère ferma ses yeux d'or.

Le mauvais jars

Delphine et Marinette jouaient à la paume dans un pré fauché, et il arriva un grand jars aux plumes blanches, qui se mit à souffler dans son grand bec. Il avait l'air en colère, mais les petites n'y firent pas attention. Elles s'envoyaient la balle et avaient assez à faire de la suivre des yeux pour ne pas la manquer. « Tch... tch... », faisait le jars dans son bec, et il soufflait de plus en plus fort, vexé qu'on ne prît même pas garde qu'il était là. Et les petites criaient avant de faire les gestes : « la tape devant », ou bien : « génuflexion », ou encore « double virette ». C'est en faisant double virette que Delphine reçut la balle sur le nez. Elle resta d'abord interdite, frottant son nez pour s'assurer que la balle n'en avait rien ôté, puis elle se mit à rire, et Marinette partit à son tour d'un si grand éclat de rire que ses cheveux blonds en étaient tout ébouriffés. Alors, le jars crut qu'elles se moquaient de lui. Son grand cou tendu en avant, l'aile battante et les plumes dressées, il vint à elles d'un air furieux.

— Je vous défends de rester dans mon pré, dit-il.

Il s'était arrêté entre les deux petites et les regardait l'une après l'autre de son petit œil méfiant et coléreux.

Delphine devint sérieuse, mais Marinette, à voir ce lourdaud se dandiner sur ses pieds palmés, rit encore plus haut.

— C'est trop fort, s'écria le jars, je vous répète...

— Tu nous ennuies, coupa Marinette. Va-t'en retrouver tes oisons, et laisse-nous jouer tranquilles.

— Mes oisons, je les attends justement, et je ne veux pas qu'ils se trouvent en compagnie de deux gamines mal élevées. Allons, décampez.

— Ce n'est pas vrai, protesta Delphine. On n'est pas mal élevées.

— Laisse-le donc grogner, dit Marinette. C'est un gros plumeau qui dit des bêtises. D'abord, pourquoi parle-t-il de son pré ? comme si lui, le jars, il pouvait avoir un pré ! Tiens, lance-moi la balle... double virette...

Elle se mit à tourner, et son tablier à carreaux bleus fit un joli rond sur ses genoux. Delphine fit un geste pour lancer la balle.

— Ah ! c'est comme ça ! dit le jars.

Il prit son élan, courut droit à Marinette, et ouvrant son grand bec, lui saisit un mollet qu'il serra de toutes ses forces. Marinette avait très mal, et très peur aussi, parce qu'elle croyait qu'il allait la manger. Mais elle avait beau crier et se débattre, il ne la pinçait que plus fort. Delphine arriva en courant et essaya de le faire lâcher prise. Elle lui donnait des claques sur la tête, le tirait par les ailes et par les pattes, ce qui le rendait plus furieux encore. Enfin, il abandonna le mollet de Marinette, mais ce fut pour saisir celui de Delphine, si bien que les petites pleuraient toutes les deux. Dans un pré voisin, il y avait un âne gris qui tendait le cou par-dessus la clôture et faisait bouger ses oreilles. C'était un très bon âne, doux et patient, comme ils sont presque tous. Il aimait bien les enfants, surtout les petites filles, et quand elles riaient de ses oreilles, il ne se fâchait jamais, quoiqu'il eût un peu de peine ; au contraire, il les regardait avec de bons yeux et faisait semblant de sourire, comme si, lui aussi, il se fût amusé d'avoir des oreilles aussi longues et aussi pointues. Par-dessus la clôture, il avait tout vu, tout entendu, et il était indigné de l'arrogance et de la méchanceté du jars. Tandis que les petites se débattaient, il leur cria de loin :

— Prenez-le par la tête, à deux mains, et faites-lui faire un tourniquet !... Ah ! là là, s'il n'y avait pas cette clôture... Par la tête, je vous dis !

Mais les petites avaient perdu tout sang-froid et ne comprenaient rien aux conseils qu'il leur donnait. Pourtant, elles sentaient au son de sa voix, que l'âne était un ami, et aussitôt qu'elles purent s'échapper, ce fut auprès de lui qu'elles coururent se réfugier. Le jars ne les poursuivit pas, il se contenta de leur crier :

— Et je confisque la balle, pour vous apprendre à me respecter !

En effet, il prit la balle dans son bec se mit à tourner en rond au milieu du pré, en se rengorgeant tellement qu'il était tout en jabot et que sa tête se trouvait renversée entre ses deux ailes. A la fin, c'était agaçant. L'âne, qui était pourtant patient, ne put se tenir de lui crier :

— Voyez donc ce gros niais qui se pavane avec une balle au bec ! Il a bon air, ma foi... Ah ! tu n'étais pas si fier, il y a un mois, quand la maîtresse t'arrachait ton duvet pour faire un oreiller !

De colère et d'humiliation, le jars manqua s'étrangler avec la balle. Les paroles de l'âne lui gâtaient la joie du triomphe, car elles lui rappelaient que son supplice n'allait pas tarder à recommencer : deux fois l'an, la fermière lui arrachait son plus fin duvet, et il avait alors le cou si dénudé que les poulets feignaient de le prendre pour le dindon.

Cependant, il cessait de tourner en rond pour aller à la rencontre de sa famille qui entrait dans le pré. Il y avait une demi-douzaine d'oisons sous la conduite de leur mère l'oie. Ces oisons n'étaient pas de mauvaises bêtes, il n'y avait rien à leur reprocher. Un peu sérieux pour leur âge, mais ce n'est pas un défaut, et ils avaient des plumes jaunes et grises, légères comme une mousse. Pour la mère l'oie, c'était une assez bonne personne. Même, elle paraissait gênée des grands airs que prenait ce jars, et à tout instant le poussait de l'aile en disant :

— Voyons, mon ami, voyons… voyons…

Mais le jars faisait semblant de ne pas entendre ses remontrances. Il tenait toujours la balle dans son bec et menait le troupeau vers le milieu du pré. Enfin, il s'arrêta et, posant la balle, dit à ses oisons :

— Voilà un jouet que j'ai confisqué à deux méchantes gamines qui venaient me manquer de respect dans mon pré. Je vous le donne. Amusez-vous gentiment en attendant l'heure d'aller à l'étang.

Les oisons s'approchèrent de la balle, mais sans entrain, ne comprenant pas comment ils pouvaient s'en amuser. Croyant que c'était un œuf, ils s'en écartèrent presque aussitôt d'un air ennuyé. Le jars se montra très mécontent.

— Je n'ai jamais vu d'oisons aussi sots, gronda-t-il. C'est tout de même malheureux, on s'ingénie à leur trouver des distractions, et voilà comment on en est récompensé. Mais je vais vous apprendre à jouer à la balle, moi, et il faudra bien que vous vous amusiez !

— Voyons, mon ami, voyons... protesta la mère l'oie.

— Ah ! tu les soutiens ? eh bien, tu joueras à la balle aussi !

Comme on voit, le jars n'était guère plus aimable avec les personnes de sa famille, qu'avec les étrangers. Pendant qu'il enseignait le jeu de la balle à l'oie et à ses oisons, les petites arrivaient auprès de l'âne et se glissaient sous la clôture. Le jars les avait mordues si fort qu'elles marchaient en tirant la jambe, mais elles ne pleuraient plus, sauf que Marinette reniflait encore un peu.

— Croyez-vous, dit l'âne, quelle sale bête ! J'en suis encore dans tous mes états... Moi qui serais si content de voir des petites filles jouer autour de moi... Ah ! le grossier personnage !... Mais, dites-moi, est-ce qu'il vous a fait bien mal ?

Marinette lui montra une marque rouge qu'elle avait su la jambe gauche. Delphine avait la même sur la jambe droite.

— Ah ! oui, il nous a fait mal. C'est comme une brûlure.

Alors l'âne baissa la tête, souffla sur les jambes, et les petites n'eurent presque plus mal. C'est parce qu'il était bon. En le remerciant, elles lui caressèrent l'encolure avec amitié. L'âne était content.

— Vous pouvez toucher mes oreilles aussi, leur dit-il. Je vois bien que vous en avez envie.

Elles lui caressèrent aussi les oreilles, un peu étonnées que le poil y fût aussi doux.

— Elles sont longues, n'est-ce pas ? dit-il en baissant la voix.

— Oh ! un peu, répondit Marinette, mais pas tellement, tu sais... en tout cas, elles te vont très bien.

— Si elles n'étaient pas aussi longues, ajouta Delphine, il me semble que je t'aimerais moins...

— Vous croyez ? Allons, tant mieux. Pourtant...

L'âne hésita, puis, craignant d'importuner les petites avec ses oreilles, il se décida à parler d'autre chose.

— Tout à l'heure, quand le jars vous mordait, vous ne m'avez pas compris. Je vous criais de le prendre par la tête et de lui faire un bon tourniquet. Oui, il fallait le saisir à deux mains et faire deux ou trois tours sur vous-mêmes en le tenant à bout de bras. C'est le meilleur moyen de le mettre à la raison. Quand il se retrouve sur ses pieds, il ne sait plus où il en est, il a le vertige et c'est à peine s'il tient debout. Il en garde un si mauvais souvenir qu'il ne mord plus jamais la personne qui lui a donné une pareille leçon.

— C'est bien joli, dit Marinette, mais il faut d'abord lui attraper la tête et risquer de se faire mordre la main...

— C'est vrai que vous êtes des petites filles. Quand même, à votre place, j'essaierais.

Mais les petites secouaient la tête, elles disaient que le jars leur faisait trop peur. Tout à coup, l'âne se mit à rire et s'en excusa en leur montrant le jars, dans son pré, qui jouait à la balle avec sa famille. Il faisait son important, bousculait l'oie, grondait les oisons de leur maladresse, et bien qu'il fût le plus maladroit de la bande, disait à chaque instant : « Regardez comme je fais... prenez modèle sur moi. » Bien entendu, il

n'était pas question de lancer la balle, il fallait se
contenter de la pousser du pied. Delphine, Marinette
et l'âne riaient très fort et ne laissaient pas passer une
occasion de crier : « Il l'a manquée ! »… Le jars ne
voulait pas convenir de sa maladresse et faisait semblant de n'entendre ni les rires ni les moqueries.
Comme il venait de rattraper la balle après l'avoir
manquée dix fois, il crut pouvoir tout oser, et dit à ses
oisons :

— Maintenant, je vais vous montrer à faire double
virette. Toi, la mère l'oie, tu vas me jeter la balle…
Regardez-moi bien.

Il recula de quelques pas en face de la mère l'oie déjà
prête à pousser la balle d'un coup de patte. Il s'assura
que tous les regards étaient fixés sur lui, renfla un peu
son jabot, et cria :

— Nous y sommes ?… double virette !

Tandis que la mère l'oie poussait la balle, il se mit à
tourner sur place comme il avait vu faire aux deux
petites. D'abord, il tourna lentement, mais comme
l'âne lui criait d'aller plus vite, il se lança si bien qu'il
fit trois tours sans pouvoir s'arrêter. Le pauvre jars, à
moitié étourdi, se mit à dodeliner de la tête, fit
quelques pas en titubant, tomba sur le côté droit,
tomba sur le côté gauche, et resta un moment allongé
par terre, le sol affaissé et l'œil à l'envers. L'âne riait si
fort qu'il se roulait dans l'herbe, les quatre fers en l'air.
Les petites n'étaient pas moins gaies, et les oisons eux-
mêmes, malgré tout le respect qu'ils devaient à leur
père, ne pouvaient pas s'empêcher de pouffer dans
leur jabot. Il n'y avait que la mère l'oie qui n'eût pas
envie de rire. Elle se penchait sur le jars, et à mi-voix,
le pressait de se relever.

— Voyons, mon ami, disait-elle, voyons... ce n'est pas convenable... on nous regarde.

Il réussit à se remettre d'aplomb, mais il avait encore mal à la tête et resta une minute sans voix. Aussitôt qu'il put ouvrir le bec, ce fut pour se défendre d'avoir été maladroit.

Cependant, Marinette lui réclamait sa balle.

— Tu vois bien que ce n'est pas un jeu pour les oies, lui dit-elle.

— Et encore moins pour les jars, dit l'âne, on l'a bien vu tout à l'heure, et tu t'es rendu assez ridicule. Allons, rends la balle.

— J'ai dit que je la confisquais, risposta le jars. Il n'y a pas à y revenir.

— Je savais déjà que tu étais un brutal et un menteur. Vraiment, il ne te manquait plus que d'être un voleur.

— Je n'ai rien volé, tout ce qui est dans mon pré m'appartient. Et puis, laisse-moi tranquille. Je n'ai pas de leçon à recevoir d'une bourrique.

A ce dernier mot, l'âne baissa la tête et n'osa plus rien dire. Il avait autant de honte que de chagrin et, regardant les petites à la dérobée, ne savait pas quelle contenance prendre. Mais Delphine et Marinette n'y prenaient pas garde, très ennuyées elles-mêmes d'avoir perdu leur balle.

Elles prièrent encore une fois le jars de la leur rendre, mais il n'écouta même pas. Il se préparait à partir pour l'étang avec sa famille, et il donnait l'ordre à la mère l'oie de prendre la balle dans son bec. Comme l'étang se trouvait derrière les prés, à la lisière du bois, il défila avec les oisons devant la clôture où se tenaient les petites et leur ami l'âne. A ce moment-là, un oison qui aimait s'instruire, montra la balle que portait sa mère et demanda qu'elle espèce d'oiseau l'avait pondue. Ses frères se mirent à rire et le jars dit sévèrement :

— Allons, taisez-vous. Vous êtes un âne.

Il avait fait exprès de parler très haut en jetant un regard de côté. L'âne en reçut un coup au cœur.

Voyant les petites sur le point de pleurer et entendant Marinette qui reniflait déjà, il essaya d'oublier son chagrin pour les consoler.

— Votre balle n'est pas perdue. Savez-vous ce que vous allez faire ? Tout à l'heure quand le jars sera dans l'eau, vous irez à l'étang. Il aura sûrement laissé la balle sur le bord et vous n'aurez qu'à la reprendre. Je vous dirai quand ce sera le moment de partir. En attendant, nous allons causer un peu. Justement, je voudrais vous dire...

L'âne poussa un soupir et toussa pour s'éclaircir la voix. Il paraissait embarrassé.

— Eh bien ! voilà, dit-il. Tout à l'heure, le jars m'a traité de bourrique... Oh ! je sais bien que c'est un de mes noms, mais il l'a dit d'une certaine façon. Et après, quand il est passé devant nous et qu'il a dit à l'un des oisons : « Vous êtes un âne », comme pour le traiter d'imbécile, vous vous rappelez ? Je voudrais savoir pourquoi, en parlant d'un idiot, l'on dit toujours : « C'est un âne. »

Les petites ne purent s'empêcher de rougir, car c'était là une injure qu'elles employaient assez souvent.

— Tenez, reprit l'âne, je me suis laissé dire qu'à l'école, quand un enfant ne comprend rien aux leçons, le maître l'envoie au coin avec un bonnet d'âne sur la tête ! Comme s'il n'y avait rien au monde qui soit plus stupide qu'un âne ! Vous conviendrez que c'est ennuyeux pour moi.

— Je crois qu'en effet on n'est pas très juste, répondit Delphine.

— Vous ne pensez pas que je sois plus bête que le jars ? demanda-t-il.

— Mais non... mais non...

Elles protestaient sans conviction, trop habituées à entendre parler de sa bêtise pour en douter sérieusement. Il comprit qu'il ne réussissait pas à les convaincre de l'injustice dont il était victime. Elles ne le croiraient jamais sans preuves.

— Allons, tant pis, soupira-t-il, tant pis... mes petites, je crois que le moment est venu pour vous d'aller à l'étang. Bonne chance ! Et si vous n'avez pas réussi, faites-le-moi savoir.

En arrivant à l'étang, les petites renoncèrent à l'espoir de reprendre leur balle. Le jars n'était décidément pas aussi sot que l'âne le donnait à entendre, car il avait eu la précaution de la prendre avec lui au milieu de l'étang. Elle flottait à côté des oisons qui s'en amusaient beaucoup mieux qu'ils ne l'avaient fait tout à l'heure dans l'herbe. Ils jouaient à qui l'attraperait le premier, la cachaient sous leurs ailes, et dans un autre moment, les petites eussent pris plaisir à regarder leurs ébats. Le jars n'était plus ce lourdaud qui s'était rendu ridicule dans le pré. Il nageait avec aisance et ne manquait ni de grâce ni de fierté. Il paraissait transformé, et les petites, malgré toute leur rancune, ne pouvaient se défendre de l'admirer. Par contre, il n'avait rien perdu de sa méchanceté, et il leur cria en montrant la balle :

— Ah! ah! Vous aviez cru que je l'aurais laissée sur la rive, n'est-ce pas? Je ne suis pas si bête! Je l'ai mise à l'abri et vous ne la tenez pas encore!

Ce qu'il ne disait pas, c'est qu'en arrivant à l'étang, il était si dégoûté de la balle qu'il l'avait jetée à l'eau, pensant qu'elle dût aller au fond comme un simple caillou. Il avait été le premier surpris de la voir flotter, mais devant les petites, il était trop orgueilleux pour convenir de son étonnement. Delphine essaya encore une fois de le fléchir, et lui parla poliment.

— Allons, jars, sois raisonnable, rends-nous la balle... nos parents vont nous gronder.

— S'ils vous grondent, ce sera bien fait. Vous apprendrez ce qu'il en coûte de venir faire les têtes folles dans mon pré. Si je les rencontrais, vos parents, je leur dirais qu'ils élèvent bien mal leurs filles. Je voudrais voir quel accueil ils feraient à mes oisons, s'ils s'avisaient d'aller jouer chez eux sans leur permission. Heureusement, les chers petits savent se conduire, et c'est donc à moi qu'ils le doivent.

— Tais-toi donc, tu ne sais dire que des âneries, lui jeta Marinette en haussant les épaules.

Aussitôt, elle se mordit les lèvres et regretta cette parole désobligeante pour l'âne.

— Des âneries? s'écria le jars. Insolentes! je vais vous arranger les mollets, moi! Laissez-moi seulement sortir de l'eau.

Il nageait déjà vers la rive, et les petites, qui portaient encore sur les jambes la trace de son bec se sauvèrent en courant.

— Ah! vous faites bien de vous sauver, dit le

jars, j'allais vous mordre jusqu'au sang ! Et quand à la balle, n'espérez pas la revoir jamais. J'ai pensé pour elle à une fameuse cachette ! Bien fin qui saura la trouver.

Les petites rentrèrent chez elles sans oser passer auprès de l'âne, car Marinette songeait avec remords au mot malheureux qui venait de lui échapper. D'ailleurs, le temps avait brusquement changé et il faisait très froid. Le ciel était sans nuages, il soufflait du nord un vent glacial qui pinçait les jambes. Delphine et Marinette s'attendaient à être grondées, mais les parents ne prirent pas garde qu'elles rentraient sans leur balle.

— On n'a jamais vu un froid pareil à cette saison, disait le père. Je suis sûr que cette nuit il va geler à pierre fendre.

— Heureusement, disait la mère, ces froids-là ne dureront pas. Il est trop tôt.

En quittant l'étang, le jars et sa famille repassèrent devant la clôture de l'âne. La mère l'oie portait dans son bec la balle des petites, et les oisons se plaignaient à leur père qu'il fît un peu frais.

— Ah ! ah ! je vois qu'on n'a pas voulu rendre la balle ! dit l'âne. Mais j'espère que ce sera pour demain.

— Ni pour demain, ni pour après-demain, riposta le jars. Je la garde et je vais, de ce pas, la mettre en lieu sûr, dans une cachette de ma façon.

— Les cachettes d'un jars, ça ne doit pas valoir grand-chose.

— En tout cas, ce n'est pas un bourricot de ton espèce qui saura trouver la mienne !

— Peuh ! répondit l'âne, je ne prendrai même pas

la peine de chercher... je saurai bien te faire rendre la balle sans me déranger !

— Je serais curieux de voir ça, ricana le jars.

Il s'éloigna pour rejoindre sa famille, mais après quelques pas, il se ravisa et dit méchamment :

— Ces deux gamines sont décidément bien insupportables. Tout à l'heure, je les ai entendues répondre à une personne qui parlait à tort et à travers : « Taistoi, tu dis des âneries. » Oui, voilà ce qu'elles ont répondu.

— Et la personne qui parlait à tort et à travers, c'était sûrement toi...

Le jars partit sans répondre, mais on voyait bien qu'il était dépité. L'âne, demeuré seul, pensa longtemps à la réponse des petites.

Tout à coup, il se mit à rire tout seul à cause d'une idée qui lui venait du bout de ses oreilles mordues par le froid.

Le lendemain matin, il gagna son pré de bonne heure. Il faisait un très grand froid, comme on n'en avait pas vu depuis longtemps. L'âne se posta au bord de la clôture, en dansant sur ses quatre pattes pour se réchauffer. Il aperçut d'abord les petites qui allaient à l'école et les appela. S'étant assurées que le jars n'était pas dans son pré, elles vinrent lui dire bonjour.

— Est-ce que vos parents vous ont grondées, petites ? leur demanda-t-il.

— Non, dit Marinette, ils ne se sont pas encore aperçus que la balle était perdue.

— Eh bien, soyez tranquilles, petites. Je puis vous assurer que demain soir, elle vous sera rendue.

Il n'y avait pas cinq minutes que les petites étaient parties quand il vit arriver le jars marchant en tête de sa tribu. L'âne salua toute la famille et demanda à la mère l'oie où ils allaient de si bonne heure.

— Nous allons à l'étang pour la baignade du matin, répondit-elle.

— Ma chère bonne oie, dit l'âne, j'en suis bien fâché, mais j'ai décidé que vous ne prendriez pas de bain ce matin.

Le jars se mit à rire et dit avec un air de pitié :

— Et tu as cru qu'il te suffisait de décider pour que j'obéisse ?

— Je ne sais pas quelles sont tes dispositions, mais il faudra bien m'obéir, car j'ai fait boucher l'étang pendant la nuit, et je ne le déboucherai pas avant que tu n'aies rendu la balle des petites.

Le jars pensa que l'âne avait perdu la tête et dit à ses oisons :

— Allons, en route pour le bain. Je ne vois pas pourquoi je consens à écouter les discours de cette bourrique.

Lorsqu'ils furent en vue de l'étang, les oisons poussèrent des cris de joie en disant que la surface de l'eau n'avait jamais été aussi polie et aussi brillante. Le jars n'avait jamais vu de glace et n'en avait même pas entendu parler, car l'hiver précédent avait été si tiède qu'il n'avait gelé nulle part. Il lui sembla aussi que l'eau était plus belle qu'à l'ordinaire, et cela le mit de bonne humeur.

— Voilà qui nous promet un bain agréable, dit-il.

Comme toujours, il descendit le premier dans l'étang et poussa un cri d'étonnement. Au lieu de s'enfoncer dans l'eau, il continuait à marcher sur la surface dure comme de la pierre. Derrière lui, la mère et les oisons étaient muets de stupéfaction.

— Est-ce qu'il aurait vraiment bouché l'étang ?
grommelait le jars. Mais non, ce n'est pas possible…
nous allons trouver l'eau un peu plus loin.

Ils traversèrent l'étang plusieurs fois, et partout, ils
trouvèrent sous leurs pieds cette même surface de
métal froid.

— C'est pourtant vrai qu'il a bouché notre étang,
convint le jars.

— Quel ennui ! dit la mère l'oie. Une journée sans
bain est une triste journée, surtout pour les enfants.
Tu devrais bien rendre la balle…

— Laisse-moi tranquille, je sais ce que j'ai à faire.
Et surtout, silence sur cette aventure… qu'on n'aille
pas apprendre que je suis tombé sous la coupe d'une
bourrique.

La tribu rentra à la basse-cour se cacher dans un
coin. Pour passer devant la clôture, elle fit un large
détour, mais l'âne cria :

— Est-ce que tu rends la balle ? Est-ce que je dois
déboucher l'étang ?

Le jars ne répondit pas, trop orgueilleux pour céder
du premier coup. Toute la matinée, il fut d'une
humeur massacrante et ne toucha pas à sa pâtée. Vers
le commencement de l'après-midi, il se demanda s'il
était possible que l'âne eût bouché l'étang et s'il n'avait
pas rêvé. Après bien des hésitations, il se décida à y
aller voir. Il lui fallut constater qu'il n'avait pas rêvé.
L'étang était solidement bouché. A l'aller et au retour,
l'âne lui demanda encore s'il était prêt à rendre la
balle.

— Prends garde qu'il ne soit trop tard quand tu t'y
décideras !

Mais le jars passa la tête haute. Enfin, le lendemain

matin, ne voulant pas engager lui-même les pourparlers, il envoya la mère l'oie auprès de l'âne. Delphine et Marinette se trouvaient justement là. Il faisait moins froid que la veille et la glace fondait déjà sur l'étang.

— Ma chère bonne oie, déclara l'âne (et il faisait semblant d'être en colère), je ne veux rien entendre avant d'avoir la balle. Vous pouvez aller le dire à votre époux. J'en suis ennuyé pour vous qui êtes bonne personne, mais ce jars est un entêté qui fait le malheur de sa famille.

La mère l'oie repartit à grands pas, et les petites, qui avaient eu de la peine à cacher leur envie de rire, purent s'amuser à leur aise.

— Pourvu que le jars n'aille pas faire un tour à l'étang avant de se décider, dit Delphine. Il verrait bien que le couvercle est en train de fondre.

— Ne craignez rien, dit l'âne, vous allez le voir arriver avec la balle.

En effet, le jars ne tarda pas à arriver à la tête de son troupeau. Il tenait la balle dans son bec et la jeta d'un geste rageur de l'autre côté de la clôture. Marinette la ramassa, et le jars se disposait à gagner l'étang, mais l'âne le rappela d'un ton sec.

— Ce n'est pas tout, lui dit-il. Maintenant, il s'agit de faire des excuses à ces deux petites que tu as mordues l'autre jour.

— Oh ! mais non, ce n'est pas la peine, protestèrent les petites.

— Si, j'exige des excuses. Je ne déboucherai pas avant qu'il ne vous ait demandé pardon.

— Moi, faire des excuses ? s'écria le jars. Ah ! jamais ! j'aimerais mieux me passer de bains toute ma vie !

Il rebroussa chemin aussitôt avec toute sa famille et regagna la cour de la ferme où il essaya d'oublier l'étang en pataugeant dans une flaque d'eau boueuse. Il tint bon pendant toute une semaine, et lorsqu'il se résigna aux excuses, il y avait six jours que la glace était fondue sur l'étang ; il faisait si chaud qu'on se serait cru au printemps.

— Je vous demande pardon de vous avoir mordu les jambes, prononça le jars que la colère faisait bégayer. Je fais le serment de ne pas recommencer.

— Voilà qui est bien, dit l'âne, je débouche l'étang. Allez vous baigner.

Ce jour-là, le jars fit durer la baignade longtemps. Lorsqu'il fut de retour à la ferme, le bruit de sa mésaventure commençait à se répandre et il lui fallut subir les railleries de toutes les bêtes. Chacun s'émerveillait que le jars pût être aussi sot et l'âne aussi malin. Aussi n'est-il plus question, depuis ce jour-là, de la bêtise de l'âne ; et l'on dit, au contraire, d'un homme à qui l'on veut faire compliment de son intelligence qu'il est fin comme un âne.

L'âne et le cheval

Delphine et Marinette se couchèrent chacune dans son lit, mais comme il faisait un grand clair de lune qui entrait jusque dans leur chambre, elles ne s'endormirent pas tout de suite.

— Tu ne sais pas ce que je voudrais être ? dit Marinette qui était un peu plus blonde que sa sœur. Un cheval. Oui, j'aimerais bien être un cheval. J'aurais quatre bons sabots, une crinière, une queue en crin, et je courrais plus fort que personne. Naturellement, je serais un cheval blanc.

— Moi, dit Delphine, je n'en demande pas tant. Je me contenterais d'être un âne gris avec une tache blanche sur la tête. J'aurais quatre sabots aussi, j'aurais deux grandes oreilles que je ferais bouger pour m'amuser et surtout, j'aurais des yeux doux.

Elles causèrent encore un moment et le sommeil les surprit comme elles exprimaient une dernière fois le désir, Marinette d'être un cheval, Delphine un âne gris avec une tache blanche sur la tête. La lune se coucha environ une heure plus tard. Suivit une nuit noire et épaisse comme jamais pareille. Plusieurs personnes du village dirent le lendemain qu'elles avaient entendu dans ces ténèbres un bruit de chaînes, en même temps qu'une petite musique de poche et aussi le sifflement de la tempête, quoique le vent ne se fût levé à aucun moment. Le chat de la maison, qui était sans doute averti de bien des choses, passa plusieurs fois sous les fenêtres des petites et les appela du plus fort qu'il put, mais leur sommeil était si profond qu'elles ne l'entendirent pas. Il envoya le chien qui ne réussit pas mieux.

De grand matin, Marinette entrouvrit les yeux et il lui sembla qu'entre ses cils elle apercevait dans le lit de sa sœur deux grandes oreilles poilues qui bougeaient sur l'oreiller. Elle-même se sentait assez mal couchée, comme embarrassée de sa personne, empêtrée dans les draps et les couvertures. Néanmoins, le sommeil l'emporta sur la curiosité, et ses paupières se refermèrent. Delphine, tout ensommeillée elle aussi, jeta sur le lit de sa sœur un coup d'œil rapide. Elle le trouva bien volumineux, étrangement ballonné, et se rendormit néanmoins. Un instant plus tard, elles s'éveillaient pour de bon et louchaient sur le bas de leurs figures qui leur paraissaient s'être allongées et avoir changé d'aspect. En tournant la tête vers le lit de Marinette, Delphine poussa un cri. Au lieu de la tête blonde qu'elle croyait voir sur l'oreiller, il y avait une tête de cheval. De son côté, Marinette ne fut pas moins surprise d'avoir une face d'âne en vis-à-vis et poussa également un cri. Les deux pauvres sœurs, roulant de gros yeux, tendaient le cou hors de leurs lits pour se regarder de plus près et avaient peine à comprendre ce qui leur était arrivé. Chacune se demandait où avait bien pu passer sa sœur et pourquoi une bête avait pris place dans son lit. Marinette avait presque envie d'en rire, mais s'étant elle-même examinée, elle vit son poitrail, ses membres poilus munis de sabots et comprit que les vœux de la veille s'étaient réalisés. Delphine regardait aussi son poil gris, ses sabots, l'ombre de ses longues oreilles sur le drap blanc, et la vérité lui apparut. Elle poussa un soupir qui fit un grand bruit en passant sur ses lèvres molles.

— C'est toi Marinette ? demanda-t-elle à sa sœur avec une voix tremblante qu'elle ne reconnaissait plus.

— Oui, répondit Marinette. C'est toi, Delphine ?

Non sans peine, elles descendirent de leurs lits et se mirent sur leurs quatre pattes. Delphine, devenue un bel ânon, était beaucoup plus petite que sa sœur, un solide percheron qui la dépassait d'une bonne encolure.

— Tu as un beau poil, dit-elle à sa sœur, et si tu voyais ta crinière, je crois que tu serais contente...

Mais le pauvre grand cheval ne pensait pas à courir. Il regardait sa robe de petite fille, posée la veille sur une chaise au chevet du lit, et à l'idée qu'il n'entrerait peut-être jamais plus dedans, il était malheureux et il tremblait des quatre membres. L'âne gris faisait de son mieux pour le rassurer et, voyant que toutes ses paroles ne pouvaient rien, il lui caressait l'encolure avec son museau ou encore avec ses grandes oreilles douces. Quand la mère entra dans la chambre, ils étaient serrés l'un contre l'autre, le cheval baissant la tête sur celle de l'ânon et ni l'un ni l'autre n'osèrent lever les yeux. Elle trouva singulière l'idée de ses filles d'avoir introduit dans leur chambre ces deux animaux qui n'appartenaient même pas à leurs parents et se déclara très mécontente.

— Au fait, où sont donc mes deux têtes folles ? Il faut qu'elles se soient cachées dans la chambre, puisque leurs habits sont restés sur les chaises. Allons, sortez de vos cachettes ! Je ne suis pas d'humeur à jouer...

Ne voyant rien venir, la mère alla tâter les deux lits et, comme elle se penchait pour regarder dessous, elle entendit murmurer :

— Maman... maman...

— Oui, oui, je vous entends... Allons, montrez-vous. J'ai à vous dire que je ne suis pas contente du tout...

— Maman... maman... entendit-elle de nouveau.

Et c'étaient de pauvres voix rauques qu'elle avait peine à reconnaître. Ne trouvant pas ses filles dans la chambre, elle se retourna pour les interroger, mais le triste regard que l'âne et le cheval fixaient sur elle, la laissa d'abord interdite. Ce fut l'âne qui parla le premier.

— Maman, dit-il, ne cherche ni Marinette ni Delphine... Vois-tu ce grand cheval ? C'est lui qui est Marinette et c'est moi qui suis Delphine.

— Qu'est-ce que vous me chantez ? Je vois bien que vous n'êtes pas mes filles !

— Si, maman, dit Marinette, nous sommes tes deux filles...

La pauvre mère finit par reconnaître les voix de Marinette et Delphine. Appuyant leurs deux têtes sur ses épaules, elles pleurèrent longtemps avec elle.

— Restez là un moment, leur dit-elle, je vais chercher votre père.

Le père vint à son tour et, quand il eut bien pleuré, il réfléchit à la nouvelle vie qu'imposait à ses filles leur changement d'état. D'abord, il ne pouvait plus être question pour elles de loger dans leur chambre, qui se trouvait trop étroite pour ces grandes bêtes. Le mieux qu'on eût à faire était de les installer à l'écurie avec une litière fraîche et un râtelier bien garni de foin. Le père, marchant derrière elles, les suivit dans la cour et, regardant le cheval, murmura distraitement :

— C'est tout de même une belle bête.

Quand il faisait beau, l'âne et le cheval ne restaient guère à l'écurie et s'en allaient par les prés où ils passaient le temps à brouter et à parler des deux petites filles qu'ils étaient autrefois.

— Tu te rappelles, disait le cheval, un jour qu'on était dans ce pré-là, il est venu un jars qui nous a pris notre balle.

— Et il nous a mordu les mollets...

Et les deux animaux finissaient par fondre en larmes. Aux heures des repas, quand les parents mangeaient, ils venaient s'asseoir dans la cuisine, à côté du chien, et suivaient tous leurs gestes d'un tendre regard. Mais après quelques jours, on leur fit entendre qu'ils étaient trop gros, trop encombrants et que leur place n'était plus à la cuisine. Ils leur fallut se contenter de passer leurs têtes par la fenêtre en restant dans la cour. Les parents avaient toujours un grand chagrin de l'aventure survenue à Delphine et Marinette, mais au bout d'un mois ils n'y pensaient plus autant et s'habituaient très bien à la vue de l'âne et du cheval. Pour tout dire, ils les traitaient avec moins d'attention. Par exemple, la mère ne prenait plus le soin, comme aux premiers jours, de nouer la crinière du cheval avec le ruban qui servait à Marinette, ni d'attacher un bracelet-montre à la jambe de l'âne. Et, un jour qu'il déjeunait de mauvaise humeur, le père, avisant les deux animaux qui passaient leurs têtes par l'entrebâillement de la fenêtre, leur cria :

— Allons, ôtez-vous de là, tous les deux ! Ce n'est pas l'affaire des bêtes d'avoir toujours un œil dans la cuisine... Aussi bien, qu'est-ce que vous faites de traîner dans la cour à n'importe quel moment de la journée, et de quoi la maison a-t-elle l'air ? Hier, je vous ai vus dans le jardin, c'est encore bien plus fort ! Mais j'entends qu'à partir de maintenant vous vous teniez dans le pré ou à l'écurie.

Ils s'éloignèrent la tête basse, plus malheureux qu'ils n'avaient jamais été. De ce jour, ils prirent bien garde à ne pas se trouver sur le chemin du père et ne le virent plus guère qu'à l'écurie, où il venait faire la litière. Les parents leur paraissaient plus redoutables qu'autrefois, et ils se sentaient toujours coupables d'ils ne savaient quelle faute.

Un dimanche après-midi qu'ils broutaient dans le pré, ils virent arriver leur oncle Alfred. Du plus loin, il cria aux parents :

— Bonjour ! C'est moi, l'oncle Alfred ! Je suis venu vous dire bonjour et embrasser les deux petites... Mais je ne les vois pas ?

— Vous n'avez pas de chance, répondirent les parents. Elles sont justement chez leur tante Jeanne !

L'âne et le cheval avaient bien envie de dire à l'oncle Alfred que les petites n'avaient pas quitté la maison et qu'elles étaient devenues les deux malheureuses bêtes qu'il avait sous les yeux. Il n'aurait su rien changer à leur état, mais il pouvait encore pleurer avec elles, et c'était quelque chose. Ils n'osèrent parler, craignant d'irriter les parents.

— Ma foi, dit l'oncle Alfred, j'aurai regret de n'avoir pas vu mes deux blondes... Mais dites-moi, vous avez un beau cheval et un bel âne. Je ne les avais jamais vus et vous ne m'en avez pas parlé dans votre dernière lettre.

— Il n'y a pas un mois qu'ils sont à l'écurie.

L'oncle Alfred, caressant les deux bêtes, fut tout surpris de la douceur de leurs regards et de l'empressement qu'elles mettaient à tendre le col aux caresses. Il le fut bien davantage quand le cheval ploya les genoux devant lui et dit :

— Vous devez être bien fatigué, oncle Alfred. Montez donc sur mon dos et je vous conduirai jusqu'à la cuisine.

— Donnez-moi votre parapluie, dit l'âne, ce n'est pas la peine de vous en embarrasser. Accrochez-le plutôt à l'une de mes oreilles.

— Vous êtes bien aimables, répondit l'oncle, mais il y a si peu de chemin que ça ne vaut pas de vous déranger.

— Vous nous auriez fait plaisir, soupira l'ânon.

— Voyons, coupèrent les parents, laissez votre oncle tranquille et allez-vous-en au fond du pré. Votre oncle vous a assez vus.

Cette façon de dire « votre oncle » en parlant de lui à un âne et à un cheval étonna un peu le visiteur. Mais comme il se sentait de l'amitié pour les deux bêtes, il n'en fut pas du tout choqué. En s'éloignant vers la maison, il se retourna plusieurs fois pour leur faire signe avec son parapluie.

Bientôt, la nourriture devint moins abondante. La provision de foin avait beaucoup diminué et on la ménageait pour les bœufs et les vaches qui méritaient, soit par leur travail, soit par la qualité de leur lait, des soins particuliers. Pour l'avoine, il y avait beau temps que l'âne et le cheval n'en voyaient plus. On ne les laissait même plus aller dans les prés, car il fallait laisser pousser l'herbe en prévision de la récolte de foin. Ils ne trouvaient plus à brouter qu'aux fossés et aux talus des chemins.

Les parents n'étant pas assez riches pour nourrir tous ces animaux prirent le parti de vendre les bœufs et de faire travailler l'âne et le cheval. Un matin, donc, le cheval fut attelé à la voiture par le père, tandis que la mère emmenait au marché de la ville l'âne chargé de deux sacs de légumes. Le premier jour, les parents montrèrent beaucoup de patience. Le lendemain, ils se bornèrent à leur adresser des observations. Puis ils leur firent de violents reproches, s'emportant jusqu'aux injures. Le cheval en était si effrayé qu'il perdait la direction, ne sachant plus ni hue ni dia. Alors le père tirait si rudement sur les guides qu'il lui échappait un hennissement de douleur, à cause du mors qui lui blessait cruellement les lèvres.

Un jour, que l'attelage était dans une montée très rude, le cheval, essoufflé, allait avec peine et s'arrêtait à chaque instant. Il avait un lourd fardeau à tirer et n'était pas encore entraîné à fournir un pareil effort. Assis sur la voiture et les rênes en mains, le père s'impatientait de sa lenteur et des arrêts trop fréquents qui rendaient les reprises laborieuses. D'abord, il s'était contenté de l'encourager par des claquements de langue. N'ayant pas satisfaction, il se prit à jurer et il lui échappa de dire qu'il n'avait jamais vu d'aussi méchante carne. De saisissement, le cheval s'arrêta court et les jambes lui mollirent.

— Allons, hue ! cria le père. Hue donc ! sale bête !
Attends voir, je vais te faire avancer !

Furieux, il le menaça de son fouet à plusieurs
reprises et lui en cingla les flancs. Le cheval ne se
plaignit pas, mais il tourna la tête vers son père et le
regarda d'un air si triste que le fouet lui échappa des
mains et qu'il rougit jusqu'aux oreilles. Sautant à bas
de la voiture, il alla se jeter au cou de son cheval et lui
demanda pardon de s'être laissé aller à une si grande
dureté.

— J'oubliais ce que tu es encore pour moi. Vois-tu,
il me semblait n'avoir plus affaire qu'à un simple
cheval.

— Quand même, dit l'animal. Oui, quand même
c'eût été un simple cheval, il ne fallait pas lui donner
du fouet aussi fort.

Le père promit qu'à l'avenir il saurait se garder
d'être aussi emporté, et il est vrai qu'il resta longtemps
sans plus se servir de son fouet. Mais un jour que
l'heure le pressait, il n'y tint plus et lui donna un coup
sur les jambes. L'habitude fut bientôt prise et il se mit
à cingler sa bête presque sans y penser. Quand il lui
venait l'ombre d'un remords, il disait en haussant les
épaules :

— On a un cheval ou on n'en a pas. Il faut pourtant
bien arriver à se faire obéir.

La situation de l'âne n'était guère plus enviable.
Chaque matin, portant une lourde charge sur son dos,
il s'en allait au marché de la ville, et par tous les temps.
Quand il pleuvait, sa mère ouvrait son parapluie, mais
ne se souciait pas s'il avait le poil mouillé.

— Autrefois, disait-il, du temps où j'étais une petite
fille, tu ne m'aurais pas laissé mouiller ainsi.

— S'il fallait prendre avec les ânes toutes les précautions qu'on prend avec des enfants, répondait la mère, tu ne servirais pas à grand-chose, et je ne sais pas trop ce que nous ferions de toi.

Pas plus que le cheval, il n'échappait à être battu. Comme il arrive aux ânes, il était parfois très entêté. A certains carrefours, il s'arrêtait brusquement sans qu'on sût pourquoi et refusait d'avancer. La mère essayait d'en venir à bout par la douceur.

— Voyons, disait-elle en le caressant, sois raisonnable, ma petite Delphine. Tu as toujours été une bonne fille, une enfant obéissante...

— Il n'y a plus de petite Delphine, répliquait-il sans se fâcher. Il n'y a rien qu'un âne qui ne veut pas bouger de place.

— Allons, ne fais pas ta mauvaise tête, tu sais bien que ce n'est pas ton intérêt. Je vais compter jusqu'à dix. Réfléchis.

— C'est tout réfléchi !

— Un, deux, trois, quatre...

— Je ne bougerai pas d'un pas.

— ... Cinq, six, sept...

— On me couperait plutôt les oreilles.

— ... Huit, neuf, dix ! Tu l'auras voulu, sale bête !

Et il recevait sur l'échine une volée de coups de bâton qui finissait toujours par le décider. Mais le plus pénible, dans la nouvelle vie de l'âne et du cheval, c'était la séparation. A l'école ou à la maison, Delphine et Marinette ne s'étaient jamais quittées d'une heure. Âne et cheval, ils travaillaient chacun de son côté et, le soir, à l'écurie, se retrouvaient si harassés qu'à peine, avant de s'endormir, avaient-ils le temps d'échanger quelques plaintes sur la dureté de leurs maîtres. Aussi attendaient-ils avec impatience le repos du dimanche. Ce jour-là, ils n'avaient rien à faire et passaient le temps ensemble au-dehors ou à l'écurie. Ils avaient obtenu des parents de pouvoir jouer avec leur poupée qu'ils tenaient couchée dans la mangeoire sur un lit de paille. N'ayant pas de mains pour la saisir, ils ne pouvaient ni la bercer, ni l'habiller, ni la peigner, ni rien lui donner des soins qu'exige d'habitude une poupée. Le jeu consistait surtout à la regarder et à lui parler.

— C'est moi ta maman Marinette, disait le grand cheval. Ah ! je vois bien que tu me trouves un peu changée.

— C'est moi ta maman Delphine, disait l'ânon. Il ne faut pas trop faire attention à mes oreilles.

L'après-midi, ils allaient brouter au long des chemins et parlaient longuement de leurs misères. Le cheval, qui était d'humeur plus vive que son compagnon, prononçait contre les maîtres des paroles de colère.

— Ce qui m'étonne, disait-il, c'est que les autres bêtes acceptent d'être menées aussi durement. C'est bon pour nous qui sommes de la maison ! Je sais bien que s'ils n'étaient pas mes parents, je me serais déjà sauvé depuis longtemps.

En disant cela, le grand cheval ne pouvait pas s'empêcher de sangloter et l'ânon reniflait de toutes ses forces.

Un dimanche matin, les parents firent entrer dans l'écurie un homme qui avait une grosse voix et qui portait une blouse bleue. Il s'arrêta derrière le cheval et dit aux parents qui le suivaient :

— Voilà ma bête. C'est bien elle que j'aie vue

trotter l'autre jour sur la route. Oh ! j'ai bonne
mémoire, et quand une fois j'ai aperçu un cheval, je le
reconnaîtrais entre mille. Il faut dire aussi que c'est
mon métier.

Il se mit à rire et ajouta en donnant au cheval une
claque d'amitié :

— Il n'est pas plus vilain qu'un autre. Je dirai
même qu'il est assez à mon goût.

— On vous l'a montré pour vous faire plaisir, dirent
les parents. Pour le reste, n'y comptez pas.

— On dit toujours ça, fit l'homme, et après on
change d'avis.

Cependant, il tournait autour du cheval, l'examinait
de tout près, lui palpait le ventre et les membres.

— Vous n'avez pas bientôt fini ? lui dit le cheval. Je
n'aime pas beaucoup ces façons-là, moi !

L'homme ne fit qu'en rire et, lui retroussant les
lèvres, se mit à examiner ses dents. Après quoi, il se
tourna vers les parents :

— Et si je mettais deux cents avec ? leur dit-il.

— Non, non, firent les parents en secouant la tête ;
ni deux cents, ni trois cents... Ce n'est pas la peine !

— Et si j'en mettais cinq ?

Les parents tardèrent un peu à répondre. Ils étaient
devenus tout rouges et n'osaient pas le regarder.

— Non, murmura enfin la mère et si bas qu'on
l'entendit à peine. Oh ! non.

— Et si j'en mettais mille ? s'écria l'homme à la
blouse, et il avait une grosse voix d'ogre qui commençait à effrayer le cheval et l'ânon. Hein ? si j'en mettais
mille de plus ?

Le père voulut répondre quelque chose, mais sa voix
s'embarrassa, il se mit à tousser et fit signe à l'homme

qu'ils seraient plus à l'aise de causer dehors. Ils sortirent dans la cour et furent bientôt d'accord.

— Entendu pour le prix, dit l'homme. Mais, avant d'acheter, je veux le voir marcher et courir devant moi.

Le chat qui sommeillait sur la margelle du puits n'eut pas plus tôt entendu ces paroles qu'il courut à l'écurie et dit à l'oreille du cheval :

— Quand les maîtres te feront sortir dans la cour, tu feras bien de boiter d'une patte aussi longtemps que l'homme te regardera.

Le cheval entendit l'avis et en passant le seuil de l'écurie, il fit semblant d'avoir très mal à la jambe et se mit à boiter.

— Tiens, tiens, tiens ! dit l'homme aux parents. Vous ne m'avez pas dit qu'il avait mal à la jambe. Voilà qui change bien les choses.

— Ce ne peut être qu'un caprice, affirmèrent les parents. Ce matin encore, il était sain des quatre pattes.

Mais l'homme ne voulut rien entendre et partit sans plus regarder le cheval. Les parents remirent la bête à l'écurie, non sans mauvaise humeur.

— Tu l'as fait exprès ! gronda le père. Ah ! la maudite carne, je suis sûr qu'il l'a fait exprès !

— Maudite carne ? fit l'ânon. Je pense que voilà une façon agréable d'appeler la plus jeune de ses filles, et qui fait honneur à des parents !

— Je n'ai pas à prendre l'avis d'une bourrique, répliqua le père. Mais, pour une fois et parce que c'est dimanche, je veux bien me donner la peine de répondre à tes insolences. A t'entendre, on dirait vraiment que nous sommes les parents d'un cheval et d'un âne. Si vous avez pu croire que nous acceptions

un mensonge aussi sot, détrompez-vous. Je vous
demande un peu quelle personne raisonnable enten-
drait raconter sans hausser les épaules, que deux
jeunes filles se sont changées, l'une en cheval et
l'autre, en ânon ? La vérité, c'est que vous êtes deux
animaux, et rien de plus. Je ne peux même pas dire
que vous soyez des animaux modèles, il s'en faut bien :

D'abord, l'ânon ne trouva rien à répliquer, tant il
avait de chagrin de se voir ainsi renié par ses parents. Il
alla frotter sa tête contre celle du cheval pour lui dire
que si leurs parents l'oubliaient, il pouvait toujours
compter sur son compagnon d'écurie.

— Avec mes quatre pattes et mes grandes oreilles,
je reste ta sœur Delphine, ils auront beau dire !

— Maman, demanda le cheval, est-ce que toi aussi,
tu crois que nous ne sommes pas tes filles ?

— Vous êtes deux bonnes bêtes, répondit la mère
avec un peu d'embarras, mais je sais bien que vous ne
pouvez être mes filles.

— Vous ne leur ressemblez en rien, affirma le père.
Et puis, en voilà assez là-dessus ! Allons-nous-en,
femme.

Les parents quittèrent l'écurie, mais pas si vite que
l'ânon n'eût encore le temps de leur dire :

— Puisque vous êtes si sûrs que nous ne sommes
pas vos filles, je vous trouve bien légers de n'être pas
plus inquiets. Voilà de drôles de parents qui voient
disparaître un matin leurs deux filles et qui ne s'en
soucient pas davantage ! Les avez-vous seulement
cherchées dans le puits, dans la mare, dans les bois ?
Les avez-vous réclamées aux camps-volants ?

Les parents ne répondirent pas, mais lorsqu'ils
furent dans la cour, la mère dit en soupirant :

— Quand même... si c'étaient les deux petites ?

— Mais non ! gronda le père. Qu'est-ce que tu racontes ! Il faut pourtant qu'on en finisse avec ces bêtises. On n'a jamais vu une enfant, ni même une grande personne, se changer en bourrique ou en n'importe quel animal. Dans les premiers temps, nous avons été assez simples pour croire tout ce que ces bêtes nous racontaient, mais nous serions ridicules de les croire encore !

Les parents feignirent de n'avoir plus le moindre doute sur toute cette affaire, et peut-être étaient-ils sincères. En tout cas, ils ne s'informèrent nulle part si l'on avait vu Delphine et Marinette et ne parlèrent à personne de leur disparition. Quand on demandait des nouvelles des petites, ils répondaient qu'elles étaient chez leur tante Jeanne. Parfois, quand les parents se trouvaient dans l'écurie, l'âne et le cheval leur chantaient une petite chanson que le père avait apprise autrefois à ses deux enfants.

— Est-ce que tu ne reconnais pas la chanson que tu nous as apprise ? disaient-ils.

— Oui, répondait le père, je la reconnais, mais c'est une chanson qu'on peut apprendre partout.

Après plusieurs mois d'un dur travail, l'âne et le cheval avaient fini par oublier ce qu'ils avaient été autrefois. S'ils s'en souvenaient, par aventure, c'était comme d'un conte auquel ils ne croyaient plus qu'à demi. D'ailleurs, leurs souvenirs ne concordaient pas. Ils prétendaient tous les deux avoir été Marinette, et un jour qu'ils s'étaient querellés à ce propos, ils décidèrent de n'en parler jamais plus. Ils s'intéressaient chaque jour davantage à leur métier, à leur condition d'animaux domestiques et ils trouvaient naturel d'être roués de coups par les maîtres.

— Ce matin, disait le cheval, je me suis fait cingler les jambes, et je ne l'avais pas volé. Jamais je n'avais été aussi étourdi.

— Moi, disait l'ânon, c'est toujours la même chose. Je me suis fait rosser pour avoir été trop têtu. Il faudra pourtant que je me corrige.

Ils ne jouaient plus à la poupée et n'auraient pas compris qu'on pût en faire un jeu. Maintenant, ils voyaient venir le dimanche presque sans plaisir. Les jours de repos leur paraissaient d'autant plus longs qu'ils n'avaient pas grand-chose à se dire. Leur meilleure distraction était de disputer s'il était plus harmonieux de braire ou de hennir. A la fin, ils en venaient aux injures et se traitaient de bourrique et de canasson.

Les parents étaient contents de leur cheval et de leur ânon. Ils disaient n'avoir jamais vu des bêtes aussi dociles et se félicitaient de leurs services. De fait, le travail de ces animaux les avait enrichis et ils s'étaient acheté chacun une paire de souliers.

Un matin de très bonne heure, le père entra dans l'écurie pour donner l'avoine à son cheval et il fut bien étonné. Couchées sur la paille, à la place des deux animaux, il y avait deux petites filles, Delphine et Marinette. Le pauvre homme n'en pouvait croire ses yeux et pensait à son cheval qu'il ne verrait plus. Il alla informer la mère et revint avec elle à l'écurie pour prendre les deux petites, et, tout endormies, les porter dans leurs lits.

Quand Delphine et Marinette s'éveillèrent, il était grand temps de partir pour l'école. Elle semblaient ahuries et ne savaient presque plus se servir de leurs mains. En classe, elles ne firent que des bêtises et répondirent de travers. La maîtresse déclara n'avoir jamais vu d'enfants aussi bêtes et leur mit à chacune dix mauvais points. Ce fut une triste journée pour elles. En voyant ces mauvaises notes, les parents, qui étaient d'une humeur de dogue, les mirent au pain sec et à l'eau.

Heureusement, les petites ne furent pas longues à reprendre leurs habitudes. Elles travaillèrent très bien en classe et ne rapportèrent que des bons points. A la maison, leur conduite n'était pas moins exemplaire et, à moins d'être injuste, il n'y avait pas moyen de leur faire un reproche. Les parents étaient maintenant bien heureux d'avoir retrouvé les deux petites filles qu'ils aimaient si tendrement, car c'étaient, au fond, d'excellents parents.

Le mouton

Assises au bord de la route, les pieds pendants au revers du fossé, Delphine et Marinette caressaient un gros mouton blanc que leur oncle Alfred, un jour qu'il était venu à la ferme, leur avait donné. Il posait sa tête tantôt sur les genoux de l'une, tantôt sur les genoux de l'autre et ils chantaient tous les trois une petite chanson qui commençait ainsi : « Y a un rosier dans mon jardin. » Cependant, les parents vaquaient dans la cour au milieu des bêtes de la ferme et paraissaient fort mal disposés à l'égard du mouton. Ils le regardaient de travers et disaient entre leurs dents qu'il faisait perdre leur temps aux petites et qu'elles eussent été mieux à faire du ménage et à ourler des torchons qu'à jouer sans cesse avec cette sale bête.

— Si jamais quelqu'un nous débarrasse de ce gros frisé, il sera le bienvenu.

Il était midi moins vingt et la cheminée de la ferme fumait. Tandis que les parents marmonnaient ainsi, apparut au détour de la route un soldat qui s'en allait à la guerre, monté sur un fier cheval noir. Voyant qu'il y avait du monde pour le regarder passer, il voulut faire caracoler sa monture afin de paraître à son avantage, mais au lieu de lui obéir, le cheval noir s'arrêta pile et lui dit en tournant la tête :

— Qu'est-ce qui vous prend, vous, là-haut ? Vous trouvez sans doute que ce n'est pas assez d'aller par les chemins sous un soleil de plomb avec, sur mon dos, un ivrogne mal affermi ? Il vous faut encore des gambades ? Eh bien, moi, je vous avertis…

— Attends un peu, maudite carne ! coupa le soldat. Je m'en vais t'arranger d'une façon à te remettre dans l'obéissance.

Aussitôt, il enfonça ses éperons dans les flancs de l'animal et tira brutalement sur la bride. Le cheval se cabra, puis se mit à ruer si haut et si fort que le cavalier, passant par-dessus l'encolure, tomba à plat ventre au milieu de la route, dont il eut le menton et les mains écorchés et son bel uniforme tout souillé de poussière.

— Je vous avais prévenu, dit le cheval. Vous avez voulu que je caracole. Eh bien, j'ai caracolé. Vous voilà content.

Le soldat, qui se dressait sur ses genoux, n'était pas d'humeur à entendre de tels propos. Mais lorsqu'il vit s'approcher et faire le cercle autour de lui les parents, Delphine, Marinette, le mouton et toutes les bêtes de la ferme, l'humiliation le rendit furieux et, tirant alors son grand sabre, il voulut se jeter sur son cheval pour lui plonger la lame dans le poitrail. Par bonheur, les parents purent s'interposer à temps et le persuadèrent de renoncer à sa vengeance.

— Quand vous l'aurez tué, vous en serez bien avancé, dirent-ils. Au lieu de vous en aller tranquillement à la guerre au pas de votre monture, il vous faudra partir à pied et vous arriverez peut-être après la bataille. D'un autre côté, il est certain que cette bête-là vous a fort maltraité et qu'il vous sera désormais difficile de lui accorder votre confiance. Aussi bien, puisque vous voilà prêt à vous en séparer, pourquoi ne pas essayer d'en tirer parti. Tenez, nous avons là un mulet qui ferait bien votre affaire. Pour vous rendre service, nous vous le céderons en échange de votre cheval.

— C'est une bonne idée, dit le soldat, et il rengaina son sabre.

Les parents poussèrent le cheval dans la cour et firent avancer leur mulet, ce que voyant, les petites protestèrent. Pour faire plaisir à un passant brutal, fallait-il qu'un vieil ami comme le mulet fût obligé de quitter la ferme ? Le mouton en avait des larmes dans les yeux et se lamentait sur le sort de ce malheureux compagnon.

— Silence donc ! commandèrent les parents avec des voix d'ogres et, comme le soldat tournait le dos, ils ajoutèrent à voix basse : Voulez-vous, par vos bavardages, nous faire manquer un marché aussi avantageux ? Si vous ne faites taire votre mouton sur-le-champ, il sera tondu à ras avant qu'il soit midi.

Le mulet, lui, ne protestait pas et tandis qu'on lui passait la bride, il se contentait de cligner de l'œil à l'intention des petites. Lorsqu'il eut enfourché sa nouvelle monture, le soldat retroussa sa moustache et s'écria : « En route ! » Mais le mulet n'en bougea pas plus et ni les éperons, ni le mors, que son maître lui fit sentir cruellement, ne purent le faire avancer d'un pas. Les injures, les menaces, les coups, rien ne le décida.

— C'est bon, dit le cavalier, je vois ce qu'il me reste à faire.

Mettant pied à terre, il tira encore un coup son grand sabre qu'il se disposait à plonger dans le poitrail du mulet.

— Arrêtez, lui dirent les parents, et écoutez-nous plutôt. Certes, voilà une sotte bête de ne pas vouloir avancer, mais vous savez combien les mulets sont têtus. Un coup de sabre n'y changera rien. Tenez, nous avons là un âne qui ne craint pas la fatigue et qui ne coûte presque rien à nourrir. Prenez-le et rendez-nous notre mulet.

— C'est une bonne idée, dit le soldat, et il rengaina son sabre.

Le malheureux âne qu'on dévouait ainsi à la place du mulet n'avait à coup sûr aucune envie de quitter la ferme où il laissait nombre d'amis entre lesquels Delphine, Marinette et leur mouton étaient justement les plus chers. Pourtant, il ne laissa rien voir de son émotion et s'avança vers son nouveau maître de l'air modeste et résigné qu'on lui avait toujours connu. Les petites en avaient le cœur serré, et, pour le mouton, il était secoué de gros sanglots.

— Monsieur le soldat, suppliait-il, soyez bon pour l'âne. Il est notre ami.

Tant qu'à la fin, les parents vinrent lui mettre le poing sous le nez en grondant :

— Sale bête de mouton, tu cherches à nous faire manquer une bonne affaire, mais va, tu te repentiras d'avoir été trop bavard.

Sans prendre garde à la prière du mouton, le soldat enfourchait déjà sa monture. Il n'eut d'ailleurs pas sitôt retroussé sa moustache et commandé « en route », que l'âne se mit à marcher à reculons et en zigzaguant de telle sorte qu'il menaçait à chaque pas de mettre son cavalier au fossé. Aussi le soldat ne fut-il pas long à descendre et, comprenant que l'animal se dérobait de mauvaise volonté :

— C'est bon, dit-il en grinçant des dents. Je vois ce qu'il me reste à faire.

Pour la troisième fois, il tira son grand sabre et assurément qu'il aurait percé l'âne d'outre en outre si les parents ne s'étaient suspendus l'un à son bras et l'autre à son habit.

— Il faut convenir que vous n'avez pas de chance avec vos montures, lui dirent-ils. A bien réfléchir, ce n'est du reste pas surprenant. Ane, mulet, cheval, c'est toute une même famille ou à peu près et nous aurions dû y songer. Mais pourquoi n'essaieriez-vous pas un mouton ? C'est un animal obéissant et qui offre plus d'un avantage. Si, en cours de route, vous avez besoin d'argent, rien n'est plus facile que de le faire tondre. Après avoir vendu sa laine un bon prix, il vous restera une bonne monture pour continuer votre voyage. Nous possédons justement un mouton pourvu d'une très belle toison. Voyez-le plutôt entre les deux petites. S'il vous plaît de le prendre en échange de votre âne, nous ne demandons qu'à vous être utiles.

— C'est une bonne idée, dit le soldat, et il rengaina son sabre.

Serrant le mouton dans leurs bras, Delphine et Marinette jetaient les hauts cris, mais les parents les eurent bientôt séparées de leur meilleur ami et réduites au silence. Le mouton regarda ses anciens maîtres avec un air de grande tristesse, mais ne fit point de reproche et s'avança vers le soldat. Celui-ci, montrant son grand sabre qu'il venait de remettre au fourreau, lui dit d'un ton menaçant :

— Avant tout, j'entends être obéi et respecté comme je le mérite. Sois sûr que si j'ai à me plaindre de toi, je te couperai d'abord la tête. Et point de rémission. Car si je me laissais aller à faire encore des échanges, je finirais par chevaucher quelque canard ou autre engeance de basse-cour.

— Ne craignez rien, répondit le mouton, je suis d'un naturel très doux. C'est sans doute que j'ai été élevé par deux petites filles. Je vous obéirai donc de mon mieux. Mais j'ai un grand chagrin de quitter mes deux amies. Monsieur, quand l'oncle Alfred m'a mis entre leurs mains, j'étais si petit qu'elles ont dû me donner le biberon pendant près d'un mois encore. Depuis, je n'ai jamais été séparé d'elles. Aussi, vous pouvez croire que je suis bien affligé et, de leur côté, les petites ne le sont guère moins. C'est pourquoi, si vous avez pitié de notre peine, vous m'accorderez un moment pour aller leur dire adieu et pleurer avec elles.

— Point de pitié pour les moutons ! cria le soldat. Comment ! voilà une bête qui ne fait que d'entrer à mon service et qui voudrait déjà s'échapper ? Je ne sais pas ce qui me retient de lui ôter la tête d'un revers de sabre. On n'a jamais vu tant d'audace.

— N'en parlons plus, soupira le mouton. Je ne voulais pas vous fâcher.

Enfourchant sa nouvelle monture, ce qui ne lui donna pas grand mal, le soldat s'aperçut que ses pieds traînaient par terre et eut alors l'idée de ficeler son grand sabre en travers des épaules du mouton pour servir de support à ses longues jambes et les faire pendre à bonne hauteur, de quoi il fut si content qu'il se mit à rire tout seul et si fort qu'il manqua plusieurs fois perdre l'équilibre. Pourtant, rien n'était plus triste

que le spectacle de ce pauvre animal fléchissant
sous le poids d'un lourd cavalier. Les petites en
avaient autant d'indignation que de chagrin et il est
sûr que si les parents ne les avaient pas retenues,
elles s'opposaient au départ du mouton de toutes
leurs forces et par tous les moyens, comme de jeter
le soldat en bas de sa monture. Les bêtes de la
ferme n'étaient pas moins indignées, mais les
parents avaient une façon de les regarder ou de les
interpeller qui leur ôtait l'envie d'intervenir. A un
canard qui commençait à élever la voix, ils firent
observer en fixant sur lui un regard cruel :

— Il y a en ce moment au jardin des navets
superbes. De quoi faire une bien belle garniture.
Oui bien belle.

Le pauvre canard en fut si gêné tout d'un coup
qu'il baissa la tête et s'alla cacher derrière le puits.
Seul de tous les animaux, le cheval noir ne se laissa
pas intimider et, marchant à son ancien maître, lui
dit tranquillement :

— Vous ne prétendez tout de même pas courir
les chemins en pareil équipage. Je vous avertis que
vous feriez rire de vous, sans compter qu'une monture aussi frêle ne vous mènera pas bien loin.
Allons, si vous êtes raisonnable, vous rendrez ce
mouton aux deux petites qui pleurent de le voir
partir et vous remonterez sur mon dos. Croyez-moi,
vous y serez plus à l'aise et vous y aurez meilleure
mine aussi.

Tenté, le soldat donna un coup d'œil aux larges
flancs du cheval et parut se convaincre qu'on y
était, en effet, plus à l'aise que sur le dos d'un
mouton. Le voyant sur le point d'accepter, les

302   *Les contes du chat perché*

parents ne craignirent pas de lui faire observer que le cheval noir leur appartenait.

— Nous n'avons pas du tout l'intention de nous en défaire. Vous comprenez, s'il fallait recommencer la série des échanges, nous n'en finirions pas.

— Vous avez raison, convint le soldat. Le temps passe et la guerre se fait sans moi. Ce n'est pas ainsi qu'on devient général.

Après avoir retroussé sa moustache, il mit son mouton au trot et, les jambes pendantes par-dessus son grand sabre, s'éloigna sans tourner la tête. Quand il eut disparu au tournant du chemin, toutes les bêtes de la ferme se mirent à soupirer de chagrin. Les parents en étaient gênés et leur gêne se changea en inquiétude lorsque Marinette dit à Delphine :

— Il me tarde que l'oncle Alfred vienne nous voir.

— Moi aussi, fit Delphine. Il faudra qu'il sache tout ce qui s'est passé.

Les parents regardaient leurs filles d'un air presque craintif. Un moment, ils parlèrent à l'oreille et puis dirent tout haut :

— Nous n'avons rien à cacher à l'oncle Alfred. Du reste, quand il apprendra que nous avons été assez habiles pour échanger un simple mouton contre un beau cheval noir, il sera le premier à nous complimenter.

Dans la cour de la ferme s'éleva, tant des bêtes que des petites, comme un murmure de reproche auquel, avisant l'âne, le mulet, le cochon, les poules, les canards, le chat, les bœufs, les vaches, les veaux, les dindons, les oies et tous autres qui les regardaient, ils répondirent sévèrement :

— Allez-vous rester là jusqu'au soir à bayer et à

écarquiller les yeux, vous autres ? A vous voir ainsi,
on se croirait plutôt sur un champ de foire que dans
la cour d'une maison laborieuse. Allons, dispersez-
vous et que chacun soit où il doit être. Toi, cheval
noir, tu as désormais ta place à l'écurie. Sans plus
tarder, nous allons t'y conduire.

— Je vous suis bien obligé, riposta le cheval noir,
mais je n'ai nulle envie d'entrer dans votre écurie. Si
vous avez pu vous flatter de faire un marché avantageux, il est temps de revenir de votre erreur. Sachez-
le, je suis bien résolu à ne vous appartenir jamais et,
pour votre malheureux mouton, c'est comme si vous
l'aviez échangé contre du vent. Il ne vous reste à sa
place que le remords d'avoir été injustes et cruels.

— Cheval noir, dirent les parents, tu nous fais
beaucoup de peine. A la vérité, nous ne sommes pas
aussi méchants qu'il peut sembler. Ce qui est sûr,
c'est qu'en t'offrant une place dans notre écurie, nous
n'avons en tête que le souci de rendre service à un
cheval qu'une course déjà longue a sans doute fatigué.
Tu as bien mérité de te reposer...

Tout en lui tenant ce discours, ils manœuvraient
sournoisement à s'approcher de l'animal afin de lui
passer la bride. Le cheval noir ne voyait pas le
manège et peu s'en fallut qu'il s'y laissât prendre.
Déjà les petites s'étaient éloignées pour aller dresser
la table de midi et les bêtes de la ferme se dispersaient
ainsi qu'elles en avaient reçu l'ordre. Heureusement,
le canard, qui s'était réfugié derrière le puits, avait
passé sa tête au coin de la margelle. Il comprit
clairement le danger. Oubliant toute prudence pour
son compte, il se dressa sur ses pattes et cria en
battant des ailes :

— Attention, cheval noir ! attention aux parents ! ils cachent une bride et un mors derrière leur dos !

Le cheval n'eut pas plut tôt entendu l'avertissement qu'il bondit des quatre fers et courut se réfugier à l'autre bout de la cour.

— Canard, je n'oublierai pas le grand service que tu viens de me rendre, dit-il. Sans toi, c'en était fait de ma liberté. Mais dis-moi, n'y a-t-il pas quelque chose que je puisse faire pour toi ?

— Bien aimable, répondit le canard, mais je ne vois pas trop. J'aurais besoin d'y réfléchir.

— Prends ton temps, canard, prends ton temps. Je repasserai un jour ou l'autre.

Sur ces mots, le cheval gagna la route et partit d'un trot léger que les parents ne regardèrent pas sans mélancolie. Au repas de midi, ils n'échangèrent pas trois paroles et montrèrent un visage sombre. Ils songeaient avec une anxiété bien compréhensible à la colère que ferait l'oncle Alfred en apprenant qu'ils avaient échangé contre du vent le mouton de leurs petites filles. Delphine et Marinette n'étaient pas fâchées de leur voir ce front tourmenté, mais rien ne pouvait les consoler d'avoir perdu leur meilleur ami et, au sortir de table, elles passèrent dans le pré pour y pleurer à leur aise. Le canard passa par là et, après les avoir interrogées, ne put que pleurer avec elles.

— Qu'avez-vous à pleurer, tous les trois ? demanda une voix derrière eux.

C'était le cheval noir qui venait aux nouvelles. Il s'informa auprès du canard s'il y avait quelque chose qu'il pût faire pour soulager son chagrin.

— Ah ! s'écria le canard. Si vous rameniez leur

mouton aux deux petites que voilà, je serais le plus heureux des canards.

— Je ne demande pas mieux, répondit le cheval noir, mais je ne vois pas comment m'y prendre. S'il ne s'agissait que de les rattraper, lui et son cavalier, je ne serais pas en peine. Si mal accordés, ils n'auront pu faire grand chemin. Non, le difficile serait plutôt de persuader à mon ancien maître d'abandonner son mouton.

— Il sera temps d'aviser quand nous les aurons rejoints, dit le canard. Conduisez-nous d'abord auprès d'eux.

— C'est très joli, mais en admettant que ces deux petites filles rentrent en possession de leur mouton, réussiront-elles à l'imposer ici ? A ce qu'il m'a semblé ce matin, les parents n'ont pas été fâchés de se débarrasser de cette pauvre bête.

— C'est vrai, dit Marinette, et pourtant, je ne serais pas surprise qu'ils commencent à regretter ce qu'ils ont fait.

— En tout cas, dit Delphine, je me sentirais plus tranquille si l'oncle Alfred était prévenu et qu'il se trouve là à notre retour.

Le cheval noir s'informa si l'oncle Alfred demeurait bien loin et, sur ce qu'on lui répondit qu'il fallait compter deux heures de marche au bon pas, il promit de galoper jusque chez lui lorsque le mouton serait retrouvé.

— Mais pour l'instant, il s'agit de rattraper notre cavalier. Ne perdons pas une minute.

Les petites et le canard sautèrent sur le dos du cheval et, passant à bride abattue sous le nez des parents stupéfaits, disparurent dans un nuage de poussière. Au bout d'une demi-heure de course, ils arrivaient à l'entrée d'un village.

— Ne nous pressons pas, dit le cheval en prenant le pas. Et puisque nous traversons le village, profitons-en pour interroger les habitants.

Comme ils étaient aux premières maisons Delphine avisa une jeune fille qui cousait à sa fenêtre derrière un pot de géranium et lui demanda poliment :

— Mademoiselle, je cherche un mouton. N'auriezvous pas vu un cavalier...

— Un cavalier ? s'écria la jeune fille sans lui laisser le temps d'achever. Je crois bien ! Je l'ai vu tout rutilant d'or traverser la place au galop d'enfer, dans un affreux et superbe cliquetis d'armes. Il montait un immense cheval à la robe frisée et comme bouclée, et les naseaux soufflant feu et fumée, tellement que mon pauvre géranium en a perdu un moment sa fraîcheur.

Delphine remercia et fit ensuite observer à ses compagnons qu'il ne pouvait s'agir de ceux qu'ils cherchaient.

— Détrompez-vous, lui dit le cheval. Il s'agit bien d'eux. Sans doute le portrait est-il un peu flatté, mais c'est ainsi que les jeunes filles voient les militaires. Pour ma part, je reconnais sans peine la toison de votre mouton dans la robe bouclée de l'immense cheval.

— Et le feu et la fumée qu'il soufflait par les naseaux ? objecta Marinette.

— Croyez-moi, c'était tout bonnement le soldat qui fumait sa pipe.

On ne tarda guère à s'apercevoir que le cheval avait raison. Un peu plus loin, une fermière qui étendait du linge sur la haie de son jardin leur dit qu'elle avait vu passer un soldat monté sur un malheureux mouton qui paraissait exténué.

— J'étais à la fontaine à rincer mes couleurs quand je les ai vus tourner dans le Chemin Bleu. Vous auriez eu pitié de cette pauvre bête si vous l'aviez vue peiner dans la montée avec ce gros benêt assis sur son dos et qui lui donnait des coups de poing sur la tête pour la presser d'avancer.

En écoutant ces tristes nouvelles du mouton, les petites avaient du mal à ne pas pleurer et le canard lui-même était très ému. Le cheval noir, qui en avait vu bien d'autres à la guerre, ne perdit pas la tête et dit à la fermière :

— Ce Chemin Bleu dans lequel s'est engagé le cavalier, est-il encore bien loin ?

— A l'autre bout du pays et vous ne le trouverez pas sans peine. Il vous faudrait quelqu'un pour vous conduire jusque-là.

Débouchant au coin de la maison, le fils de la fermière, un garçon de cinq ans, s'avançait vers les voyageurs en tirant au bout d'une ficelle un joli cheval de bois monté sur des roulettes. Il regardait avec envie les deux petites qui avaient la chance d'être montées sur un cheval beaucoup plus haut que le sien.

— Jules, lui dit sa mère, conduis donc ces personnes jusqu'au Chemin Bleu.

— Oui, maman, répondit Jules et, sans lâcher son cheval de bois, il vint jusqu'à la route.

— Je parie, lui dit le cheval noir, que tu voudrais bien monter sur mon dos ?

Jules rougit, car c'était justement ce qu'il souhaitait. Marinette lui céda sa place et s'offrit à tirer le cheval de bois par la ficelle pour qu'il fût aussi de la promenade.

Delphine installa le guide devant elle et le tint fermement à bras-le-corps tout en lui parlant des malheurs du mouton, tandis que le cheval noir allait de son pas le plus doux. Plein de compassion, Jules faisait des vœux pour la réussite de l'entreprise, offrant même ses services et déclarant qu'on pouvait disposer de lui comme de son cheval de bois. Ils étaient prêts tous les deux à courir les aventures les plus dangereuses, du moment qu'il s'agissait de porter secours à un affligé.

Cependant, Marinette allait quelques pas en avant, tirant toujours le cheval de bois sur lequel le canard s'était installé à califourchon. En arrivant au Chemin Bleu, elle aperçut, du haut d'une montée, une auberge devant laquelle était attaché un mouton. D'abord, elle en eut une vive émotion et le canard lui-même en fut tout remué, mais à mieux regarder, ils se persuadèrent bientôt qu'il ne s'agissait nullement de leur ami. Le mouton qu'ils apercevaient au bas de la descente était si petit qu'on ne pouvait s'y tromper longtemps.

— Non, soupira Marinette, ce n'est pas le nôtre.

Elle s'était arrêtée pour attendre ses compagnons. Le canard en profita pour monter sur la tête du cheval de bois, car il voulait voir de plus haut l'auberge et ses abords. Il lui semblait distinguer sur le cou du mouton quelque chose de brillant qui ressemblait à un sabre. Tout à coup, il s'agita sur la tête de bois et cria d'une telle force qu'il manqua tomber par terre :

— C'est lui ! c'est notre mouton ! Je vous dis que c'est notre mouton à nous !

Derrière lui, on s'étonna. Assurément, il se trompait. Ce mouton de petite taille ne pouvait être qu'un étranger. Alors, le canard se mit en colère.

— Mais vous n'avez donc pas compris que son

nouveau maître l'a fait tondre et que s'il ne vous
paraît pas plus gros en tout qu'un agneau, c'est qu'il a
perdu sa toison bouclée ? Le soldat aura sans doute
vendu la laine pour se désaltérer à l'auberge.

— Ma foi, dit le cheval noir, ce doit être vrai. Ce
matin, il n'avait plus un sou en poche et je ne pense
pas qu'on lui donne à boire à crédit. Connaissant
l'ivrogne, j'aurais dû penser que nous avions des
chances de le retrouver dans la première auberge de
rencontre. En tout cas, il faut s'assurer que c'est bien
là notre mouton.

L'assurance qu'il demandait lui fut donnée par le
mouton lui-même qui venait d'apercevoir le groupe
au sommet de la montée et qui sut très bien faire
entendre aux petites qu'il les avait reconnues. A
plusieurs reprises, il cria : « Je suis votre mouton »,
tout en faisant des gestes pour les inviter à la prudence. Après qu'il eut crié pour la troisième fois, on
vit apparaître le soldat sur le seuil de l'auberge. Sans
doute venait-il s'informer de la raison de ces cris.
Avant de rentrer, il eut un geste de menace à l'adresse
du mouton. Par bonheur, l'idée ne lui était pas venue
de regarder vers le haut de la montée, car le cheval
noir n'était pas si loin qu'il n'eût pu le reconnaître, ce
qui n'aurait pas manqué d'éveiller sa méfiance. Il est
vrai qu'il avait déjà bu beaucoup et qu'il commençait
à voir trouble.

— A ce que je vois, dit le canard à ses amis, notre
mouton est surveillé de bien près. Ce n'est pas pour
faciliter les choses.

— Que comptais-tu donc faire ? demanda le cheval
noir.

— Ce que je comptais faire ? mais détacher le

mouton sans être vu et le ramener à la ferme. Et j'y
compte encore.

— J'ai peur que l'entreprise n'aille pas toute seule.
Et quand tu réussirais, crois-tu que le mouton serait
sauvé ? En sortant de l'auberge, le soldat, ne voyant
plus sa monture, pensera qu'elle s'est échappée pour
retourner auprès de ses anciens maîtres et il ira aussitôt
réclamer à la ferme où l'on ne pourra moins faire que
de le lui rendre. Il y a même à parier que le mouton se
verra administrer une volée de coups de bâton, trop
heureux si l'autre ne lui fait pas tomber la tête au fil de
son sabre. Non, canard, crois-moi, il faut trouver autre
chose.

— Trouver autre chose, c'est bientôt dit, mais
quoi ?

— C'est à toi d'y réfléchir. Pour moi, je ne peux
vous aider en rien et ma présence risque plutôt de vous
être une gêne. Je cours donc de ce pas prévenir l'oncle
Alfred comme il a été convenu et je reviendrai de ce
côté à votre rencontre. Puisse le mouton être parmi
vous !

Delphine et Jules ayant mis pied à terre, le cheval
s'éloigna au galop et ceux qui restaient tinrent conseil.
Les petites n'avaient pas perdu tout espoir d'apitoyer
le soldat, mais Jules croyait plus sûr de l'intimider.

— Dommage que je n'aie pas ma trompette, disait-
il. Je lui aurais fait « tût » sous le nez et je lui aurais
dit : « Rendez le mouton. »

Le canard, lui, contre l'avis du cheval noir, ne
renonçait pas à son projet de détacher le mouton et il
était en train de convaincre ses amis lorsque le soldat
sortit de l'auberge en titubant. Il parut d'abord
hésiter, mais après avoir assuré son casque sur sa tête,

il se dirigea vers le mouton avec l'intention évidente de se remettre en route. Du coup, le canard dut abandonner son projet. En ce pressant péril, une idée lui vint à propos. Il se cala sur le cheval de bois et dit à ses compagnons :

— Nous avons la chance qu'il nous tourne le dos. Profitez-en et poussez-moi à fond de train dans la descente. Il faut qu'en arrivant au bas de la côte, il me reste assez d'élan pour monter les quelques mètres de pente qui mènent à l'auberge.

Marinette, tirant le cheval par la ficelle, partit à fond de train, tandis que Delphine et Jules poussaient par-derrière. Ils le lâchèrent un peu avant d'arriver au milieu de la descente et le suivirent de loin en se cachant derrière les haies.

Sur son cheval de bois, le canard dévalait la côte en criant à tue-tête : « Coin ! coin ! » Au bruit, le soldat s'était retourné et, arrêté au milieu de la cour de l'auberge, il regardait s'approcher le fougueux équipage. En arrivant au bas de la descente, le canard sembla faire effort pour retenir sa monture.

— Holà ! criait-il. Maudit animal, t'arrêteras-tu ? Holà, enragé !

Le cheval de bois, comme s'il se rendait à ces ordres, monta d'une allure plus tranquille le morceau de route qui conduisait à l'auberge et finit par s'arrêter au bord du fossé. Par chance, les roulettes se trouvèrent calées dans l'herbe, ce qui lui évita de descendre la pente à reculons. Sans perdre de temps, le canard sauta à bas et s'adressa au soldat qui le considérait bouche bée.

— Militaire, dit-il je vous donne le bonjour. L'auberge est-elle bonne ?

— Je ne peux pas vous dire. En tout cas, on y boit

bien, répondit le soldat qui avait peine à tenir debout tant il avait bu, en effet.

— C'est que j'arrive de loin, reprit le canard, et que j'ai besoin de repos. Je ne suis pas comme cette bête-là, qui est vraiment infatigable. A croire qu'elle n'a pas sa pareille au monde. Elle va comme le vent et ne consent à s'arrêter qu'après s'être fait prier. Pour elle, cent kilomètres sont presque comme rien et il ne lui faut pas deux heures pour en venir à bout.

Le soldat en croyait à peine ses oreilles et regardait avec envie ce coursier impétueux qui, à vrai dire, lui paraissait assez placide. Comme la boisson lui donnait un peu dans la vue, il n'osait pas trop s'en rapporter au témoignage de ses yeux et préférait se reposer sur le canard.

— Vous avez de la chance, soupira-t-il. Ah! oui, pour de la chance, c'est de la chance.

— Vous trouvez? dit le canard. Eh bien, voyez ce que c'est, je ne suis pourtant pas content de mon cheval. Je vous étonne, n'est-ce pas? Mais pour moi qui suis en voyage d'agrément, il est beaucoup trop rapide. Il ne me laisse pas le temps de rien voir à loisir. Ce qu'il me faudrait, c'est une monture qui me fasse voyager au pas.

Le soldat sentit de plus en plus lui monter à la tête le vin qu'il avait bu et croyait voir le cheval de bois frémir d'impatience.

— Si j'osais, dit-il avec un air rusé, je vous proposerais bien un échange. Moi qui suis pressé, j'ai là un mouton justement, dont la lenteur me rend enragé.

Le canard s'approcha du mouton, l'examina d'un œil méfiant et lui palpa les pattes avec son bec.

— Il est bien petit, fit-il observer.

— C'est que je viens de le faire tondre. En réalité, c'est déjà un mouton d'une belle taille. Il est assez gros pour vous porter. Quant à ça, ne soyez pas en peine. Il me porte bien, moi, et il faut le voir galoper !

— Galoper ! dit le canard. Galoper ! Ah çà, militaire, votre mouton m'a tout l'air d'un dévorant qui court sur les routes à un train d'enfer. S'il en est ainsi, je me demande ce que j'aurais à gagner à un échange.

— Je me suis mal expliqué, fit le soldat tout penaud. La vérité, je m'en vais vous la dire : il n'y a pas plus doux que mon mouton, ni plus fainéant, ni plus poussif. Il est même plus lent qu'une tortue, ou qu'un escargot.

— C'est trop beau, dit le canard, je ne peux pas y croire. Pourtant, militaire, vous avez dans les yeux comme un air de franchise qui m'inspire confiance et qui me décide. Donc, j'accepte l'échange.

Craignant qu'il ne se ravisât, le soldat courut détacher le mouton sur le dos duquel il installa le canard. Celui-ci ne parlait plus de se reposer à l'auberge et pressait déjà sa nouvelle monture de partir.

— Hé là, fit l'autre, pas si vite ! Voyez-vous pas que vous partez avec mon sabre !

Le soldat débarrassa le mouton du grand sabre qu'il portait en travers des épaules et se l'accrocha au côté.

— Et maintenant, dit-il en se tournant vers le cheval de bois, préparons-nous.

— Avant tout, conseilla le canard, je crois que vous feriez bien de lui donner à boire. Voyez comme il tire la langue.

— C'est vrai, je n'y prenais pas garde.

Tandis que le soldat s'en allait tirer de l'eau au puits,

le canard et le mouton, traversant la route, couraient rejoindre les petites et leur ami Jules qui se cachaient dans un champ de seigle haut d'où ils pouvaient voir la cour de l'auberge. Delphine et Marinette faillirent étouffer le mouton dans leurs embrassades et tout le monde versa des larmes d'attendrissement. Les effusions auraient duré plus longtemps si l'on n'avait été distrait par le spectacle qui se donnait dans la cour de l'auberge.

Le soldat venait d'apporter un seau d'eau au cheval de bois et, voyant qu'il ne se décidait pas à boire, criait d'une voix déjà irritée :

— Boiras-tu, maudite carne ? Je compte jusqu'à trois. Un. Deux. Trois. Suffit, tu boiras un autre jour.

Renversant le seau d'un coup de pied, il enfourcha son cheval de bois et ne tarda pas à s'impatienter de voir qu'il restait sur place. D'abord, il se mit à l'injurier, puis, constatant que l'animal n'en remuait pas plus, il prit le parti de descendre en grommelant :

— C'est bon. Je vois ce qu'il me reste à faire.

Tirant alors son grand sabre, il trancha d'un seul coup la tête du pauvre cheval de bois, qui tomba dans la poussière. Après quoi, il remit sa lame au fourreau et partit à pied pour la guerre. Peut-être qu'à l'heure qu'il est, il est général, mais on n'en sait rien.

Sur le chemin du retour, Delphine portait sous son bras la tête du cheval de bois, tandis que Marinette tirait par la ficelle le corps du décapité. En assistant au supplice de son cheval, Jules avait eu d'abord une grande peine. Il se consolait en voyant la joie des petites et celle du mouton. Du reste, son plus grand chagrin fut de se séparer de ses nouveaux amis qui regagnaient leur maison. Sa mère eut beau lui promettre de recoller la tête de son cheval, il ne put s'empêcher de renifler en les voyant disparaître au bout du village.

Delphine et Marinette n'étaient guère rassurées en songeant à l'accueil que leur réserveraient les parents. Ceux-ci, justement, parlaient à chaque instant de leurs filles et voilà ce qu'ils disaient :

— Privées de dessert. Pain sec. Tirer les oreilles. Pour leur apprendre à se sauver, à notre nez, sur le dos d'un cheval qu'elles ne connaissent pas.

Et ils sortaient à chaque instant sur le pas de la porte, regardant du côté où ils les avaient vues partir. Tout à coup, ils entendirent le bruit du pas d'un cheval, venant de la direction opposée, et ils s'écrièrent en tremblant :

— L'oncle Alfred !

C'était en effet l'oncle Alfred qui arrivait à la ferme, monté sur le cheval noir et, autant qu'on en pouvait juger de loin, il avait un visage terrible. Les pauvres parents étaient devenus tout pâles et murmuraient en joignant les mains :

— Nous sommes perdus. Il va tout apprendre. Il va tout savoir. Quel malheur d'avoir abandonné un si bon mouton et quel regret ! Ah ! cher mouton !

— Me voilà ! dit alors une voix de mouton, et le mouton apparut au coin de la maison, suivi du canard et des petites.

Les parents étaient si joyeux qu'ils se mirent aussitôt à rire et à danser. Au lieu de gronder les petites, ils leur promirent spontanément une paire de jolies pantoufles et un tablier neuf. Puis, en présence de l'oncle Alfred qui les regardait du haut de son cheval avec un reste de méfiance, ils attachèrent eux-mêmes un ruban rose à chacune des cornes du mouton. Enfin, au repas du soir, le canard fut admis à manger à table entre les deux petites et s'y comporta aussi bien qu'une personne.

Les cygnes

Les parents partirent pour la ville de très bon matin et dirent aux deux petites en quittant la ferme :

— Nous ne rentrerons qu'à la nuit. Soyez sages et surtout, ne vous éloignez pas de la maison. Jouez dans la cour, jouez dans le pré, dans le jardin, mais ne traversez pas la route. Ah ! si jamais vous traversez la route, gare à vous quand nous rentrerons !

En disant ces derniers mots, les parents regardèrent les petites avec des yeux terribles.

— Soyez tranquilles, répondirent Delphine et Marinette, on ne traversera pas la route.

— Nous verrons, grommelèrent les parents, nous verrons.

Là-dessus, ils s'éloignèrent à grands pas, non sans avoir lancé à leurs filles un regard sévère et soupçonneux. Les petites en avaient le cœur serré, mais, après avoir joué un moment dans la cour, elles n'y pensaient presque plus. Vers neuf heures du matin, elles se trouvaient par hasard au bord de la route et ni l'une ni l'autre n'avaient envie de traverser, lorsque Marinette aperçut de l'autre côté une petite chevrette blanche qui marchait dans les champs. Delphine n'eut pas le temps

de retenir sa sœur qui avait franchi la route en trois
enjambées et courait déjà vers la chevrette.

— Bonjour, dit Marinette.

— Bonjour, bonjour, fit la chevrette sans s'arrêter.

— Comme tu marches vite ! Où vas-tu ?

— Je vais au rendez-vous des enfants perdus. Je
n'ai pas le temps de m'amuser.

La chevrette blanche entra dans un champ de grand
blé qui se referma sur elle. Marinette et sa sœur, qui
venait de la rejoindre, en restèrent tout interdites.
Elles se préparaient à regagner la route, mais elles
virent apparaître à cinquante mètres de là deux
canetons portant encore leur duvet jaune et qui
semblaient très pressés.

— Bonjour, canetons, dirent les petites en arrivant
auprès d'eux.

Les deux canetons s'arrêtèrent et posèrent le ventre
par terre. Ils n'étaient pas fâchés de se reposer.

— Bonjour, petites, dit l'un d'eux. Belle journée,
n'est-ce pas ? Mais quelle chaleur ! Mon frère est déjà
bien fatigué.

— En effet. Vous venez donc de très loin ?

— Je crois bien ! Et nous allons plus loin encore.

— Mais où allez-vous ?

— Nous allons au rendez-vous des enfants perdus.
Et maintenant que nous voilà reposés, en route ! Il ne
s'agit pas d'arriver en retard.

Delphine et Marinette voulaient des explications,
mais les deux canetons filaient sans entendre et
entraient dans le champ de blé. Elles avaient grande
envie de les suivre et furent un moment hésitantes,
mais elles songèrent aux parents et à l'interdiction de
traverser la route. A vrai dire, il était bien tard pour

s'en souvenir, car la route était déjà loin. Comme elles se décidaient à entrer, Delphine montra à sa sœur une tache blanche qui bougeait sur le pré en bordure de la forêt. Il fallait bien aller voir de près. Elles se trouvèrent en face d'un petit chien blanc, très jeune, gros comme la moitié d'un chat et qui marchait dans l'herbe aussi vite qu'il pouvait. Mais ses pattes n'étaient pas encore bien fermes et il trébuchait presque à chaque pas. Il s'arrêta et répondit aux petites qui l'interrogeaient :

— Je vais au rendez-vous des enfants perdus, mais j'ai bien peur de ne pas être à l'heure. Vous pensez ! il faut arriver avant midi, et moi, sur mes petites pattes, je ne fais pas beaucoup de chemin et je suis vite fatigué.

— Et qu'est-ce que tu vas faire à ce rendez-vous des enfants perdus ?

— Je vais vous expliquer. Quand on n'a plus de parents, comme moi, on va au rendez-vous des enfants perdus pour essayer de trouver une famille. Tenez, on me parlait hier d'un jeune chien qui a été adopté par un renard au rendez-vous de l'année dernière. Mais, comme je vous le disais, j'ai bien peur d'être en retard.

Apercevant une libellule, le petit chien blanc se dressa brusquement sur ses pattes, se mit à sauter et à aboyer, fit trois tours sur lui-même, se roula dans l'herbe et finit par se coucher essoufflé et la langue pendante.

— Vous voyez, dit-il après avoir repris son souffle, je viens encore de m'amuser. C'est plus fort que moi, je ne peux pas m'en empêcher. Vous comprenez, je suis petit. Alors, je m'amuse presque à chaque pas, sans même le faire exprès. Ce n'est pas pour m'avan-

cer. Ah ! vraiment, je n'ai pas beaucoup d'espoir
d'arriver. Autant dire que je n'y compte pas. Si j'avais
de grandes jambes comme les vôtres, bien sûr...

le petit chien blanc paraissait tout triste. Delphine et
Marinette se regardaient et regardaient aussi la route
qui était maintenant très loin derrière elles.

— Petit chien, dit enfin Delphine, si je te portais
jusqu'au rendez-vous des enfants perdus, crois-tu que
tu arriverais assez tôt ?

— Oh ! oui, dit le petit chien blanc, vous pensez,
avec vos grandes jambes !

— Alors, partons tout de suite. En marchant bien,
nous serons vite revenues. Et où est-il, ton rendez-
vous ?

— Je ne sais pas, je n'y suis jamais allé. Mais vous
voyez cette pie qui vole devant nous, là-bas ? C'est elle
qui me montre le chemin. Vous pouvez la suivre sans
crainte. Elle nous conduira juste à l'endroit.

Delphine et Marinette se mirent en route, chacune à
son tour portant le petit chien blanc. La pie volait
devant elles, se posant parfois bien en vue au milieu
d'un pré ou d'un sentier, et reprenant son vol pour se
poser plus loin. Le petit chien blanc s'était endormi
dès le départ dans les bras de Delphine. Il ne s'éveilla
que deux heures plus tard, comme on arrivait au bord
d'un grand étang. La pie vint se poser sur l'épaule de
Marinette et dit aux deux petites :

— Mettez-vous là, près des roseaux, et attendez
qu'on vienne vous chercher. Allons, bonne chance et
adieu.

La pie envolée, les petites regardèrent autour d'elles
et virent qu'elles n'étaient pas seules. Sur la rive, des
groupes de jeunes animaux étaient assis dans l'herbe et

il en arrivait à chaque instant. Il y avait des agneaux, des chevreaux, des marcassins, des chatons, des poussins, des canetons, des roquetons, des lapins et bien d'autres espèces. Fatiguées par leur longue marche, les petites s'étaient assises à leur tour et Delphine commençait à somnoler, lorsque Marinette s'écria :

— Regarde là-bas, les cygnes !

Delphine ouvrit les yeux et vit, à travers les roseaux, deux grands cygnes nager sur l'étang vers une île où abordaient d'autres cygnes et chacun portait sur son dos un lapin. Plus loin, deux autres cygnes tiraient un radeau fait de branches et de roseaux, sur lequel était assis un jeune veau qui poussait des cris de frayeur. Et sur toute la surface de l'étang, c'était un continuel va-et-vient des grands oiseaux blancs. Les petites ne se lassaient pas d'admirer. Tout à coup, auprès du buisson où elles étaient assises, un cygne sortit des roseaux et vint droit sur elles. Il eut un regard sévère et demanda d'une voix sèche :

— Enfants perdus ?

— Oui, répondit Marinette en montrant le petit chien blanc couché sur ses genoux.

Tournant la tête, le cygne fit entendre un long sifflement et presque aussitôt s'avancèrent deux autres cygnes qui tiraient un radeau.

— Montez, commanda celui qui semblait avoir pour mission de surveiller les embarquements.

— Attendez, protesta Delphine, il faut que je vous explique...

— Je n'ai pas d'explications à entendre, coupa le cygne. Vous vous expliquerez dans l'île, si vous voulez. Allons, vite.

— Laissez-moi vous dire...

— Silence !

Le cygne, l'œil méchant, allongeait déjà son grand cou, et son bec menaçait les mollets des petites.

— Allons, dit l'un des cygnes attelés au radeau, soyez raisonnables. Nous n'avons plus de temps à perdre ici.

Effrayées, les petites n'osèrent pas résister davantage et montèrent sur le radeau. Les deux cygnes partirent aussitôt et, gagnant le milieu de l'étang, nagèrent en direction de l'île. La promenade était agréable et les deux enfants ne regrettaient guère le rivage. On rencontra des cygnes qui revenaient de l'île où ils avaient sans doute déposé des passagers. D'autres, légèrement chargés d'un chaton ou d'un marcassin en bas âge, dépassèrent l'attelage et eurent bientôt abordé. Le petit chien blanc était si content de naviguer qu'il faillit plusieurs fois sauter hors des bras de Marinette pour aller jouer avec l'eau.

La traversée dura un peu plus d'un quart d'heure. Au débarqué, un cygne vint prendre livraison des deux sœurs et du petit chien et les conduisit à l'ombre d'un bouleau d'où il leur défendit de s'éloigner sans sa permission. Delphine et Marinette reconnurent, dans le troupeau des jeunes bêtes qui les entouraient, la chevrette et les deux canetons, sans compter quelques autres aperçues tout à l'heure sur le rivage de l'étang. Marinette compta une quarantaine d'orphelins, de tout poil et de toute plume, et, à chaque instant, le cygne en amenait de nouveaux. Ils songeaient à la famille qu'ils allaient trouver bientôt et l'émotion les rendait silencieux.

A l'autre bout de l'île était massé un autre troupeau. Une ligne de buissons empêchait de les bien voir, mais l'on pouvait distinguer qu'il n'y avait là que des animaux d'un âge mûr. Ils semblaient assez bavards et le bruit de leurs voix parvenait aux petites.

Au bout d'un quart d'heure d'attente, Delphine avisa un vieux cygne occupé à faire les cent pas devant les orphelins qu'il était sans doute chargé de surveiller. Il marchait en dodelinant de la tête avec un air de bonté. Voyant Delphine faire un geste d'appel, il s'avança et dit aimablement :

— Bonjour, mes enfants. Il fait une jolie journée de printemps n'est-ce pas ?... Plaît-il ? Je suis un peu dur d'oreille, vous savez.

— Je voulais vous dire que, ma sœur et moi, nous voulons rentrer chez nous.

— Oui, merci, je me porte assez bien pour mon âge, répondit le vieux cygne qui entendait vraiment mal.

— Nous avons besoin de rentrer chez nous, fit Delphine en haussant la voix.

— En effet, il commence à faire bien chaud.

Alors, Delphine se porta tout contre l'oreille du vieux cygne et cria de tous ses poumons :

— Nous n'avons pas le temps d'attendre ! Il nous faut rentrer à la maison !

Elle n'avait pas fini de crier qu'un cygne, celui-là même qui les avait embarquées sur le radeau, surgissait d'un buisson en vociférant :

— Encore ces gamines ! On n'entend plus qu'elles, ma parole ! Je commence à en avoir assez !

— Ma sœur était en train d'expliquer... commença Marinette.

— Silence ! mal élevée, ou je vous donne à manger aux poissons de l'étang. A vos places, toutes les deux !

Sur ces mots, le cygne s'éloigna, se retournant de

temps à autre pour leur jeter un regard furieux. Les petites renoncèrent à se faire écouter et, fatiguées par la chaleur, s'endormirent au pied du bouleau.

En s'éveillant, elles furent bien étonnées. A quelques pas et tournant le dos au troupeau des orphelins, une demi-douzaine de cygnes, trois du côté droit, trois du côté gauche, étaient assis sur un monticule qui formait une sorte d'estrade. Devant eux, se trouvaient rangés en bon ordre tous les animaux qui bavardaient tout à l'heure à l'autre bout de l'île : des cochons, des lapins, des canards, des sangliers, des cerfs, des moutons, des chèvres, des renards, une cigogne et même une tortue. Tout ce monde regardait vers l'estrade et semblait attendre quelqu'un. Bientôt, un septième cygne vint prendre place au milieu de ses frères et dit, après avoir salué d'une révérence l'assemblée des bêtes :

— Mes chers amis, voici revenu notre rendez-vous des enfants perdus. Je vous remercie de ne pas l'avoir oublié et je vous demande de choisir selon votre cœur, mais aussi selon vos moyens. La séance est ouverte.

Le premier orphelin qui monta sur l'estrade était un agneau qui fut aussitôt adopté par un gros mouton de l'assemblée. Suivit un marcassin qu'une famille de sangliers réclama, et le défilé des orphelins continua ainsi sans incident jusqu'au moment où un vieux renard prétendit adopter les deux canetons que les petites avaient rencontrés dans la matinée.

— Ils ne pourraient trouver meilleur père que moi, affirma-t-il, et vous pouvez compter que j'en aurai le plus grand soin.

Le cygne qui avait ouvert la séance consulta ses frères à voix basse et lui répondit :

— Renard, je ne veux pas douter de tes intentions à l'égard de ces orphelins. Je suis même persuadé que tu en auras le plus grand soin, mais je crains que leur bonheur soit de courte durée. Deux canetons seraient pour un renard une bien grande tentation.

Delphine et Marinette en étaient bien aises, car, si personne ne se décidait à les adopter, il faudrait bien leur rendre la liberté. Au dernier rang, elles aperçurent le petit chien blanc endormi au milieu de sa nouvelle famille, et c'était une chance, pensaient-elles, qu'il se fût endormi, sans quoi il n'aurait pas manqué de prier ses parents bouledogues d'adopter ses amies.

— Personne ne se décidera-t-il à les prendre ? demanda le cygne. On ne peut pourtant pas laisser les deux fillettes sans famille. Renard, toi qui étais si empressé à prendre les deux canetons, ne feras-tu rien pour ces enfants-là ?

— Je ne demanderais pas mieux, dit le renard, mais, voyez-vous, je suis trop bon, beaucoup trop bon. Je n'aurais jamais assez de fermeté pour élever comme il faut deux fillettes aussi turbulentes. Non, vraiment, je ne peux pas les prendre. J'en suis fâché, mais c'est pour leur bien.

Le cygne s'adressa ensuite à un cerf qui venait d'adopter un faon.

— J'ai bien pensé à les prendre, répondit le cerf, mais ce serait une folie. Réfléchissez que je vis toujours courant sous la menace des hommes, des chiens, des fusils. Non, non, ce ne serait pas sage. Je le regrette. Elles sont bien jolies.

Le cygne sollicita encore d'autres bêtes, mais aucune ne voulait se charger des petites. Comme un sanglier venait à son tour de s'excuser, une tortue qui se trouvait au premier rang de l'assemblée, allongea le cou hors de sa carapace et dit posément :

— Puisque personne n'en veut, moi je les prends.

Cette offre surprenante provoqua de grands éclats de rire parmi les bêtes. Les petites elles-mêmes ne purent s'empêcher de sourire à l'idée qu'elles pourraient devenir les filles d'une tortue. Après avoir fait taire les rieurs, le cygne remercia aimablement la tortue, la complimenta sur sa générosité et, avec toutes les précautions qu'il fallait pour ne pas la froisser, lui fit entendre qu'elle était trop petite pour gouverner d'aussi grandes filles et qu'elle marchait trop lentement. La tortue n'objecta rien, mais rentra la tête sous sa carapace d'une façon qui fit bien voir qu'elle était vexée. Nulle voix ne s'élevant dans l'assemblée pour réclamer les petites, le cygne prit le parti d'aller consulter ses frères à voix basse. Delphine et Marinette, qui se voyaient déjà libres, s'amusaient de son embarras. Il revint prendre sa place et déclara à haute voix :

— Mes frères et moi avons décidé d'adopter les deux fillettes. Ce ne sera pas trop de tous nos efforts et de toute notre sévérité pour discipliner ces enfants mal élevées et insupportables. L'an prochain, quand vous reviendrez au rendez-vous des enfants perdus, je crois que vous serez surpris des progrès qu'elles auront faits.

Les petites s'étaient levées pour tenter encore une fois d'expliquer leur aventure, mais sans leur en laisser le temps, on les fit descendre de l'estrade et on les conduisit dans un coin de l'île, où elles furent laissées à la garde du vieux cygne sourd. De loin, elles purent assister au départ des bêtes et à leur traversée de l'étang.

— Quand la traversée sera finie, disait Delphine à sa sœur pour la rassurer, les cygnes reviendront dans l'île et il faudra bien qu'ils nous écoutent. Ils ne pourront pas toujours nous empêcher de parler.

— En attendant, répondit Marinette, l'heure passe. Nos parents vont bientôt se mettre en route et s'ils arrivent à la maison avant nous... Eux qui nous avaient défendu de traverser la route ! Ah ! j'aime mieux ne pas y penser.

Vers quatre heures, toutes les bêtes avaient regagné les bords de l'étang, mais les cygnes ne semblaient pas décidés au retour. Ils restaient occupés au loin à pêcher des poissons et l'île était déserte. Delphine et Marinette étaient de plus en plus inquiètes et leur mine s'allongeait. Les voyant tristes, le vieux cygne essayait de les réconforter.

— Vous n'imaginez pas combien je suis heureux de vous avoir là, disait-il. Je sens déjà que je ne pourrais plus me passer de vous. Aujourd'hui, ce n'est pas très gai. On vous a laissées dans l'île pour vous reposer, mais demain, vous apprendrez à nager, à prendre des poissons. Vous verrez comme la vie est agréable, ici. Mais, j'y pense, vous avez peut-être faim ?

En effet, les petites avaient faim. Il les pria de patienter et, s'étant absenté quelques instants, revint avec un poisson dans son bec.

— Tenez, dit-il en le posant devant elles, mangez-le vite pendant qu'il est bien vif et bien frétillant. Je vais vous en chercher d'autres.

Les petites reculèrent en secouant la tête et Marinette, prenant le poisson, alla le remettre à l'étang. Le vieux cygne en était ébahi.

— Comment peut-on ne pas aimer le poisson ? dit-il. C'est si bon de sentir un poisson qui vous frétille dans le gosier. En tout cas, il va falloir aviser à vous donner une autre nourriture. Je me demande...

Mais les petites étaient si inquiètes qu'elles ne pensaient plus à leur faim. Bientôt elles virent, à l'autre bout de l'étang, le soleil descendre au ras de la forêt. Il devait être au moins six heures du soir et les parents étaient peut-être en route. Effrayées, Delphine et Marinette se mirent à pleurer. En voyant les larmes, le vieux cygne, perdant la tête, se mit à tourner en rond devant elles.

— Qu'avez-vous ? Mais qu'est-ce qui se passe ? Ah ! quel malheur d'être vieux et de ne plus entendre ! Deux enfants si jolies. Mais j'ai une idée. Suivez-moi. Quand je suis sur l'eau, j'entends tout ce qu'on me dit.

Le vieux cygne se posa sur l'étang et, tandis qu'il tenait son bec enfoncé dans l'eau, Delphine lui conta comment, avec Marinette, elle avait traversé la route malgré la défense des parents, et ce qui en était advenu. Quand elle eut tout dit, il se mit à nager vers le milieu de l'étang en sifflant du plus fort qu'il pouvait. Aussitôt, les cygnes qui pêchaient alentour vinrent se ranger en demi-cercle devant lui.

— Misérables garnements ! leur cria le vieux cygne tout tremblant de colère. Je ne sais pas ce qui me retient de vous chasser tous de cet étang ! Vous êtes la honte de la tribu ! Voilà deux fillettes qui ont eu la bonté d'apporter jusqu'ici un petit chien blanc orphelin et vous les récompensez en les retenant prisonnières ! Et vous leur défendez d'ouvrir la bouche pour vous faire comprendre votre sottise !

Les cygnes n'en menaient pas large et baissaient la tête.

— Si jamais les petites sont grondées par leurs

parents, prononça le vieux cygne en les entraînant vers l'île, malheur à vous !

· En arrivant auprès des petites, il commanda :

— Demandez pardon à plein cou !

Montant sur le rivage, les cygnes se couchèrent devant les petites et, d'un même mouvement, posèrent leurs longs cous à plat sur le sol. Delphine et Marinette en étaient confuses.

— Et maintenant, préparez-moi l'attelage à cinq et que pas une minute ne soit perdue ! Nous conduirons les deux enfants par le bief jusqu'à la rivière et nous remonterons la rivière jusqu'au point le plus proche de la route. Bien entendu, nous les accompagnerons jusque chez elles. Allons, pressez-vous, fainéants !

Les cygnes se mirent à courir et eurent bientôt préparé l'attelage. Delphine et Marinette montèrent sur un radeau tiré par cinq cygnes attelés en file et précédés de six autres, chargés de faire le passage et de détourner les branches qui auraient pu retarder l'embarcation. Le vieux cygne nageait auprès du radeau et avait l'œil à tout. Au moment de passer dans le bief, ses compagnons, inquiets des fatigues qu'il aurait à supporter, voulurent l'empêcher de s'y engager avec eux. A son âge, disaient-ils, un voyage aussi long était trop dangereux. Delphine et Marinette le priaient aussi de regagner l'île.

— Ne soyez pas en peine, répondait-il. La vie d'un vieux cygne ne compte pas, quand il faut empêcher que deux petites soient grondées. Allons, vite, pressons-nous ! La nuit sera bientôt là.

En effet, le soleil avait disparu et le soir descendait déjà sur l'étang. Porté par le courant, l'attelage fila rapidement sur le bief. Les cinq cygnes ne ménageaient pas leur peine. Le vieux cygne s'essoufflait à les suivre, mais s'ils faisaient mine de ralentir, il leur criait aussitôt :

— Plus vite ! tas de lambins, ou nos petites vont être grondées !

La nuit était déjà faite lorsque l'attelage arriva à la rivière. Il fallait lutter contre un fort courant et l'obscurité gênait les voyageurs. Heureusement, la lune se leva bientôt et permit de se diriger plus facilement. Enfin, le vieux cygne donna l'ordre de débarquer. Voyant qu'il était très fatigué, Delphine et Marinette le pressèrent de se reposer, mais il ne voulut rien entendre et les conduisit d'abord à la route.

— Ne perdons pas de temps, j'ai peur que nous ne soyons en retard, dit-il. Ah ! oui, bien peur.

En arrivant sur la route avec le blanc troupeau qui leur faisait escorte, les petites faillirent pousser un cri. A cent mètres devant elles et leur tournant le dos, les parents marchaient vers la maison. Ils portaient chacun un panier.

Le vieux cygne avait compris. Il fit aussitôt passer les deux petites de l'autre côté de la route que bordait une haie et leur dit tout bas :

— En courant à l'abri de cette haie, vous aurez bientôt dépassé les parents. Quand vous serez à la hauteur de la maison et qu'il vous faudra retraverser la route, nous ferons en sorte d'attirer l'attention des parents ailleurs. L'important est d'arriver là-bas avec une bonne avance.

Les petites voulurent suivre ses conseils, mais, fatiguées et n'ayant pas mangé depuis le matin, leurs jambes les portaient à peine. Il leur fallut se contenter d'aller au pas, et comme elles marchaient moins vite que les parents, la distance qui les séparait ne fit qu'augmenter.

— Voilà qui complique bien les choses, murmura le vieux cygne. Il va falloir gagner du temps. Laissez-moi faire.

Passant sur la route, il se mit à courir derrière les parents en criant :

— Bonnes gens ! n'avez-vous rien perdu en chemin ?

Les parents s'étaient arrêtés et, au clair de lune, regardaient s'il manquait quelque chose dans leurs paniers. Le vieux cygne ne courait plus et marchait au contraire du plus lentement qu'il pouvait afin de laisser prendre de l'avance aux petites. Les parents s'impatientaient.

— N'avez-vous rien perdu ? dit-il en arrivant auprès d'eux. J'ai trouvé sur la route une jolie plume blanche et, comme elle ne m'appartient pas, j'ai pensé qu'elle était à vous.

— Nous prends-tu pour des sots de ton espèce, de vouloir que nous portions des plumes ? grondèrent les parents furieux en s'éloignant.

Le vieux cygne repassa de l'autre côté de la haie. Les petites avaient réussi à prendre un peu d'avance, mais les parents qui marchaient d'un bon pas, n'allaient pas tarder à les rattraper et à les dépasser. Le vieux cygne paraissait fourbu. Pourtant après avoir encouragé Delphine et Marinette par de bonnes paroles, il trouva la force de prendre sa course à la tête de ses compagnons. Les petites virent le troupeau silencieux des grands oiseaux blancs courir devant elles et disparaître dans une échancrure de la haie. Cependant, les parents poursuivaient leur chemin et parlaient des petites qu'ils allaient trouver à la maison.

— Il faut espérer qu'elles auront été sages et qu'elles n'auront pas traversé la route, disaient-ils. Ah ! si jamais elles avaient traversé la route !

Delphine et Marinette, qui entendaient tout, en avaient les jambes coupées. Soudain, les parents s'arrêtèrent et ouvrirent des yeux ronds. Devant eux, au milieu de la route, étaient rangés douze grands cygnes qui se mirent à danser sous la lune. Ils tournaient deux à deux, dansaient sur une patte, sur l'autre, se saluaient, formaient une ronde, puis, leurs longs cous dressés et leurs douze têtes se touchant à la pointe du bec, tournoyaient d'une telle vitesse qu'à peine les pouvait-on distinguer les uns des autres. Ce n'était plus qu'un tourbillon de neige.

— C'est bien joli, dirent les parents au bout d'un moment mais ce n'est pas l'heure de regarder danser. Nous n'avons que trop perdu de temps.

Passant au milieu des danseurs, ils les laissèrent derrière eux et poursuivirent leur chemin sans se retourner. De l'autre côté de la haie, les petites avaient repris leur avance, mais de nouveau elles entendaient le pas des parents sonner sur la route et perdaient tout espoir d'arriver à la maison avant eux. Le vieux cygne avait quitté la route avec ses compagnons et s'efforçait de trotter derrière elles, mais il était si fatigué qu'il butait à chaque instant et manquait tomber. Venant après la longue course qu'il avait déjà fournie, la danse le laissait exténué. Lorsque enfin, à bout de forces, il rejoignit les deux petites, les parents n'étaient plus qu'à cent mètres de la maison.

— Ne craignez rien, dit-il, vous ne serez pas

grondées. Mais je vais vous quitter et vous laisser à la garde de mes amis. Promettez-moi de leur obéir. Ils vous feront traverser la route quand le moment sera venu.

Le vieux cygne s'écarta de la haie, puis, rassemblant ses dernières forces, s'élança en courant vers le milieu des champs. Peu à peu sa course devint plus lente, il sentit ses pattes se raidir et, en arrivant dans un pré, il tomba sur le flanc pour ne plus se relever. Alors, il se mit à chanter, comme font les cygnes quand ils vont mourir. Et son chant était si beau qu'à l'entendre, les larmes venaient dans les yeux. Sur la route, les parents s'étaient donné la main et, sans prendre garde qu'ils tournaient le dos à la maison, s'en allaient à travers les champs à la rencontre de la voix. Longtemps après que le cygne eut cessé de chanter, ils marchaient encore dans la rosée et ne pensaient pas à rentrer.

Dans la cuisine, Delphine et Marinette cousaient sous la lampe. Le couvert était mis et le feu allumé. En entrant, les parents dirent bonjours d'une petite voix qu'elles ne reconnaissaient pas. Ils avaient les yeux humides et, ce qui ne leur était jamais arrivé, n'en finissaient pas de regarder au plafond.

— Quel dommage, dirent-ils aux petites. Quel dommage que vous n'ayez pas traversé la route tout à l'heure. Un cygne a chanté sur les prés.

Le petit coq noir

Sur le chemin de l'école en traversant les prés, Delphine et Marinette virent un petit coq noir qui allait d'un pas pressé dans l'herbe haute.

— Où vas-tu, coq ? demanda Marinette.

— Je vais, dit le coq sans tourner la tête, et je n'ai pas le temps de bavarder.

On voyait bien qu'il n'était pas disposé aux confidences, car il marchait en tapant du bec sur les plumes de son jabot, et une petite flamme de colère luisait dans son œil doré. Marinette était peinée qu'il eût fait une réponse de cette façon-là.

— Qu'est-ce qu'il se croit donc ? murmura-t-elle à l'oreille de sa sœur. Pour un petit coq de rien du tout...

— Il a toujours été un peu fier, dit Delphine, mais je ne le crois pas mal élevé. Il aura appris, bien sûr, que tu as eu hier après-midi deux mauvais points à l'école, et c'est pourquoi il ne veut pas te répondre.

— Puisqu'il sait tout, il doit savoir aussi que je ne les ai pas mérités.

Pendant qu'elles se disputaient, le coq avait déjà fait du chemin ; on n'apercevait plus que sa crête qui faisait une petite tache rouge dans l'herbe drue.

Delphine courut derrière lui, le dépassa, et fit une révérence.

— Coq, ma sœur est curieuse, mais elle voudrait savoir où tu vas, les plumes si belles et la crête si fraîche ?

Le petit coq noir s'arrêta. Il était content, à cause des plumes et de la crête. Il se redressa, une patte raide, l'autre repliée, et renfla son jabot.

— Ah ! je viens de loin, petites, et je vais plus loin encore. Tel que vous me voyez, j'ai déjà passé la rivière sur un pont !

Marinette, qui se tenait derrière lui, haussa les épaules, et regarda sa sœur comme pour lui faire entendre : « Il a passé la rivière, hein…, dirait-on pas… mais moi, je la passe tous les jours, la rivière. » Parce qu'elle était polie, elle ne dit rien pourtant, et ce fut encore Delphine qui parla.

— Et pourquoi donc ce grand voyage, coq ?

— C'est toute une histoire, petites, toute une histoire (et il renflait son jabot encore bien plus). Quand j'y pense… Ah ! je suis en colère, vous savez ! Figurez-vous que cette nuit, le renard est venu rôder autour du poulailler pour la troisième fois depuis quinze jours. Il sait que j'ai le sommeil un peu lourd et il en profite, mais soyez tranquilles, je ne lui laisserai pas toujours la partie aussi belle. Il peut se flatter d'avoir eu de la chance que je ne me sois pas réveillé…

Marinette eut bien du mal à ne pas éclater de rire. Elle s'écria :

— Mais, coq, le renard t'aurait mangé ! tu es tout petit !

Alors, le coq se retourna tout d'un saut, la crête frémissante.

— Tout petit ? par exemple ! nous allons bien voir... Il n'y a qu'une chose qui vaille, c'est le courage, et je n'en manque pas, Dieu merci. Le renard m'a encore échappé cette nuit, mais sachez-le, j'ai quitté le poulailler à l'aube, et je me suis mis en route pour gagner la forêt. Je saurai bien découvrir le renard où il se cache, et je vous le corrigerai d'importance !

Il s'était mis à marcher en rond, d'un pas fier qui lui jetait la tête en arrière, et comme il avait une assez belle voix, son éloquence fit grande impression sur les petites. Marinette n'avait plus envie de rire, et il se radoucit.

— Si vous voulez, reprit-il, vous pouvez me rendre un service. Je ne suis plus très sûr de mon chemin, et l'herbe est si haute par ici que je n'arrive pas à voir par-dessus.

Delphine le prit dans ses mains et le percha sur son épaule pour qu'il découvrît toute la plaine. Marinette, qui avait encore un peu de rancune, ne put se tenir de lui faire observer :

— Tu diras ce que tu voudras, coq, mais c'est tout de même bien commode, d'être grand.

— Cela peut servir quelquefois, dit le coq, mais il faut convenir que ce n'est pas beau.

Les petites firent l'école buissonnière sans y penser. Elles ne l'auraient sûrement pas faite si elles avaient réfléchi aux suites de leur escapade, mais le coq marchait en avant, et il leur disait :

— Vous allez voir la tête du renard quand il me verra arriver, vous allez voir. Je m'en vais vous l'arranger d'une manière qui le rendra prudent pour longtemps. Tenez, regardez un peu comment je m'y prendrai...

Alors, il tombait en arrêt devant un bouton d'or, le plus gros qu'il pût trouver. Battant l'air de ses courtes ailes, toutes les plumes dressées et l'œil en feu, il sautait sur la fleur, la déchirait à coups de bec, et en piétinait les débris.

— Tout de même, murmurait Delphine à sa sœur, je ne voudrais pas être à la place du renard.

— C'est-à-dire que je ne voudrais pas être à la place du bouton d'or, répondait Marinette.

Cependant, à mesure que l'on approchait du bois, le coq se montrait moins pressé d'arriver. Il s'arrêtait presque à chaque pas pour faire admirer sa vigueur et sa bravoure.

— Tenez, les marguerites, eh bien, c'est pareil que les boutons d'or... et pareil aussi, les bleuets.

— Oui, disait Marinette, mais les renards ?

Enfin, comme les petites le pressaient de poursuivre son chemin, il essaya de se dérober.

— Il faut que je vous le dise, mais j'ai un grand remords de vous avoir fait manquer l'école. L'instruction est une chose si précieuse qu'on n'a vraiment pas le droit d'en rien perdre. C'est à moi d'être le plus raisonnable, et ma foi, tant pis pour le renard, je le corrigerai un autre jour, mais je veux d'abord vous conduire à l'école.

— Ah ! non, protesta Marinette, à présent il est trop tard pour aller en classe. Il fallait t'en aviser plus tôt, et puis, tu sais, on n'a pas besoin de toi pour trouver le chemin de l'école. Allons, au bois tout de suite, ou je croirai que tu as peur.

Le coq était bien ennuyé, mais il s'était trop engagé pour reculer, et il avait beau chercher un prétexte dans sa tête d'épingle, il n'en trouvait point d'honnête pour justifier une retraite soudaine.

— Bon, bon, n'en parlons plus. Moi, je vous donne de bons conseils, vous en faites ce qu'il vous plaît.

Mais en arrivant à la lisière du bois, il s'arrêta, bien décidé à n'aller pas plus avant.

— Vous comprenez, dit-il, pour peu que le renard soit averti de mon arrivée, il m'aura tendu un piège de sa façon. Je ne suis pas si bête d'aller me fourrer dans ses pattes sans avoir pris toutes mes dispositions de combat. Voilà un acacia qui fera un excellent observatoire. Pendant que je surveillerai la lisière du bois pour m'assurer que le renard ne cherche pas à m'échapper, vous partirez aux renseignements dans les fourrés; et si par malchance, l'occasion nous échappe ce matin, ce sera pour une autre fois.

Avec l'aide de Delphine, il grimpa sur son arbre, et les petites entrèrent dans la forêt. Elles n'avaient pas marché cinq minutes qu'elles furent arrêtées par de beaux fraisiers qui portaient de petites fraises rouges et fondantes. Les deux sœurs étaient si occupées de leur cueillette que le renard s'approcha sans être entendu.

— Ah! ah! dit-il après les avoir saluées, je vois que nous avons fait l'école buissonnière?

Delphine rougit, mais il ajouta aussitôt avec un bon sourire d'amitié :

— Surtout, prenez bien garde de ne pas tacher vos tabliers. Les parents sont curieux, et ils ne croient pas toujours leurs filles quand elles disent qu'il pousse des fraises sur le chemin de l'école.

Les petites se mirent à rire. Avec lui, on se sentait tout de suite à son aise.

— Et comment vous appelez-vous mignonnes ?

— Je m'appelle Delphine, et ma sœur Marinette. Elle n'est pas aussi grande que moi.

— Marinette est la plus blonde, je crois, mais Delphine a les plus grands yeux. Les jolies petites que voilà, je les aime déjà toutes les deux.

— Vous êtes bien honnête, Monsieur le renard.

Cependant, il tournait la tête vers l'entrée du bois et reniflait en plissant ses yeux rieurs.

— Hum ! ça sent bon par ici... Je ne sais pas, mais il me semble...

— Ce sont les fraises, dit Marinette, voulez-vous en goûter quelques-unes ? J'en ai là de bien mûres, vous savez.

Le renard remercia, et avec tant de bonne grâce, qu'en le voyant s'éloigner vers la lisière du bois, Delphine s'écria :

— Surtout, n'allez pas de ce côté-là ! Le coq surveille l'entrée du bois et il a dit qu'il voulait vous corriger.

— Oh ! oh ! me corriger ? dit le renard. Il faut qu'il y ait un malentendu, car le coq m'a toujours compté parmi ses meilleurs amis. Mais je vais arranger cela, n'en ayez pas d'inquiétude. Quelques minutes d'entretien confidentiel auront déjà calmé sa colère. Je vous appellerai tout à l'heure pour assister à notre réconciliation. En attendant, ne vous privez pas de cueillir des fraises. Il en restera toujours assez pour les oiseaux.

Il disparut au galop vers la sortie du bois. Les

petites, admirant son panache et sa belle fourrure, lui firent un signe d'amitié, puis se remirent à la cueillette, car elles n'étaient pas moins gourmandes de fraises que n'était le renard de poulets, de gelines et de coqs.

Le renard était assis au pied de l'acacia. Il regardait le coq perché sur une haute branche, et il voulait le manger. Le plus fort, c'est qu'il ne s'en cachait pas du tout, au contraire.

— Tu ne sais pas, dit-il au coq, ce que j'ai appris hier soir en passant sous les fenêtres de la ferme ? J'ai appris que les maîtres allaient te faire cuire dans une sauce au vin pour te servir dimanche prochain au repas de midi. Tu n'imagines pas combien l'annonce de cette nouvelle a pu me peiner.

— Mon Dieu, dans une sauce au vin ! Ils veulent me faire cuire dans une sauce au vin !

— Ne m'en parle pas, j'en ai la chair de poule. Mais, sais-tu ce que tu feras, si tu veux leur jouer un bon tour ? Tu descendras de ton arbre, et moi je te mangerai. Alors, eux, ils seront bien attrapés !

Et il riait de toutes ses dents qu'il avait longues et pointues, et il passait sa langue sur son museau avec un air friand.

Mais le coq ne voulait pas descendre. Il disait qu'il aimait mieux être mangé par ses maîtres que par le renard.

— Tu en penseras ce que tu voudras, mais je préfère mourir de ma mort naturelle.

— Ta mort naturelle ?

— Oui. Je veux dire : être mangé par mes maîtres.

— Qu'il est bête ! Mais la mort naturelle, ce n'est pas ça du tout !

— Tu ne sais pas ce que tu dis, renard. Il faut bien que les maîtres nous tuent un jour ou l'autre. C'est la loi commune, il n'y a personne qui puisse y échapper. Le dindon lui-même, qui fait tant son rengorgé, y passe comme les autres. On le mange aux marrons.

— Mais, coq, suppose que les maîtres ne vous mangent pas ?

— Il n'y a pas à supposer, puisque c'est impossible. C'est une règle sans exception, il faut toujours en arriver à la casserole.

— Oui, mais enfin, suppose... essaie de supposer une minute...

Le coq fit un effort d'imagination considérable et ce qu'il imagina le fit vaciller sur sa branche.

— Alors, murmura-t-il, on ne mourrait plus jamais... On n'aurait qu'à faire attention aux automobiles, et l'on vivrait toujours, sans inquiétude.

— Eh ! oui, coq, tu vivrais toujours, c'est justement ce que je voulais te faire comprendre. Et dis-moi, qui t'empêche de vivre toujours, sans avoir le souci, au réveil, de te demander si tu ne seras pas saigné dans le courant de la journée ?

— Voyons, mais puisque je te dis...

Le renard l'interrompit et s'écria d'une voix impatiente :

— Oui, oui, tu vas encore me parler des maîtres, c'est entendu... et si tu n'avais pas de maîtres ?

— Pas de maîtres ? dit le coq. Et, d'étonnement, il resta bec ouvert.

— On peut très bien vivre sans maîtres, et le mieux du monde, je t'assure. Moi qui vis depuis bientôt trois siècles (il disait trois siècles, mais ce n'était pas vrai : il était né en 1922), moi qui vis depuis trois siècles, je n'ai jamais regretté une seule fois d'être libre. Et comment le regretterais-je ? Si j'avais accepté comme toi d'avoir des maîtres, il y a beau temps que je serais mangé. On m'aurait saigné dans ma plus tendre enfance, et je n'aurais pas à présent l'avantage de compter trois cents ans d'âge, ce qui est bien agréable, soit dit en passant : on a tant de souvenirs ! Ainsi, moi qui te parle, je n'ai l'air de rien, mais je pourrais te raconter des histoires à n'en plus finir.

Le coq l'écoutait en frottant sa tête contre le tronc de l'acacia, et il était perplexe. Dans toute sa vie, il n'avait jamais réfléchi avec autant d'application.

— Il est certain que ce doit être agréable, dit-il, mais je me demande si vraiment je suis fait pour mener cette vie-là. Les maîtres ont bien des défauts et maintenant que j'y réfléchis, je leur en veux de faire cuire les coqs ! Oh ! oui, je leur en veux. Mais enfin, durant le peu de vie qu'ils nous accordent, je dois reconnaître qu'ils ne nous laissent manquer de rien : bonne pâtée, bon grain, et le gîte. Me vois-tu errant par les bois à la recherche de ma nourriture ? Je n'aurais pas ce beau jabot plein que tu me vois aujourd'hui... sans compter que je m'ennuierais, dans cette grande forêt, tout seul de mon espèce.

— Mon Dieu, que le souci de la nourriture ne t'occupe pas. Il suffit de se baisser pour gober les plus délicieux vers de terre, et sans parler des fruits qui sont en abondance par les bois, je connais des coins d'avoines folles où tu seras à ton affaire. Non, la nourriture n'est rien, et je craindrais plutôt pour toi le désagrément de la solitude. Mais je vois à cela un remède bien simple : décider tous les coqs, toutes les poules du village à suivre ton exemple. Tu y réussiras

facilement. La cause est si belle qu'elle intéressera
d'abord, et ton éloquence fera le reste. Une fois le
résultat acquis, quelle satisfaction pour toi d'avoir
guidé ta race vers une existence meilleure ! Quelle
gloire tu en auras ! Et quelle délivrance aussi pour vous
tous de mener une vie sans fin, exempte de soucis,
dans la verdure et le soleil !

Le renard se mit à vanter les plaisirs de la liberté et
le charme des grands bois. Il raconta aussi quelques-
unes de ces bonnes histoires, bien connues de tous les
habitants de la forêt, mais qui n'étaient pas encore
parvenues jusqu'aux poulaillers de la plaine. Le coq en
riait aux éclats, et d'un mouvement qu'il fit pour
contenir son jabot avec l'une de ses pattes, il perdit
l'équilibre et tomba au pied de l'acacia. Le renard avait
bien envie de le manger, sa langue en était toute
baignée de salive, mais il préféra rester sur son appétit
et aida le coq à se relever sans lui faire autre mal.

— Tu ne me manges donc pas ? demanda le coq
d'une voix tremblante.

— Te manger ? mais tu n'y penses pas ! Je n'en ai
pas la moindre envie.

— Pourtant...

— Certes, il m'est arrivé trop souvent de croquer
quelqu'un d'entre vous, mais c'était par amitié, pour le
préserver d'une mort indigne dans la casserole, et je
t'assure que ce n'était jamais de bon cœur.

— Comme on peut se tromper, tout de même, c'est
incroyable !

— Même si tu m'en priais, je ne pourrais pas te
manger, tu me resterais sur l'estomac. C'est que, plus
j'y songe, plus je me persuade que tu es désigné pour
accomplir une grande mission auprès des tiens. Toutes

les qualités qu'il y faut, je les vois paraître dans le regard de tes beaux yeux d'or ; la noblesse du cœur, la volonté ferme, réfléchie, et cette finesse de jugement qui charme déjà dans tes moindres propos.

— Hai, hai, fit le coq en dodelinant de la tête.

— Naturellement, tu ne me dis pas tout ce que tu penses, mais je serais bien étonné si tu n'avais pas déjà fait ton plan.

— Bien sûr que j'ai un plan, bien sûr ! Pourtant, il me reste une inquiétude : la vie des bois comporte bien des périls, car je n'ose pas penser que la fouine et la belette soient dans les mêmes sentiments d'amitié que tu montres à notre égard. Oh ! je suis courageux, et il y a de mes frères qui sont tout près de me valoir, mais enfin, nous n'avons pas de dents pour nous défendre, ni d'ailes pour nous sauver.

Alors, le renard hocha la tête et poussa un grand soupir, comme s'il eût été attristé de voir son meilleur ami dans une si profonde ignorance.

— C'est incroyable ce que la vie domestique peut faire d'un coq intelligent... Vos maîtres sont encore plus coupables qu'on ne pense. Mon pauvre ami, tu te plains de n'avoir ni dents ni ailes, mais comment veux-tu qu'il en soit autrement ? Les maîtres vous tuent avant qu'elles aient poussé ! Ah ! ils savent bien ce qu'ils font, les gredins... mais sois tranquille, les dents vous viendront bientôt, et si drues que vous n'aurez à craindre, ni de la belette ni de la fouine. En attendant, je vous prendrai sous ma protection. Il y aura quelques précautions à observer dans les premiers temps, mais vous n'aurez plus rien à craindre quand les poules auront des dents.

Après avoir attendu longtemps l'appel du renard, et trouvant les confidences bien longues, Delphine et Marinette se décidèrent à sortir du bois. Elles étaient assez inquiètes de la tournure qu'avait pu prendre la conversation, et Delphine, craignant pour le coq, regrettait d'avoir signalé sa présence au renard. En arrivant auprès de l'acacia, elles furent aussitôt rassurées, car les deux compagnons devisaient avec amitié.

— Petites, leur dit le coq, nous sommes occupés, renard et moi, d'une affaire importante qui ne souffre point de retard. Retournez donc à vos jeux, et l'heure venue, je vous ramènerai chez vos parents.

Marinette n'aimait pas beaucoup qu'un petit coq de rien du tout lui parlât sur ce ton-là, et Delphine elle-même parut mécontente. Le renard, qui avait de bonnes raisons de se ménager leur amitié, voulut effacer cette mauvaise impression.

— Je crois, au contraire, coq, que leur présence ne sera pas de trop. Il est vrai que l'affaire est d'importance, mais vous pouvez nous donner un avis utile. Notre ami me faisait part d'un projet magnifique qu'il achève de mûrir, et que vous l'aiderez à réaliser, j'en suis sûr.

Il les mit au fait, avec une éloquence émue qui exaltait encore l'enthousiasme du coq. Delphine, des larmes plein les yeux, s'apitoyait sur la cruelle destinée des poules asservies aux caprices de maîtres sanguinaires. Elle accueillit bien le projet de retraite au fond des bois. Marinette, quoiqu'elle approuvât dans le fond de son cœur, tenait rigueur au coq d'avoir voulu les écarter du débat, et fit observer :

— C'est très joli, mais moi, j'aime bien le poulet. Si vous quittez tous le poulailler, nous n'en aurons plus à manger.

A ces mots, le coq se sentit dans une grande indignation. Il marcha contre Marinette et lui dit avec colère :

— Bien sûr que vous ne mangerez plus de poulets ! Croyez-vous qu'ils viennent au monde pour être accommodés par des maîtres sans conscience ? Il faudra les supprimer de votre menu ! Et ne croyez pas non plus que nous oublierons jamais le mal que vous nous avez fait. Quand les poules auront des dents, vous regretterez peut-être de les avoir maltraitées autrefois.

Il avait un air menaçant, et Marinette avait un peu peur, mais elle n'en laissa rien voir, et répondit sans trembler :

— Je ne sais pas si un jour tu auras des dents, c'est possible. En tout cas, je dis qu'un bon poulet rôti et doré au four, c'est bien bon, et même, je me rappelle avoir goûté d'un coq au vin qui n'était pas mauvais non plus.

Delphine donnait du coude à sa sœur pour l'inviter à la prudence, car elle voyait le coq tout secoué de fureur. Le renard dut retenir son ami pour l'empêcher de se jeter sur Marinette.

— Calmons-nous, mon cher coq, calmons-nous. Je suis sûr que ces enfants-là ne nous feront pas regretter de leur avoir accordé notre confiance et qu'elles n'iront pas nous trahir auprès de leurs parents.

— Nous trahir ? s'écria le coq. Il ne manquerait plus que ça ! Si je le savais, je les mangerais toutes les deux !

Alors, les petites haussèrent les épaules. Le coq pouvait leur faire mal aux jambes avec son bec, mais pour les manger, il était trop petit, elles le savaient bien.

Le renard vit le moment venu de faire un grand discours, et il commença de cet air bon enfant qui lui gagnait tout de suite la confiance de ses dupes :

— Mon Dieu, il n'y en a pas un d'entre nous qui soit plus raisonnable que les autres. Pourtant, nous sommes tous bien d'accord, au fond. Notre bon ami le coq se révolte contre la cruauté des maîtres, mais je suis sûr que Marinette elle-même est la première à l'approuver. Ceux qu'il appelle les maîtres ne sont-ils pas, en effet, les parents ? Et ne savons-nous pas que les parents sont ennuyeux, sévères, et trop souvent cruels avec leurs enfants ?

Les petites voulurent protester qu'elles aimaient bien leurs parents, mais il ne leur en laissa pas le temps.

— Oui ! cruels et injustes, ce n'est pas trop dire. Tenez, l'autre jour, ils vous ont fouettées toutes les deux (il parlait ainsi au hasard) et vous ne le méritiez pas du tout...

— Pour ça, dit Marinette, on ne le méritait pas, c'est bien vrai.

— Vous voyez ! je vous dis qu'ils s'amusent à être injustes et à ennuyer les enfants. Ils savent aussi qu'il y a des fraises dans les bois, et pourtant ils vous envoient à l'école...

— C'est bien vrai aussi.

— Et tout à l'heure, s'ils apprennent que vous avez fait l'école buissonnière, ils vous fouetteront encore, et ils vous mettront au pain sec.

Les petites reniflèrent en songeant au châtiment qui les attendait peut-être.

— Et ils l'apprendront certainement, poursuivit le renard. D'autres parents les auront déjà avertis, car ils se soutiennent tous, voyez-vous, ils s'entendent contre leurs enfants et contre leurs poulets. C'est pourquoi ils ont besoin d'une bonne leçon. Quand ils n'auront plus ni coq ni poule dans la basse cour, ils commenceront à réfléchir, et ils traiteront leurs enfants avec un peu plus de justice, de peur qu'eux aussi ne finissent par se lasser.

Les petites étaient très émues, mais elles hésitaient à prendre l'engagement de servir l'entreprise du coq. Le renard ne les pressa point d'une réponse. Ayant pris congé, et tandis qu'elles s'éloignaient vers le village, en compagnie du coq, il alla trouver une vieille pie qui n'avait rien à lui refuser.

— Prends ton vol, et va-t'en sur la plaine, jusqu'à la maison des noyers. Là, tu informeras les parents que Delphine et Marinette ont fait l'école buissonnière pour cueillir des fraises au bois. Ne te trompe pas : c'est Delphine et Marinette.

Il arriva tout ce que le renard avait prévu : en rentrant chez elles, les petites furent grondées par leurs parents, fouettées, et puis mises au pain sec.

— Ce n'est pas en manquant l'école, disaient-ils, que vous apprendrez à faire une belle lettre à votre oncle Alfred !

Au fond, ils avaient raison, et dans un autre moment, les petites en auraient convenu les premières.

Mais tandis qu'elles déjeunaient d'un morceau de pain et d'un verre d'eau, les parents mangeaient justement un poulet qu'une automobile avait écrasé dans la matinée. C'était une malchance. Delphine et Marinette, regardant et humant le rôti, songeaient au discours du renard, et le dépit les empêchait d'avoir les remords qu'il aurait fallu.

— Moi, déclara Marinette avec effronterie, je n'aime pas le poulet. Alors, je ne suis pas fâchée d'être au pain sec.

— Moi, dit Delphine, je ne comprends même pas qu'on puisse manger des poulets. Ils sont si gentils.

D'abord, les parents se contentèrent de sourire, disant qu'il valait mieux pour elles, en effet, de ne pas aimer le poulet (puisqu'elles en étaient privées). Mais comme elles parlaient d'injustice, ils se fâchèrent tout de bon.

— J'avais mis de côté pour vous une aile et une cuisse, que vous auriez mangées ce soir, dit leur maman. Mais puisque vous répondez à vos parents, vous serez encore au pain sec. Voilà qui vous apprendra.

Delphine et Marinette avaient envie de pleurer ; on ne leur vit point de larmes, pourtant. Mais après le repas, quand elles furent seules dans la cour, elles parlèrent très mal de leurs parents.

— Tout de même, disait Marinette, le renard avait raison, tout à l'heure. Il nous avait bien prévenues.

— On peut dire qu'il les connaît les parents, lui.

— Tu te rappelles ce qu'il disait ? Les parents s'amusent à être injustes.

— Et c'est bien vrai qu'ils sont méchants. Je suis sûre que s'ils pouvaient nous faire cuire...

Elles se montaient la tête et il ne pouvait rien en résulter de bon. Ensemble, elles allèrent trouver le coq de la maison, qui était à plumes bleu et or, et lui dirent un grave mensonge qu'elles avaient concerté :

— Coq, nous venons d'apprendre une triste nouvelle : il y aura, dimanche, grande fête au village et les maîtres ont décidé d'accommoder toutes les poules, tous les poulets et tous les coqs, parce qu'ils veulent en donner aux pauvres. Ils disent que la fête sera très belle, mais nous avons bien du chagrin pour vous.

Et sur le chemin de l'école, elles s'arrêtaient auprès de tous les coqs de rencontre pour leur dire la même chose. Le bruit d'un grand péril se répandit dans toutes les basses-cours et dans l'après-midi, quand le coq noir fit le tour du village pour proclamer la liberté, il prêcha des frères plus qu'à moitié convaincus.

Le lendemain matin, à l'heure où les fermes s'éveillent, tous les coqs du village, après un chant d'adieu et d'espérance, menèrent leurs familles au lieu du rendez-vous, qui était un champ d'orge haute, et de là partirent pour la grande aventure. Cela faisait un immense troupeau de six cent cinquante têtes, sans compter les poussins et quelques douzaines de canetons qui avaient entendu parler des étangs de la forêt. Le petit coq noir allait en avant, le jabot plus bombé encore qu'au jour d'avant, et la tête verdoyante d'une couronne de laurier-sauce que son peuple lui avait tressée. Mais c'était un bien funeste présage que ce laurier-sauce.

Au fond des bois, la volaille ne tarda pas à murmurer que la liberté lui coûtait cher. Le renard avait fait à ses hôtes le plus tendre accueil et avait échangé des serments fraternels avec tous les chefs de famille. Il s'ingéniait à leur rendre agréable et facile le séjour de la forêt, et dépensait toutes les ressources de son éloquence à les persuader qu'ils étaient au paradis de la volaille. Cependant, il ne se passait pas un jour qu'il ne disparût à la fois, un poulet, un coq, une geline, et parfois même davantage. Et il n'était pas difficile d'observer que le renard avait une mine superbe, les joues pleines, le poil luisant et le ventre rebondi.

Le coq noir, qui gardait néanmoins sa couronne de laurier, devenait chaque jour plus soucieux et ne dissimulait pas son mécontentement au renard. Celui-ci se défendit d'abord d'être pour rien dans la disparition des volailles.

— La fouine et la belette auront déjà trahi les promesses qu'elles m'ont faites, mais j'y mettrai bon ordre.

Mais, un jour, il lui fallut bien avouer son forfait, car des plumes de poule étaient restées collées à son museau sanglant.

— Pour une fois, dit-il au coq, j'ai dû montrer quelque sévérité. Cette poule que j'ai mangée avait très mauvais esprit, elle aurait fini par nous causer des ennuis. Il est bon que je fasse un exemple de temps en temps.

Une autre fois, le coq tenait la preuve qu'il venait de faire trois victimes dans la journée. Aux reproches qu'il s'entendit faire, le renard répondit avec impudence :

— C'est vrai et tu m'en vois bien fâché. Mais j'ai décidé que, jusqu'à nouvel ordre, je mangerais chaque jours deux ou trois poules choisies parmi les plus sottes et les plus laides, qui déparent le reste du troupeau.

Le coq n'était pas dupe, mais il s'était trop compromis par son zèle des premiers jours pour oser, devant ses frères, convenir qu'il les avait mis dans un mauvais pas. Il s'efforçait, au contraire, de les apaiser, attribuant à la fouine et à la belette les crimes abominables du renard.

— Ayez patience, disait-il, c'est un mauvais moment à passer, mais nous ne tarderons plus guère à avoir des dents et nous serons les véritables maîtres de la forêt.

Delphine et Marinette venaient au bois le plus souvent qu'elles pouvaient, mais le coq, parce qu'il redoutait les représailles du renard, ne leur parlait pas de ses inquiétudes. Les petites voyaient bien qu'il était triste, mais la mélancolie est un des effets ordinaires de la gloire, qu'elles ne soupçonnaient rien de la vérité. Elles se réjouissaient d'avoir joué un bon tour à leurs parents en les privant, à leur tour, de manger du poulet.

Mais un jour, le renard, pour un festin dont il régalait deux de ses parents, ayant sacrifié douze victimes (sans compter les poussins et les canetons), les petites trouvèrent le coq en larmes, qui les mit au courant. Elles connurent enfin la honte et le remords de leur mauvaise action.

— Coq, dit Marinette en pleurant, il faut rentrer aujourd'hui même dans les poulaillers.

— Vous allez tous venir avec nous, ajouta Delphine, je vais informer les poules de ce qui s'est passé.

Le renard, qui avait écouté toute la conversation, surgit d'entre les branches d'un fourré en compagnie de deux de ses parents. Il n'avait plus la physionomie agréable des autres jours. Ses oreilles bougeaient sur sa tête et il grinçait des dents avec un air méchant.

— Par exemple ! s'écria-t-il, ne voyez-vous pas ces deux gamines qui prétendent me retirer le pain de la bouche ? Vous êtes trop curieuses, petites, et vous en savez trop long ! Mais ne vous flattez pas que vous avertirez vos parents, car mes deux cousins et moi, nous allons vous manger !

Les petites se mirent à crier et à courir de toutes leurs forces vers la lisière du bois. Heureusement, le renard et ses deux cousins étaient lourds du grand festin qu'ils venaient de faire, elles purent prendre un peu d'avance et, essouflées, grimper dans un acacia au bord de la plaine. Leurs grands cris alertèrent les parents qui vinrent les délivrer. On les ramena au village avec le restant des volailles qui étaient encore quatre cent soixante-dix.

Delphine et Marinette furent sévèrement punies, elles comprirent que le mensonge et la désobéissance sont d'affreux péchés. Quant aux volailles, leur châtiment avait été assez cruel. Devenues raisonnables pour longtemps, elles se persuadèrent qu'il n'y a pas de bonheur plus sûr que celui d'être mangé par ses maîtres.

Le petit coq noir, lui, ne devait jamais revoir son poulailler, car le renard l'avait saigné d'un coup de dent pour le punir de son indiscrétion. Il était encore tout chaud quand on le ramassa. Il fut mangé à la sauce au vin, relevée du laurier qui avait orné son triomphe.

La buse et le cochon

D'une longue planche posée sur le tronc d'un chêne, Delphine et Marinette avaient fait une balançoire. Quand l'une touchait terre, l'autre se trouvait si haut perchée que le monde lui paraissait bien plus grand. Marinette ne pouvait pas s'empêcher d'avoir peur un peu. Elle riait quand même, et avec la main, elle faisait des signes à une petite poule blanche qui la regardait depuis le seuil du poulailler. La petite poule blanche était une très bonne poule qui aimait beaucoup les deux petites. C'était par amitié et pour le plaisir de les voir jouer qu'elle restait sur le seuil du poulailler. Toutes les autres poules étaient rentrées, à cause d'une grande buse qui survolait la cour de la ferme, très haut dans le ciel, prête à fondre sur une volaille imprudente pour l'emporter entre ses serres et aller la manger dans la forêt voisine. A chaque instant la poule blanche levait la tête d'un air inquiet. La buse, ses grandes ailes déployées et immobiles, décrivait des cercles au-dessus de la cour et se rapprochait constamment. Elle avait remarqué la petite poule blanche et la trouvait appétissante.

Qui regardaient aussi se balancer les deux petites, il

y avait un âne, un chat et un gros cochon de cent
cinquante livres.

L'âne se dandinait, sans y penser, et faisait aller sa
tête de côté et d'autre, comme pour suivre le mouvement de la balançoire. Il riait en montrant toutes ses
dents, parce qu'il était content de voir s'amuser ses
amies Delphine et Marinette.

Le chat dormait sur la margelle du puits. Parfois, il
ouvrait un œil, regardait les petites, et se rendormait en
faisant : « Ronron, ronron. »

Le cochon, lui, se tenait dans un coin de la cour,
contre la haie du jardin, et il jetait sur la balançoire des
regards irrités, en secouant ses grandes oreilles pendantes. Ce cochon-là avait toujours eu des manières un
peu rudes, mais c'était, au fond, une excellente nature.
On ne pouvait lui reprocher que sa mauvaise humeur,
car il trouvait à redire à tout ce qu'il voyait et entendait.
Son meilleur plaisir était de ronchonner du matin au
soir, et il n'y avait personne à la ferme qui n'eût à en
souffrir. Peut-être aussi soupçonnait-il combien il est
dangereux pour ses pareils d'être gras et frais, mais c'est
peu probable et tout porte à croire qu'il se laissait
simplement aller à son caractère de cochon.

La balançoire le contrariait, il n'en finissait pas de
grommeler dans la haie : « Ma parole, elles ne savent
plus qu'inventer... et puis, qu'est-ce que c'est que ces
façons de rire et de crier, à quoi cela ressemble-t-il ?
D'abord, cette planche m'appartient aussi bien qu'à
elles, et si quelqu'un doit se balancer, il me semble que
c'est bien moi... »

— Dites donc ! cria-t-il, est-ce que vous en avez
encore pour longtemps ? Je voudrais pourtant bien me
balancer aussi !

Delphine vit bien que le cochon leur adressait la parole, mais Marinette riait si fort qu'elle ne put entendre ce qu'il disait.

Il faisait un joli soleil de midi. L'âne en avait chaud dans son poil et il se mit à l'ombre contre le mur de la maison. A cause de ses longues oreilles, il entendit très bien la conversation des parents qui se tenaient dans la cuisine. Voilà ce qu'ils disaient :

— Je crois qu'il est bon à tuer. Il fait déjà cent cinquante livres et je ne vois pas pourquoi on le garderait plus longtemps.

— On pourrait attendre encore un peu... D'un autre côté, je sais bien qu'il ne reste plus beaucoup de lard au saloir...

— Il en reste pour une semaine tout au plus. Moi, je serais d'avis qu'on le saigne demain matin, sans attendre davantage.

L'âne hésitait à comprendre, mais les parents parlèrent encore de boudins et d'andouilles, avec des clappements de gourmandise, et l'on ne pouvait plus douter qu'il s'agit du cochon. L'âne se mit à pleurer et à renifler si fort qu'on l'entendit dans toute la cour. En voyant ses larmes, les petites arrêtèrent la balançoire pour lui demander ce qui le chagrinait.

— Rien, répondit l'âne. J'aurai attrapé le rhume des foins, et les yeux me piquent un peu, voilà tout.

Dans son coin, le cochon hochait la tête et disait entre ses dents : « Voilà bien du bruit pour une bourrique enrhumée ! C'est comme ces deux gamines, elles n'en finissent pas de se balancer. »

Cependant, la buse volait de plus en plus bas, et plusieurs fois son ombre passa entre la balançoire et la petite poule blanche.

L'âne alla réveiller le chat qui continuait à dormir sur la margelle du puits. Il lui dit à l'oreille :

— Tu ne sais pas ce que je viens d'apprendre ? On va tuer le cochon demain matin pour en faire du lard et du boudin.

Mais le chat ne parut ni surpris, ni ému par la nouvelle. C'était à croire qu'il n'avait pas entendu.

— Voyons, réveille-toi, dit l'âne. Je viens d'apprendre…

— Eh bien ! oui. Tu viens d'apprendre qu'on tue le cochon demain matin. J'en suis fâché pour lui, mais que veux-tu que j'y fasse ? C'est le sort de tous les cochons. Il n'y a rien à faire.

— Sait-on jamais ? dit l'âne. J'ai envie de prévenir les deux petites.

— Si quelqu'un doit être averti, fit observer le chat, il me semble que c'est le cochon. Va donc lui porter la nouvelle. Pendant ce temps-là, je préviendrai Delphine et Marinette. J'ai même envie d'en parler à la petite poule blanche. Elle aura peut-être une idée.

Tandis que le chat quittait la margelle et se dirigeait vers la balançoire, l'âne s'en alla auprès du cochon. Il ne savait comment s'y prendre pour lui annoncer la nouvelle et dit avec un sourire gêné :

— Je crois qu'on tient le beau temps.

Au lieu de répondre, le cochon ne fit que tourner le dos. L'âne en fut décontenancé et resta un moment silencieux.

— Écoute, reprit-il, je voudrais te dire quelque chose, mais c'est si difficile…

— Alors, laisse-moi tranquille et tais-toi. Je me passerai bien de tes bavardages !

— Mon pauvre cochon, soupira l'âne, si tu pouvais

savoir... Allons, il faut pourtant que je me décide à t'avertir...

Comme il disait ces mots, les parents se mirent à la fenêtre et appelèrent à déjeuner les deux petites qui étaient en conversation avec le chat et la poule blanche. Voyant qu'elles tardaient à venir, ils crièrent :

— Allons! vite! le lard va être froid!

L'âne baissa la tête, honteux pour les petites du repas qui les attendait, et murmura à l'oreille du cochon :

— Il faut leur pardonner. Elles sont bien obligées de manger ce que les parents leur donnent, n'est-ce pas? Et puis, elles n'y font pas attention...

— Mais qu'est-ce que tu racontes entre tes dents? A la fin, tu m'ennuies avec tes histoires.

— C'est pour le lard!

— Le lard? mais quel lard? Ma parole, il a perdu la tête! Mais ma balançoire est enfin! libre, je vais pouvoir m'amuser à mon tour...

— Une minute! je voulais te dire...

Mais déjà le cochon courait sur ses courtes pattes vers la balançoire. L'âne le suivit au galop et en arrivant auprès du chat et de la petite poule blanche, il leur souffla :

— Le pauvre ne sait rien encore.

Le cochon s'était assis sur un bout de la planche, mais il avait beau grogner et s'agiter en tous sens, la balançoire ne bougeait pas. Ses trois amis qui faisaient cercle autour de lui, le regardaient avec compassion. La petite poule blanche en oubliait la buse qui volait maintenant en rasant le toit de la maison.

— Suis-je bête! s'écria tout à coup le cochon. Je

n'y avais pas pensé, mais pour se balancer il faut être deux !

Au même instant, on entendit des éclats de voix qui venaient de la cuisine. Les parents grondaient les deux petites :

— Vous mangerez du lard, disaient-ils, ou vous irez vous coucher ! A-t-on jamais vu pareil caprice ? Qu'est-ce que ça veut dire ?

On n'entendit pas la réponse de Delphine et Marinette, parce qu'elles avaient des voix de petites filles, mais les parents reprirent :

— Pensez-vous qu'on l'engraisse pour qu'il joue avec deux gamines ? Non, non. Demain matin, le cochon sera...

Alors, auprès du cochon, pour qu'il n'entendît pas la suite, l'âne se mit à braire, la petite poule blanche à chanter et le chat à miauler. La buse, qui volait très bas et passait déjà sa langue sur son bec, fut si effrayée par le bruit qu'elle s'éleva d'un coup d'aile plus haut que le toit de la ferme. Pourtant, elle ne perdit pas l'espoir de saisir sa proie et continua à tourner en rond au-dessus de la cour.

— Êtes-vous sots de faire un pareil vacarme, dit le cochon. Vous vous êtes mis à crier au moment où il était question de moi dans la cuisine, et la suite m'a échappé par votre faute.

L'âne poussa un grand soupir qui fit comme un courant d'air dans la moustache du chat, et la petite poule blanche rentra la tête dans son jabot pour cacher ses larmes. Alors, le chat secoua ses poils, fit un pas en avant, et répéta toute la conversation que l'âne avait surprise à la fenêtre de la cuisine. Il affirmait, par charité, que rien n'était perdu encore, mais ses paroles d'espoir ne trompaient personne.

Le cochon fut vraiment très bien. Il y a des bêtes qui auraient poussé de grands hurlements ou qui auraient eu des paroles de colère. Assis sur le bout de la planche, le cochon écouta tranquillement le discours du chat. Ses premiers mots furent pour remercier ses amis de l'aide qu'ils lui apportaient. Après quoi, il demanda à chacun de lui donner un avis. L'âne conseillait de tenter une démarche auprès des parents pour obtenir un délai, mais le cochon lui-même jugea qu'elle n'aurait pas d'autre effet que d'éveiller leur méfiance. Pour lui, il pensait que le plus sage était d'attendre la tombée de la nuit et de s'enfuir dans la forêt voisine. Le chat lui fit observer qu'il irait ainsi à sa perte plus sûrement qu'en demeurant à la ferme, car à peine aurait-il fait cent pas dans les bois que le loup le mettrait en pièces et le mangerait.

— Allons, soupira le cochon, je vois bien qu'il n'y a pas moyen d'échapper au saloir. Vous direz ce que vous voudrez, c'est tout de même ennuyeux. Mais ce qui me fait peut-être le plus de peine, c'est de penser que Delphine et Marinette seront obligées de me manger...

L'âne, la petite poule blanche, et même le chat qui n'avait jamais été très familier avec lui, ne pouvaient pas s'empêcher de renifler en l'entendant parler ainsi. Le cochon s'aperçut combien ils étaient émus, et, pour ne pas les attrister davantage, il dit en riant :

— Au fond, je suis sûr que les choses vont s'arranger, vous verrez. En attendant, je voudrais bien me

balancer. Y a-t-il quelqu'un d'entre vous qui veuille
s'asseoir sur l'autre bout de la planche ?

— Moi, dit l'âne, je ne demanderais pas mieux,
mais je suis trop grand pour trouver place sur la
balançoire.

— Moi, dit le chat, je ne suis pas assez lourd. Pense
que tu pèses cent cinquante livres !

— Hélas ! soupira le cochon. Si j'étais moins gras,
j'en serais bien plus à l'aise. Je le vois bien à présent.

Sans rien dire, la petite poule blanche monta sur la
balançoire.

— A quoi bon ? dit le chat, tu es encore plus légère
que moi.

— Nous verrons bien.

Alors, la petite poule blanche se fit aussi lourde
qu'elle put. Et comme le cochon était une très bonne
bête, elle réussit à le soulever de terre assez facilement.
La planche se redressa et ils se trouvèrent tous les deux
à la même hauteur. L'âne se mordait les oreilles pour
s'assurer qu'il ne rêvait pas, et le chat n'était pas moins
étonné. La chose était si surprenante que personne ne
prit garde à la buse qui faisait une ombre sur la
balançoire. La petite poule blanche se fit encore un
peu plus lourde, et le cochon se mit à monter. Après
quoi, il descendit lentement, remonta, redescendit, et
ainsi pendant plus de cinq minutes. Jamais il ne s'était
autant amusé, et il riait aux éclats. C'était très fatigant
pour la petite poule blanche. Comme le cochon se
trouvait très haut perché et qu'elle était en bas, elle
sentit les forces lui manquer et ne pesa presque plus
rien. Justement, la buse plongeait sur la balançoire
pour saisir sa proie, et il lui arriva une aventure qui
devait lui faire regretter sa gourmandise. Le poids du

cochon, que rien n'équilibrait plus, fit basculer tout d'un coup la balançoire de son côté, et l'autre bout de la planche, en remontant, porta sur la tête de la buse avec tant de force qu'elle tomba tout étourdie sur le sol. Alors, la petite poule blanche se rendit compte du danger qu'elle avait couru et se prit à crier :

— Au secours ! il y a une buse qui veut me manger ! La voilà par terre qui bat de l'aile ! Ne la laissez pas reprendre son vol !

En effet, la buse semblait se remettre déjà du coup qui l'avait étourdie et regardait la petite poule blanche d'un air irrité qui ne disait rien de bon. Heureusement, l'âne et le cochon accouraient. Ils prirent l'oiseau par les plumes et tirèrent si bien qu'il leur resta chacun une aile dans la gueule. La buse faisait triste figure et n'était plus, à vrai dire, qu'une moitié de buse.

— Rendez-moi mes ailes ! disait-elle d'une voix furieuse. Vous n'avez pas le droit de me prendre mes ailes !

Tout en criant, elle menaçait l'âne et le cochon de son grand bec crochu. Agacé par ce tapage, le chat l'eut bientôt fait taire.

— Si tu étais une buse un peu raisonnable, lui dit-il, tu ne mènerais pas si grand bruit. Les maîtres de la ferme achèvent leur repas et je suis étonné qu'ils ne t'aient pas déjà entendue. S'ils te surprennent dans la cour, ils ne manqueront pas de t'assommer à coups de bâton. C'est pourquoi, pendant qu'il te reste encore deux pattes, tu feras bien de te couler derrière la haie et de gagner aussitôt la forêt où tu attendras que tes ailes repoussent. Si tu tardes seulement une minute, je te vois en mauvaise posture.

La buse ne se fit pas répéter l'avertissement, et, ravalant ses paroles de colère, elle se hâta vers le coin de la haie. Elle n'avait guère l'habitude de courir, et c'était un spectacle pitoyable de voir ce grand oiseau efflanqué, à moitié plumé, qui s'en allait en clopinant. L'âne en était si ému qu'il proposa au cochon :

— On pourrait peut-être lui rendre ses ailes tout de même. Après une pareille aventure, elle aura perdu toute envie de rôder encore près de la ferme.

— Moi, je veux bien, acquiesça le cochon. Tout à l'heure, nous lui avons fait très mal et il me semble qu'elle est assez punie. Qu'en pense le chat ?

— Oh ! moi, je n'y vois pas d'inconvénient, dit le chat. C'est à la petite poule blanche d'en décider...

La buse, qui avait entendu le conciliabule, s'était arrêtée à mi-chemin de la haie, attendant qu'on lui rendît ses deux ailes. Il lui semblait que ce fût maintenant une chose décidée, mais elle eut une grande désillusion, car la petite poule blanche lui cria :

— Tu n'as rien à attendre de nous ! Presse-toi de gagner la forêt ou j'appelle les maîtres !

La buse reprit sa course en grommelant et disparut au coin de la haie. L'âne et le cochon en voulaient à la petite poule blanche d'une aussi grande sévérité, mais elle leur dit en clignant un œil :

— Je garde ses ailes parce que j'ai une idée... je suis sûre que le chat m'a déjà comprise... Mais voilà les deux petites, nous allons en parler avec elles.

Delphine et Marinette sortaient de la maison avec leurs cartables sous le bras pour s'en aller à l'école. Pendant qu'elles s'arrêtaient à caresser le cochon, la petite poule leur fit part de son projet.

— C'est une bonne idée, dirent-elles, mais ce doit

être bien difficile. Nous en parlerons au bœuf blanc en rentrant de l'école.

Ce bœuf blanc était un bœuf très savant, qui savait lire dans les livres les plus difficiles. Pourvu qu'il fût de bonne humeur, il conseillait volontiers les bêtes dans l'embarras, mais, depuis deux jours, il était justement très mal disposé parce qu'il n'arrivait pas à trouver la solution d'un problème d'arithmétique. Seules, Delphine et Marinette pouvaient lui adresser la parole sans se faire rabrouer.

Les deux petites filles prirent le chemin de l'école après avoir promis au cochon de presser leur retour, afin de parler au bœuf blanc. Elles ne pensaient guère à leurs leçons, et Delphine paraissait soucieuse.

— Est-ce que tu as peur que le projet ne réussisse pas ? demanda Marinette.

— Oh ! non, dit Delphine, au contraire ! J'ai presque peur qu'il réussisse trop bien. Vois-tu, je me demande si nous sommes bien raisonnables de vouloir sauver le cochon...

— Tu ne peux tout de même pas souhaiter qu'il soit coupé en morceaux et mis au saloir !

— Oui, je sais bien, c'est ennuyeux pour lui et pour nous, mais, après tout, les cochons sont faits pour être mangés. Suppose que le nôtre échappe à son sort. Ce sera un gros ennui pour nos parents. Où prendront-ils le lard dont nous faisons presque tous nos repas ? C'est bien joli d'être bon pour les bêtes, mais il ne faut pas exagérer.

Marinette était presque fâchée d'entendre sa sœur parler ainsi, mais elle ne trouva rien à répondre d'abord. Comme elles craignaient d'être en retard, elles prirent un petit chemin de traverse où elles s'aventuraient rarement et passèrent devant une jolie maison peinte en vert. Sur le seuil était assis un gros cochon rose tacheté de noir, qui leur dit aimablement :

— Bonjour, petites... Vous allez à l'école ?

— Oui, répondit Marinette, et je crois que nous ne sommes pas en avance... Dites-moi, cochon, vous devez être très lourd ?

— Ma foi, dit le cochon en riant, voilà bien longtemps que je ne me suis pas pesé. La dernière fois, si j'ai bonne mémoire, je faisais trois cents livres.

— Trois cents livres ! Vos maîtres doivent être bien bons, ou ils ne sont pas pressés.

— Mes maîtres ? mais je n'en ai pas, et je vous dirai même que je m'en trouve assez bien... Oh ! je ne suis pas riche, mais à quoi bon ? Il me suffit de posséder cette petite maison, un bout de champ et un bon garçon obéissant. C'est assez pour ma tranquillité.

Au même instant, un gros garçon aux joues pleines sortit de la maison avec une pioche sur l'épaule, et salua les deux petites.

— Baptiste, lui dit le cochon, as-tu regardé s'il me reste encore beaucoup de glands ?

— Oui, mon maître, je viens de regarder. Il n'en reste plus que pour trois ou quatre jours... peut-être une semaine, si vous voulez bien vous rationner.

— Me rationner ? grogna le cochon. Comme c'est agréable ! Et alors, dans une semaine, je n'aurai plus un gland à me mettre sous la dent ? Mais tu sais ce que je t'ai promis ? C'est toi qui l'auras voulu, puisque tu as eu la paresse de ne pas t'approvisionner en temps utile.

Baptiste baissa la tête et partit en s'essuyant les yeux. Les petites étaient si étonnées de ce qu'elles avaient vu et entendu, qu'elles en oubliaient l'école.

— Vous comprenez, leur dit le gros cochon, tous les ans il me joue le même tour. A la fin, moi, j'en ai assez.

— Pauvre homme ! s'écria Delphine. Il ne l'a sûrement pas fait exprès... ce n'est qu'une étourderie... Prenez patience.

— Oh ! oui, prenez patience, supplia Marinette. Ne le mangez pas encore cette année.

— Le manger ? s'écria le gros cochon et, à son tour, il ouvrit de grands yeux étonnés. Le manger ? Mais je n'y ai jamais pensé ! Je lui ai simplement promis que si les glands venaient à manquer, je le priverais de dessert pendant quinze jours. Mais je suis si bête que je n'aurai même pas le courage de le punir. Et pourtant, vous conviendrez qu'il le mérite bien !

Les petites en convinrent volontiers. Et repensant aux paroles de Marinette, le gros cochon se mit à rire et dit encore :

— Le manger... comme vous y allez, vous ! Pauvre Baptiste !... Oh ! ce n'est pas qu'il ne soit pas appétissant, au contraire, et je pense à certaine manière de l'accommoder qui me plairait assez... sans compter qu'il me ferait pas mal de profit ! Mais s'il ne fallait écouter que son appétit, on aurait bientôt dévoré ses meilleurs amis. Pour moi, j'aimerais mieux mourir de faim que de m'y décider !

Delphine, toute rougissante à la pensée de certains propos qu'elle avait tenus à sa sœur, fit observer qu'il était grand temps de rentrer en classe.

— Il me tarde d'être rentrée pour pouvoir aller parler au bœuf blanc, dit-elle.

D'abord, les petites entrèrent seules dans l'étable. Le cochon, l'âne, le chat et la petite poule blanche les attendaient dans la cour.

374 *Les contes du chat perché*

— Bœuf blanc, dit Delphine, nous avons quelque chose à te demander.

— Vous avez de la chance, dit le bœuf blanc. Je viens justement de trouver la solution de mon problème.

Delphine lui exposa ce qui les amenait auprès de lui, et quand il eut tout entendu :

— Mais rien n'est plus facile ! leur dit-il. Vous n'avez rien à craindre, j'en fais mon affaire. Je vais y réfléchir un peu pour plus de sûreté, mais venez ce soir à sept heures avec votre ami, et la chose sera faite en moins d'une minute.

Les petites remercièrent longuement le bœuf blanc et, quittant l'étable, retrouvèrent leurs amis qui les attendaient avec impatience.

— C'est entendu, dit Delphine, au cochon. Nous t'emmènerons auprès du bœuf blanc ce soir à sept heures et il arrangera tout.

— Ah ! je suis bien content, déclara le cochon. Je peux bien vous le dire maintenant, mais je n'osais pas espérer que la chose était possible.

En rentrant des champs, vers six heures, les parents s'arrêtèrent auprès du cochon et le palpèrent longuement pour s'assurer de son embonpoint. Ils semblèrent fort satisfaits de leur examen et lui dirent d'un ton amical :

— Allons, tu n'as pas perdu ton temps, tu es un brave cochon.

— Vos compliments me rendent bien heureux. Je sais que ma santé vous tient à cœur et que vous n'avez pas fini de m'en donner des preuves.

A sept heures, comme il avait été convenu, les petites vinrent chercher le cochon pour le conduire

auprès du bœuf blanc. Delphine portait une aile de
buse, et Marinette portait l'autre. Les choses se
passèrent bien simplement. Pendant que les petites
appliquaient sur le dos du cochon les dépouilles de la
buse, le bœuf blanc dit trois mots en latin, en même
temps qu'il faisait tourner sa queue de gauche à droite.
Aussitôt, le cochon se trouva pourvu d'une paire
d'ailes solidement fixées, et c'était comme s'il les eût
apportées en naissant. A vrai dire, tout n'alla pas du
premier coup. Delphine et Marinette étaient si émues
que l'une des ailes fut plantée sur l'échine et l'autre sur
le ventre.

— Ça ne fait rien, dit le bœuf blanc, qui était
décidément de bonne humeur, nous allons réparer
l'erreur.

Il récita son latin à l'envers, fit tourner sa queue de
droite à gauche, et les ailes tombèrent. Il n'eut qu'à
recommencer la première opération, en veillant cette
fois à la symétrie. Le cochon était si heureux qu'il ne
savait comment le remercier.

— Tu es le meilleur des bœufs. Toute ma vie, je te
serai reconnaissant de ce que tu viens de faire pour
moi.

— Mais non, dit le bœuf. Il y a bien de quoi ! c'est
tout naturel. Si même un jour, tu avais besoin d'une
paire de nageoires, ne te gêne pas. C'est à ton service.

C'était tout de même gentil de sa part. Pour le
récompenser, Delphine lui donna un petit livre qu'elle
avait trouvé dans la maison, et auquel personne ne
comprenait rien. Le bœuf se mit aussitôt à le dévorer
et n'entendit même pas qu'on lui disait au revoir.

Le lendemain matin, il faisait un beau soleil qui mit
sur pied bêtes et gens de bonne heure. Les parents

aiguisèrent un grand couteau et préparèrent d'autres instruments presque aussi affreux. La petite poule blanche picorait dans la cour, le chat était couché sur la margelle du puits, et l'âne broutait une herbe de printemps à côté de la maison. Et quand ils eurent tout préparé, les parents dirent aux deux petites :

— Allez donc lâcher ce pauvre cochon et qu'on en finisse rapidement.

Quand on lui eut ouvert sa porte, le cochon fit un signe d'amitié aux petites et fila jusqu'à la haie du jardin, comme il faisait d'habitude. Il sembla aux parents qu'il avait quelque chose de changé, mais ils n'y firent pas attention autrement. Cachant leur grand coutelas derrière le dos, ils l'appelèrent d'une voix engageante.

— Viens, mon beau cochon, disaient-ils. Viens dire bonjour à tes maîtres, et tu auras une belle récompense.

Mais le cochon ne bougeait pas et tous les appels, toutes les promesses, ne lui faisaient même pas lever la tête.

— Viendras-tu, à la fin ! crièrent les parents d'une voix furieuse, où nous faudra-t-il aller te chercher par l'oreille ?

Il ne parut pas entendre, et ils durent se décider à l'aller chercher comme ils l'avaient dit. Alors, le cochon fit trois pas à leur rencontre, et déployant ses belles ailes neuves, s'éleva gracieusement dans les airs. On ne peut pas dire combien les parents étaient étonnés. Les yeux ronds et la bouche ouverte, ils regardaient leur cochon qui volait en rond au-dessus de la cour, tantôt les ailes battantes, s'élevant plus haut que les cheminées de la maison, tantôt planant et descendant jusqu'à effleurer les cheveux blonds des deux petites. Un moment, il se percha sur le toit, et les parents eurent encore l'espoir qu'il leur reviendrait.

— Voyons, ce n'est pas sérieux, il s'agit d'une plaisanterie et nous sommes tout prêts à pardonner. Tu sais combien nous tenons à toi.

— Serviteur, dit le cochon. Est-ce que vous croyez qu'en volant au-dessus de la cour, je n'ai pas vu le grand coutelas que vous cachez derrière votre dos ? J'aime mieux quitter la maison que d'y finir au saloir. Adieu, et apprenez à être moins cruels.

Après un sourire à ses amis, le cochon s'enfuit à tire-d'aile jusqu'au profond de la forêt. Il y vécut très heureux et ne regretta jamais le saloir. Pourtant, il n'oubliait pas ses anciens compagnons et profitait de l'absence des parents pour venir à la ferme. Il contait ses aventures de la forêt aux deux petites, à l'âne, au chat, à la petite poule blanche, et ne manquait jamais de les remercier, disant qu'il leur devait la vie. Plusieurs fois, il prit Delphine et Marinette sur son dos et leur fit faire de belles promenades dans les nuages.

DU MÊME AUTEUR

Aux Éditions Gallimard

ALLER-RETOUR, roman.

LES JUMEAUX DU DIABLE, roman.

LA TABLE AUX CREVÉS, roman.

BRÛLEBOIS, roman.

LA RUE SANS NOM, roman.

LE VAURIEN, roman.

LE PUITS AUX IMAGES, roman.

LA JUMENT VERTE, roman.

LE NAIN, nouvelles.

MAISON BASSE, roman.

LE ROMAN DE LA SOURDINE, roman.

GUSTALIN, roman.

DERRIÈRE CHEZ MARTIN, nouvelles.

LE BŒUF CLANDESTIN, roman.

LA BELLE IMAGE, roman.

TRAVELINGUE, roman.

LE PASSE-MURAILLE, nouvelles.

LA VOUIVRE, roman.

LE CHEMIN DES ÉCOLIERS, roman.

LE VIN DE PARIS, nouvelles.

URANUS, roman.

EN ARRIÈRE, nouvelles.

LES OISEAUX DE LUNE, *théâtre.*

LA MOUCHE BLEUE, *théâtre.*

LES TIROIRS DE L'INCONNU, *roman.*

LOUISIANE, *théâtre.*

LES MAXIBULES, *théâtre.*

LE MINOTAURE précédé de LA CONVENTION BELZÉBIR et de CONSOMMATION, *théâtre.*

ENJAMBÉES, *contes.*

Bibliothèque de la Pléiade

ŒUVRES ROMANESQUES COMPLÈTES, I.

Dans la collection Biblos

LE NAIN — DERRIÈRE CHEZ MARTIN — LE PASSE-MURAILLE — LE VIN DE PARIS — EN ARRIÈRE.

Impression Bussière à Saint-Amand (Cher),
le 3 décembre 1990.
Dépôt légal : décembre 1990.
1er dépôt légal dans la collection : février 1973.
Numéro d'imprimeur : 3747.
ISBN 2-07-036343-0./Imprimé en France.